同時，我的手也滑向她的胸，首度握住了她胸口上那最美麗的一對半球。露伊沒有縮回身子，也沒有抗拒我在她身上愛撫，我受到誘惑，讓手再往下滑……

1 軍令 5
2 信任 91
3 屈服 133
4 禁果 163
5 閱牆 203
6 終章 237

1 軍令

當我在英格蘭收到軍令，需即刻前去和駐紮阿富汗的我軍一營會合時，阿富汗當地的戰事似乎已近尾聲。我不久前甫升任上尉，一年半前也才剛新婚，對於即將與妻子幼女分隔兩地的離別之苦實在難以言喻。部隊將在離開阿富汗滿是岩石的不毛之地之後，移防到肥沃的興都斯坦平原；不過，在移防後的駐紮地點確認之前，她們暫緩前來和我團聚會是比較好的決定。而且，當地氣候非常炎熱，只有迫於需要的人才會在如此炎熱的天候前往印度，加上當時正值一年當中最為酷熱的季節，弱女子和幼兒並不適合在這樣的氣候下長途跋涉。再者，我的妻子是否該到印度與我會合仍是未定之數，因為我在國內仍有一軍職待上任，但在履任之前，我仍得先與我的軍團會合。

奉令前往阿富汗讓我頗為苦惱，因為戰事顯然已告終，我現在前去分享榮耀未免也已嫌遲，我可能還得接受駐紮環境的困苦與不便，更別說這個原始、蠻荒的國家是阿富汗。而且在當地，我很可能不是光榮地戰死沙場，而是命喪阿富汗彎刀之下，或是死於在阿富汗常見的謀殺案裏。儘管心情沉重，前景堪慮，我還是只能光榮地服從軍令前往當地。

各位讀者，我就不再在此贅述我與妻子的離別之苦了。

我和妻子道別之前並未對她承諾守貞，我倆都沒想到這件事，或是認為有必要許下如此承諾。雖然我頗好肉體交歡之樂，婚前也常有機會享受情愛歡愉，但我認為自己在婚後玩心已定，是一個安分守己的已婚男人，從不對妻子之外的對象有過慾念，因為我熱情可人的妻子非常樂於回應我在床笫之間對她的愛撫，當我和她纏綿之際，她美麗外貌和青春肉體的迷人魅力不單徹底地攫住我，在我沉迷其間時，似乎也變得更具誘人魔力。

各位讀者啊，對我親愛的妻子來說，生活即是激情。她不是那種出於為盡人妻義務而冷冷地接受丈夫愛撫的女人。對這種女人而言，這樣的義務不帶歡愉之情或感官之樂，反而更像贖罪的行為。不！我的妻子不是這樣——

「不要！親愛的，讓我好好睡覺。我昨晚做過兩次了，我不認為你還會想要。你應該節制一點，有點羞恥心，不要把我當成你的玩物。不要！拿開你的髒手，不要碰我的睡衣。我嚴正聲明，你這是非常猥褻的行為。」在被堅持的丈夫折騰得筋疲力竭之後，她認為最快的解脫之道就是讓先生稱心如意，於是勉強讓丈夫掀開裙子、露出冷冰冰的私處，心不甘情不願地張開雙腿，像條死魚躺在床上，完全不覺得丈夫費盡心力想在她冷若冰霜的態度中燃起一點歡愉愛火的努力。

我心愛的露伊可截然不同，她會以愛撫回應我的愛撫，以擁抱回應我的擁抱。因為她懂得品味肉體交歡的歡愉和喜樂滋味，才能讓每個甜蜜的犧牲帶來更多歡愉。能擁有像露伊這樣的女人永不嫌多，而露伊對我也這麼地認為。

「親愛的，再來一次，再多一點。這對你有益，而且我想我會喜歡……」如果我的陽物在她玉手愛撫之下，沒再度昂揚的話，是極不尋常的一件事。再度勃發是為了再次將無比的歡愉送進那豐盈、震顫的魅力來源之地，這最深沉、最豐饒的源頭深處，即是眾妙之始，也正是愛之聖殿。

我得取道阿拉哈巴德，前往耶侖當地的臨時車站，再從那裏改搭轎子到契拉特。據知，這地方是南方邊境的佩夏瓦山谷頂上的一個小型駐紮地。在副指揮官告知我確認的駐紮地之後，我就開始準備迢迢旅程期間所需之物；除了一些必備品外，我還特別買了一本法國作家泰奧菲・高狄耶所寫的情色傑作《莫萍姑娘》。

從孟買取道阿拉哈巴德，前往佩夏瓦的路程幾乎穿越了整個國家，我很擔心這段旅程會讓我覺得無趣。我在這段旅程中，只有一回曾受到女色誘惑，不過我笨拙地謝絕了對方出於善意的詢問。當時我人在阿拉哈巴德停駐一段時間，可以看看當地過往曾統治這個國家的君主王子位在恆河和亞穆納河河畔的陵寢，以及一些我感興趣的景點，還算愉快的。當我回旅館時，一個當地人以一口土腔英語叫住我。

「大爺，想叫個姑娘嗎？我宅子裏有個非常漂亮的混血小姑娘，如果大爺有興趣來瞧瞧的話……」

噢！莫萍姑娘！

我沒興趣去看他口中那位漂亮的混血女孩。基於道德，我克制住自己的欲望。事實上，我當時甚至笑了出來，心想在印度可真會有女人能激起我心中的欲望嗎？

耶命的車站到了，不過，要離開印度邊境進入中亞之前，我得先橫渡一條佩夏瓦山谷間的大河。我還得繼續乘轎連續走個兩三天才到得了阿托克。雖說乘轎子是個挺舒服的行進方式，不過，旅人在轎內只能躺或是坐的姿勢卻很容易讓人厭倦。在河水撞擊河底巨岩激起的轟隆聲中，乘船橫渡激流滾滾的印度河著實是種刺激的體驗，特別是在暗夜裏，四周幽暗無光又讓震耳激流聲響更添令人擔憂的危險氣氛。另一頂轎子已經在對岸渡口等著了，靠岸後，我鑽進轎子躺下來，一路沉睡，直到抵達諾雪拉才醒來。

啊！莫萍姑娘，多可愛的女孩啊！

她是誰？我猜她一定是此地上校的女兒，早上出來散散步，從她穿過轎子上半開的拉門望著我的企盼眼神看來，她一定正等著某人，也許是她的未婚夫，所以她的眼神才如此地迫切卻也如此失落。

親愛的讀者啊，當我睜開雙眼、從半開的轎門望出去，我看到了一尊女性美的完美形體。一個身著貼身灰色服裝的女子，草帽斜戴頭上，襯映著她美麗、勻稱的臉。多麼完美的鵝蛋臉型，多麼美的一張臉。但一雙明燦雙眼卻如此嚴肅。多麼精緻小巧的鼻子，小嘴猶似玫瑰苞、雙唇如櫻。她必有貴族血統，容貌才能如此細緻。老天，朱彼特、維納斯！多美的樣貌啊！看那圓潤細緻的肩膀，豐腴美麗的雙臂、她身上的衣物如此貼伏，讓肩臂的線條顯得如此清晰，她起起伏伏的酥胸顯得多麼潔淨、清純。她豐滿的雙乳如此驕傲地從她低調卻催情的緊身胸衣前幾近蹦發而出。小巧如貝的雙耳貼伏著她的頭部，我真希望能輕輕地揉弄她那雙小巧的耳垂。她看起來真美、真細緻。多麼純真無邪、宛如處子。

方才的驚鴻一瞥，讓所有思緒在我腦中閃過，這一眼，我看得如此清楚，確信她是真真實實存在，但她的容顏卻又如此地異於常人，不沾一絲凡俗之氣，讓我根本不會想到自己能否一窺其私處。

按照計畫，我要在諾雪拉這裏停轎，即刻改騎馬到契拉特。不過，當我抵達驛站哨所，同時也是我該換乘馬匹之處，一個當地人稱巴布的驛站站長卻說他的馬最遠僅能供我騎到普布里，也就是約莫介於諾雪拉和契拉特兩地之間的村莊；到了那兒之後，我得自己想辦法繼續前進，因為過了普布里之後，不管乘轎或騎馬都無路可行。好心的巴布還加了一句，稱說普布里和契拉特之間的區域盜匪橫行，對旅人而言十分危險，他又說，兩地之間的距離可是足足有十五哩之遠！他建議我在諾雪拉當地的旅店先等上幾天，看看有無商隊行旅的領隊能帶我隨隊前行。

對我而言，這消息無異是一大錯愕與阻撓。如果前行無路，我到底該如何帶著一堆行李到契拉特去？這樣的狀況下，我該怎麼繼續前行十五哩？我從英國到這裏已經走了幾千幾百哩了，現在卻困在這該死的最後的十五哩路上。但眼下似乎也無計可施，只好聽從好心的巴布的好心建議，在當地旅店先停留一段時間，等待有無領隊消息。

我要入住那間旅店並未和其他屋舍比鄰，而是獨立一處，離鎮上大路還有一小段距離。我得從驛站回頭走上一小段路才能到那兒。我遣退了轎伕，喚來「坎薩馬」，亦即房務員，他說這旅店已滿，沒有空房可以讓我住了。這句話還真是「錦上添花」啊！就在我和房務員交涉之際，一個樣貌親切的年輕官員捲起他房門前的竹簾，走到露臺來，說他聽到了我方才所言。他說他正等著雇轎子離開這裏，好繼續他在鄉間的行程，剛好我的轎子送我過來，能讓他搭著繼續旅程，而他離開正巧也能讓我入住騰出的空房，對我倆而言都是個好機運。他說他即刻派人上路去攔下離開不久的轎伕，如果他攔到了轎子，他就能讓出房間給我了。不過他說，他的房間有兩個床位，如果我不反對的話，倒是可以先和他共用一室。我當然高興地接受了他的提議，很快將行李送進房裏，享受了在印度絕對必要、而且讓人神清氣爽的一件事，就是好好地洗個冷水澡。我的新朋友為我點了早餐，在我梳洗一番之後，我們一起坐了下來。兩個官員在這樣的情況下相遇，很快就成了猶似相識多年的老友。我和新朋友彼此介紹，談談我們到過哪兒，要去哪裏。當然，幾乎已近尾聲的戰事是我倆最主要的話題。在我們更熟稔之後，話題不免如同所有男人一樣，談到愛情和女人。我的年輕朋友告訴我，境內所有的英國軍隊都在到處找女人。因為阿富汗戰場上連個女人都見不到，若依此判斷，從軍官到士兵，至少都有兩年沒碰過女人了。

他笑著大喊：「老天，我看佩夏瓦的窯子可是大豐收了。軍隊從阿富汗移防回來之後，大隊人馬瘋狂湧進市集裏頭，好多英國大兵在妓院門口等著，每個人手裏都抓著自己的屌大喊，叫裏邊的人動作快一點。」

親愛的讀者，他這麼說當然是誇張之詞，不過實際倒也與您想像的相去不遠。

我們剛抽完飯後菸，他的隨從正好乘著從阿托克送我過來的同一頂轎子回到旅店，不一會兒，我與高采烈的朋友就和我握手道別了。

他指了指隔壁房說，「那兒有個人，我得去和他道別，接著我就要起程了。」沒一會兒，他就回來道別。接著，我只看到他的身影和轎子隱沒在一陣塵土飛揚中，遠離我的視線。

當他離開的時候，我覺得寂寞又難過，因為這旅店雖然住滿了人，但我卻獨處在這小小地方，和眾人隔絕開來；雖然我偶爾會聽到其他住客的聲音，但我卻連一個人影都沒見到過。我忘了問他我鄰房的住客是誰，不過因為我心裏正煩惱著該如何到契拉特才好，因此也沒特別在意這個問題。當時已近上午十點，道道致命的灼熱日光正朝諾雪拉所在的這片炙熱平原上射下，陣陣的熱風也開始吹來，吹得人眼唇既乾又澀、幾乎快被烘乾。我不知如何自處，天氣已經熱到我根本不想去旅隊隊長那兒了，於是我又點了一根菸，從背包裏拿出《莫萍姑娘》，走往露臺，在一根柱子後坐下，好避開惱人熱風和蒸騰熱氣，試著讀點東西。不過，現在連莫萍姑娘這個美人兒也魅力盡失了，我只好躺回椅子上，懶洋洋地抽著菸，看著蒸騰在漫漫黃沙熱氣中的群山遠景。當時，我完全不知道我所望之處正是契拉特所在，倘若我當時知道，對眼中的山景應該會更感興趣吧。

親愛的讀者，您知道那種明明沒看見人，但卻感受到正有人盯著你瞧的感覺嗎？當時，我就特別地感受到這種感覺——我懶懶地躺在椅內，看著眼界所能及的遠處，感覺到有人正在身邊，緊緊盯著我瞧。起先，我抗拒心裏想回頭看看到底是誰的誘惑，但這背後的眼神仍舊緊盯著我。我也太急躁了，加上這詭異的感覺益發讓我不安，於是我稍稍轉頭，好確認到底是真的有人在背後，還是我熱昏頭了。

我非常訝異地發現今早瞥見的那張美麗容顏，正隔著微啟的簾子從隔壁房看著我！我實在太訝異了，我竟沒有仔細端詳那位女子的面孔，而是馬上轉回頭繼續望向遠方山景，好似轉頭朝她的方向望去是失禮的行為。不過，我感覺到她的眼神仍然停駐在我身上。我覺得很訝異，因為任何人若是有她這樣的身分地位（我相信我對她身分的推測是正確的）還對著一個全然陌生的人盯著看的話，應該會對如此無禮的舉動感到慚愧才是。我又轉回頭，這一次，再仔細看了一下這位美麗但奇怪的女子。她的一雙漂亮大眼滿是慾火，眼神似乎要刺進我眼裏，解讀我腦中想法。有那麼一會兒，我想她應該是腦子有點壞了，但她的身影消失在簾子後，似乎已對觀察所見心滿意足。就在那個當下，我的好奇心完全被激起。她是誰？她是自己一個人嗎？還是她正和某個不知名的上校共處一室？她為何這麼緊盯著我看？我的天，她又出現在那裏，我受不了，從椅子上一躍而起，走回房間，喚來房務員打算問個清楚。

「我隔壁房住的是誰？」我指了指隔開我和隔壁房一扇共通但緊閉的房門問道。

「是一位『曼莎依』，大爺。」

一位曼莎依……我以前來過印度，這次是我第二次因公來到此地，我知道「曼莎依」指的是已婚女子。如果有人問我的話，我會說我很訝異，我以為這可愛的女孩沒碰過男人，也不該碰過男人，除非她遇到的，是一個能取悅她的男人中的男人。不知為何，這想法深植我心。

「那她丈夫跟她在一起嗎？」

「沒有，大爺。」

「他人在哪裏？」

「我不知道，大爺。」

「那她是何時到這兒來的？」

「七天、十天之前吧，大爺。」

看來從這男人身上我應該也問不到什麼訊息……我再問最後一個問題就好。

「那這位夫人都是單獨一人嗎？」

「是的，老爺，她都獨自一人，連個女僕都沒有。」

這可好了！我今天早上剛離開的那位朋友有多常和她見面呢？親愛的讀者，您從經驗判斷，想必也猜得到所有事情非比尋常。但我就是深信她不單是個尋常仕女，更是特別純真聰慧。

我回到露臺上的坐位，好等著她再看我。沒等太久，我耳中就聽到一陣細微的沙沙聲響，一回頭，這位美麗女子這回又多探出一點身影。她還是以同樣迫切眼神看著我，臉上不帶一絲笑容。她現身時只穿了一件罩衫，精緻、小巧、美麗的雙足，線條優美的足踝和一雙腿全是赤裸的，腳上連雙拖鞋都沒穿。一條披肩掩住她的肩膀和胸口，但掩蓋不住她美麗白晰的豐盈雙臂、纖細腰身和誘人的豐臀。儘管她迷人的面容和平靜卻嚴峻的神色曾讓我敬而畏之，她一雙裸足和腿還是突然激起我一陣慾念熱潮。

對所有關於女人之事絕對撩若指掌、堪稱專家的情聖卡薩諾瓦曾說，「好奇心是慾望的基礎」。既然所有女人心都是大同小異，男人必定會受好奇心驅使，去趨近某個女人，希望能佔有她，我當然也是。強烈的好奇心盤據我心頭，這張標緻的面容激發我想一探究竟為何她會獨自一人在諾雪拉，而且還待在這個旅店裏。我想像著連接著她動人的裸足和雙腿上的膝蓋和大腿，是不是也一樣完美。我的幻想在腦子裏勾勒出一處豐厚的私處小丘和甜美的蜜穴，遮蔽在與她那雙弓躺在滿富情緒的雙眼上的眉毛同色的深色祕林下。我站起，朝她走去。她隨即隱身簾後，不過卻又馬上拉起簾子，臉上首度現出笑意。這微笑的表情多麼不同而且美妙啊！她的圓潤雙頰上現出一對可愛酒窩，玫瑰般的雙唇輕啟，露出一排細緻精巧的貝齒，曾經堅毅嚴峻的雙眼現在盡是柔情蜜意。

「您在露台上一定覺得很熱吧，我知道您孤家寡人的，何不到我房裏坐坐聊聊？如果您是好人就會答應。」她聲音低沉，悅耳，不過說話卻帶著庸俗的腔調，聽來有點刺耳。

我道了聲謝，扔掉手中的菸，朝她鞠躬、微微一笑。她撩起門簾，好讓出一點空間方便我走進她房裏。我抓住門簾，不過她的手還是伸長舉著，披肩稍稍從幾近全裸的胸前滑落。這時，我不只看到了一雙色澤白如象牙、精緻圓潤、豐盈淨亮的雙乳，甚至還撇見其上那色如珊瑚粉紅的暈彩。我知道她發現了我的目光落在何處，不過她卻不急著出手遮掩。我心想，她這不經意的展現魅力可不是無心之舉。

「我這兒有兩張椅子，不過，如果您不介意的話，我們可以一起坐我床上。」她甜甜地笑著說。

「如果您坐著背後沒靠個東西不會累的話，我倒是很樂意。」我回說。

「噢！那您伸手攬住我的腰，這樣我就不會累了。」她以一種最天真無邪的方式回答。若不是她回答的語調如此純真，我一定馬上將她撲倒，從背後趴上去。不過，我心中冒出一個念頭——她的精神狀態應該正常吧？這會不會是仙人跳設的局？

不過，我還是依她所說，在床上坐下，伸出左手攬住她的細腰，朝她往我自己這端攬擁過來。

「啊！這就對了。抱緊我，我喜歡被抱得緊緊地。」她說。

我發現她沒穿內衣，在我的手和她細滑的肌膚之間，只有薄薄的襯裙和罩衫，摸起來的感覺真好！緊擁一具溫暖、微微顫抖的可愛女體入懷的感覺著實讓人興奮。很自然地，我覺得自己不僅心跳加速，甚至還感覺到如同法國佬所形容的，好似「如針刺肉」的感受。就在這兒，這個半裸、漂亮的可人兒，微微發抖，雖然她的雙頰和歐洲常見的膚色相比血色稍淡，但仍透著健康的光澤，漂亮的肩頭和胸口幾乎全裸，看起來如此細緻。我越是細看，越是感覺她的膚質之細嫩，猶似青春的花蕾在她身上盡情綻放。她渾身軀體毫無缺陷之處，她漂亮的雙乳渾圓豐滿，而且看起來十分緊緻，我好渴望佔有這一雙迷人的豐乳，好用手揉弄、以口舔舐雙峰和她一對粉色乳尖。她的襯裙滑落在她微微輕啟的大腿間，渾圓漂亮的雙腿外露，更加挑起我的慾望，即使她低垂的目光望向他處，她還是知道這股慾火正燃燒著我，因為從我激動的心跳，她就知道她的撫觸和美貌如何激起我的慾念。她接著抬起她漂亮的腳，如此白晰無瑕，似乎刻意在我饑渴的眼前展示。一股在她這般年紀女人才有的輕柔甜膩香氣如雲霧襲上我的臉，而她如絲如浪的豐盈秀髮撫過我的臉頰。「她是不是瘋了？」這念頭在我的掌心和我亟欲握緊的魅力之間迸生，在那當下還真是個折磨。

我們倆不發一語地坐了好一會兒，接著，我感覺她的手悄悄伸進我白色外套底下，開始挑玩著我固定在後的背帶扣。她解開我一邊的鈕扣，同時說道：「我今天早上見過您，您在轎子裏，不過，我只撇見您一眼。」

她動手解開另一邊的扣子，她究竟要做什麼呢？

我望進她發亮的雙眼，回敬以同樣的眼神，答說：「是啊，我也看到您了。那時我睡著了，當我睜開雙眼，目光就在您身上，而我……」
她解開了我背後的扣子，伸手環過我的腰，停駐在我的大腿根上。
「而您怎麼呀？」她邊說，邊伸直手指滑進我的大腿間，距我此時早已昂然勃立的男根僅僅一指之遙。
「我想，我從未在這世上見過如此美麗的面容和身軀。」我答說。
她的指尖可碰到了我的老二了！她的手指輕輕地抵了抵我的男根，以最甜美的笑意回望著我，說道：「真的嗎，我很高興您這麼想。當我看見您躺在轎子裏，您可知道我心裏的念頭？」
「親愛的，我不知道。」
「當時我心想，我倒不介意與一位如此俊美的男士同遊。」
她稍稍頓了一下，又接著說：「所以，您認為我身材不錯？」她驕傲地低頭看著自己豐滿的雙乳。
「我的確這麼認為。我不記得過往曾見過如此美麗、如此性感誘人的雙乳。」我幾乎已難自持地回答，伸手滑近她的胸口，捧起她光潔的乳房，輕柔地撫壓著，指尖撫弄著小巧硬挺的乳頭，同時也吻著她在我面前微微張啟的雙唇。
「啊！誰說您可以這麼做呢？交換一下才公平，現在，我也要體驗體驗您身上的好東西。」
她靈巧的手指解開了我前背帶和褲頭上的鈕扣，輕輕一撥，她褪下了我的襯衫，她的手隨即快速地包覆住我那炙熱、勃怒的男根。

「啊！好漂亮啊，真美！頂端形狀像口鐘，而且這麼大，這麼硬挺，像根鐵棍似的，而且您還有一對這麼漂亮的大卵蛋！我的愛人，噢！讓我來為您解一解吧，佔有我，快來，我覺得，只要您願意，我一定可以到達極樂之境。」

天啊，我該上她嗎？一個像我這樣年輕、健康、充滿活力的生猛男人，眼裏耳裏全身感官都感受到她這般懇求，如何能不遵從呢？更何況眼前這充滿誘惑、美麗的女子手中還掌握著男人全身最敏感的地方！我輕輕地托著她的背，當我褪下她的襯裙和罩衫時，她仍是貪戀地緊緊握住我的男根。我炙熱的雙手滑過她如象牙般白晰的大腿細嫩肌膚，掀現出我認為我此生經歷所見之中最為誘人甜美的女陰。我的雙手過往從未撫觸過此般性感豐潤的小丘，手指也未曾探尋過外部如此柔嫩，深處卻又如絲絨般滑潤、滿是生命力的誘人部位。現在，這完美的女陰和誘人部位盡屬於我了。我急著想把我脹得發疼的男根由她手中抽離，改攻進她誘人的雙腿間，深深地送進祕穴，直到抵住我的卵囊，攻進那媚惑魔力的所在，不過，她制止了我。她雙頰和胸口潮紅，眼神迷濛，開口說話時甚至因為極度興奮而噎著氣，她叫著：「我們先脫光吧！」

我站在她面前，肉棒翹得至少有七十度之高，卵蛋和下腹因為體內的精液火力已蓄勢待發至臨界點而隱隱作痛，我覺得再不趕快佔有這個狂野的女人，我就要爆炸了。

「您的意思是？」我喘著說。

「您看，就是這樣！」

一下子，她從自己身上裹著的衣服跳出，渾身赤裸，身上發散著情色肉慾之美的微光，站在我面前。

不一會兒，我也激動地褪下所有的衣物鞋襪，同她一樣未著寸縷地站在她眼前。現在，就算我閉上雙眼，還是能想見這個一如莫萍姑娘般美麗的女人，正發散的女體之美的光芒，赤裸地站在我面前。她的手腳身軀多麼地細緻優雅、完美無瑕！胸前那雪白乳峰的峰頂還綴點著一對粉色火焰，腿間那誘人的小丘，完美的「愛神之丘」覆蓋著一片濃密捲曲的暗色毛髮，傾斜而下，就像一個頂著端點立著的倒三角形，兩側線條在交合點往內收束，向上畫出一道柔和卻深刻的線條，宣示這裏即是如女神般聖潔的女陰之處。唯一稍稍減損這完美小小宇宙的，是她平坦腹部上的一些細小紋路。

老天！我朝這美麗的女體奔去，不一會兒，在她大張的兩腿之間，我已經躺在她身上，停歇在她胸前。她的雙乳抵住我的胸口，多有彈性啊！當我一寸寸地把肉棒送進她的祕穴時，那種柔軟和誘人的滋味實在難以言喻。我深深地插入，直到我倆的下腹緊緊貼住，僅剩我的卵蛋垂懸在外，或者該說，直到我的卵蛋擠貼到她白嫩的屁股，無法再深入之際才停住。她真是個好女人啊！每次抽送都讓她發出喜悅的嬌喘聲響，如果你聽到的話，你一定會認為她的身體感官在過往一定不曾被如此強烈地刺激過。她的雙手也沒歇著，不停在我身上游移，從我的後腦勺到她所能觸及的底端的祕溝。對於肉體交歡的施受技巧，她絕對深諳箇中之道。我的每回抽送，她都以同樣力道回迎，每回猛烈的推進都會有對等的抵擊，她似乎要將我的男根納得更深、直到底端。她似乎快到高潮了！我曾聽說女人在一次魚水交歡中可以有十三四次的高潮，不過眼前這女人似乎從頭都尾都在高潮狀態。若不是我也親身到了這興奮、猛烈、激烈、近乎暴力的快速抽插，我還真不曉得我的愛人正享受著何種程度的肉體狂喜。她幾乎喊出聲來，嘴裏嘟噥著，雙臂用力圈著我，幾乎快把我給擠碎了。她的腿圈架在我背上，從背後以我壓根想不到的力量，推著我迎向她的下腹。啊！我出來了，一陣陣高潮的狂喜在我身上爆發，我撲倒在她身上，她也感覺到一陣陣激烈噴射而出的熱燙精液擊打在她饑渴的祕穴深處。她的嘴湊了上來，伸直了舌頭送進我口內直抵入喉，她全身上下更因為無與倫比的狂喜而顫抖不已。我從沒有過像這般的交歡經驗。噢！為何沒有更好的語句能形容這般的人間天堂呢？

暴風雨過了，我們躺在彼此的臂彎裏，溫柔地望著彼此的雙眼，喘得說不出話來。我感覺到她的肚腹抵著我的腹部，她的下腹抖動著，微顫的私處抵著我的男根，感覺就好像另一隻手正握著它撫弄著。當我望著她天使般的面容，沉醉在如此的美麗容顏當中，她柔嫩肉感的雙腿正圈圍著我。我相信我懷中所擁的，不是墮落的女人，而是愛神。我真希望她就這樣安安靜靜地，讓我可以幻想自己就是阿多尼斯，她則是我永恆所愛的維納斯，我服膺在她滿是愛意的祈願之下，在她的臂彎中尋見天堂。在我探進她無與倫比的祕穴之前，我全然不知「天堂」是為何物啊！不過，我如夢幻想卻被她開口說話給打散了。

「沒錯，你真是個好傢伙，真了解該怎麼操。如果沒人教過的話，一般人還真沒辦法像你這麼地操法哩！」

「是啊，我可是受過訓練的。我在年輕時可是認真地上過實習課，之後我也盡可能地找機會複習複習。」我擁了她一下，朝她方才說出這麼低俗、倒也確切直接的一番話的粉色櫻唇吻去。

「我就知道！你的技巧比我過往交手的男人都還高超。我敢說，我交手過的男人遠比你擁有過的女人還多。」

她還真坦率。

「親愛的，你說高超是指什麼？」

「噢，你不知道嗎？高超指的就是你每次抽插都是徹徹底底地插入，直至深處。再深深插我一次吧！」我照做了。我先把屌從她搏動的穴中完全抽離，再輕柔地直直插進她那祕穴最深處，然後在她的肚腹上歇息。

「就是那裏，就是那裏！你的屌幾乎抽出來，然後用力地推送進來，卵蛋還大力地打在我屁股上，太舒服了。」

她的嘴不由自主地發出嘖嘖聲響。

最後，我抽出我的傢伙，我的美麗仙女馬上開始仔細端詳起這根讓她舒暢無比的肉棒和卵囊。據她所說，我的傢伙每一寸都無比完美。她說，如果我相信的話，在她所見識過的男根當中，沒有一個像我的屌這麼地勻稱雄偉，而且還有一對這麼漂亮的大睪丸。能夠親嘗這付大卵蛋讓她特別開心。她說我的卵蛋好大啊，裏邊一定裝了滿滿的精液，她告訴我，在她答應讓我離開諾雪拉之前，她一定要好好地清光這卵囊裏的精華。

這第一回的交歡徹底地讓我胃口大開，我們互相細賞彼此私密之處，在甜蜜愛意的軀體交纏鏖鬥之下，我們又來了一回。在我離開時，已近深夜兩點，在這段時間裏，我們每回都僅止休息十多分鐘就繼續纏綿交歡。我越是沉醉在與她的肉體之歡就越想占有她。我年輕健壯、精力旺盛、而且距離我上一次的魚水交歡已近兩個月，對我而言，這已是很長的一段時間；難怪我的愛神會這麼滿意，宣稱我的表現宛如一場床上盛宴。

世人都說，愛情會破壞人對食物的欲望。如果那是不必要的情愛交歡，那這說法也許成立；不過，親愛的讀者，我向您保證，在我今早那番激戰之後，我實在飢渴至極，希望可以吃些東西好填飽肚子。早上那番床上激戰和當地吹來陣陣惱人熱風讓我口乾舌燥，不過這都不比我的腹下精華被榨乾的程度。過往我從未有過如同今早這般的體驗，遇上一個和我如此契合的女人，也許也沒有過像這次儘管玩得這麼兇，體力卻減損那麼少的經驗。毫無疑問地，我和妻子定時定量從不過度的交歡固然讓我得以維持充沛精力，但我的新愛人她那無與倫比的美貌、激昂的慾念，以及感官刺激更是讓我精力重生的最大原因。儘管我很餓，想吃點東西，但我更想留在她舒服的床上、縱情在她歡愉的臂彎中，把我的男性精華滿滿灌進她的體內。不過她說她也有點餓了，而且下午習慣睡個午覺，要我等到晚上再用我源源精力撫慰她兩腿間的妙穴。

旅店的服務生趴在桌子上，我房間壁爐牆上倚著一封署名給我的信（北印度的冬季氣候十分寒峻，火爐不僅供為取暖之用，有時候更絕對必要），我拿了過來，拆信時我心裏納悶，這裏應該無人認識我，是誰會寫信給我？接著，我發現這是今早離開契拉特的那位年輕官員朋友留給我的。信裏這麼寫到：

親愛的戴福羅，

在你隔壁房裏，有個絕美的女人，而且還是個床上高手，就這樣。J. C.

PS：對了，完事後千萬不要給她錢，否則你會冒犯到她。

如果你很樂於享有她，就直接告訴她吧，這樣之後就不必再問。

這個好傢伙！現在我可明白今早你為何隻字不提，不告訴我隔壁房住了個女人。可憐的女孩，妳不久前才讓我享受到離家之後首度的歡愉時刻，但我想妳一定被當成精神有問題的人了，一有這想法我就覺得有點羞愧。

這些腦中冒出的念頭自然讓我想起我摯愛的妻子，我幾乎快忘了她和我身為人夫的誓約。但我心裏滿是慾念，一股渴求更多的無盡慾火。事實上，我已經深陷在有人稱之為慾望、有人稱之為「愛」的狂流中，幾近瘋狂。我想，除了斷氣之外，沒有任何事物能阻絕我繼續狠肏這可愛的女子，直到我無法勃發再戰為止。我期待夜幕快點降臨，我如一隻渴嘗掌下犧牲者鮮血裏的甜美氣味的貪婪惡虎，吃著我的午餐。擱下手邊的午餐，我點起一根菸，開始在房裏踩起步，不耐地望向隔著我和鄰房裏可能正在睡覺的愛人的那扇門，心中祈禱她快快睡醒以及夜幕再度降臨。突然，一個可笑的念頭襲來，我幻想某場災難分隔了她和我，我們甚至來不及說出自己的名字讓對方知道。我們倆都還未交換彼此的姓名。那署名為J. C.的年輕官員朋友也沒告訴我他實名為何，雖然他可能已從我的行李上知道了我的名字，但我根本不知他是誰。我鄰房這誘人的愛神一定有段故事好說，我會讓她親口告訴我，只要她願意說出口，我確信聽了之後一定可以判斷出其中虛實。她究竟何時會醒呢？

我該不該過去偷瞄看看？老天爺，我真的會去——

丟掉手中剛點不久的菸，我沒穿鞋，腳上只套著襪子便悄悄靠進她門外的簾子，出手悄悄掀開簾子，我看到我的愛奴全身只套了件薄衫，雙手緊扣、枕著頭躺在床上，沉沉睡著。她的雙臂以一種誘人的姿態彎著，露出腋下的軟毛，毛色雖然深黑如墨，但對比今早在她允應之下，我曾盡情澆灌的私處祕林相比，顏色仍較淺淡。她綴襯著一雙渾圓、緊緻、光潔的珍貴雙乳的胸口也露了出來。事實上，從她纖纖細腰底下的部位也是全裸的。她彎著靠近我的一邊膝蓋，小巧高雅的玉足展現在床單上，細緻筆直的腳趾根根分明，姿態之美就連世上最嚴苛挑剔的雕刻家也會不禁傾心；她的另一隻腿直直伸著，迷人足部抵著床緣，而她那雙如此撥撩慾念、足以讓人癡顛瘋狂的雙腿就這麼地開展著。老天爺，她這般美妙誘人的軀體在我炙熱雙眼前盡情展現，我怎能還杵在門外？

我悄悄走進房裏，繞過床邊，好讓身體不擋住透過簾子滲進室內、落在她美妙身軀上的微柔光線。我心中暗喜地看著這個今早曾讓我在她的歡愉臂彎中親嘗穆罕默德天堂滋味的女子，她睡得多沉多美啊！看著這張五官如此純淨、面容如此無邪的臉龐，誰想得到在她的靈魂深處卻燃著不熄的熊熊慾火？看著她那無與倫比的雙乳，誰又會想到曾有無以數計的男人沉淪在佔有這女子的苦痛與甜美情慾之中，以貪婪渴求的唇手舐弄過她的雙峰？罩袍的上緣掩蓋住她平坦的腹部，不過，那些當初在她褪去衣物時我已注意到的細細紋路似乎訴說了，也許這裏曾經不只一次，是某些小生命的孕育之地。這些小生命必然一如他們的母親美麗可愛。凝視她如小女孩般的面容，看著她彷如未曾泌乳、如處子般的雙峰，以及未曾被嬰孩稚嫩雙唇所吸吮的淺紅乳頭，你怎能把為人母的艱苦、責任和她聯想在一起？不！正如穆罕默德天堂裏的女神，她純然為滿足歡愉而生，而非為了撫育生養而來到人世。可是，她肚腹上的紋路卻訴說著不同的故事，也許我該更靠近看看。只要她的肚腹全部顯露出來，就可以看得仔細了，我只要不驚擾到睡夢中的她，輕輕地撩起她的掩蓋住她肚腹的罩衫，拉到腰間即可。

我興奮地發抖，伸手撩起罩衫。天啊，我的女神幾近全身赤裸，一如出生之際地未著寸縷！這形象之美，炙熱一如烈焰，我掀開罩袍想看看她的腹上細紋，可是目光卻已被他處攫獲；我的視線就像鳥兒身陷滿是誘餌的陷阱，困在她誘人胯間的森森密林裏，密林小徑延伸至她的祕穴，只有在這樣的慾愛之母和愛慾女神的體內，才找得到這些純淨、美善和所有能激起慾念的能量。我無法想像這個通往聖域的入口，曾如她今早對我所言的，有那麼多男人造訪過。這部位看起來完全不像曾被過度使用，她這兒的兩片厚唇好豐盈，看起來好甜美，橫亙其上的陰毛色黑細柔，對比著她此處白嫩的肌膚，向內的褶皺畫成了一道既深遠且迷人的線條。你看這覆蓋其上的密林多完美，這神聖小丘上的線條起伏多動人！隆起的丘陵線條滑墜而下，落入她雙腿之間的甜蜜幽谷，隱沒在那處火熱的祕穴內；此即愛之柱隱掩他紅脹的柱首，噴散出他熱燙的狂喜歡愉之淚的所在。

可是，那是什麼？眼前這個從那兩片如珠貝般細嫩的微啟唇肉探出的深紅肉尖是什麼？她動了一下，我猜，她一定正在作夢！她原本微彎的腿稍稍靠向伸直的那側，我知道了，那正是她敏感的花蒂！你看，它又脹大了一點，老天，它就跟勃脹的男根一樣，還一抖一抖地微微跳著，顯然正為火熱的慾念而瘋狂。

我凝望著眼前這沉睡美人的平靜面容，她雙唇輕啟，微微露出口中貝齒，胸口似乎稍稍擴張一點，雙乳也脹了起來，顯然一場春夢正侵擾這愛神女祭司柔軟的心，她的胸口起伏變得更加急促。啊！她的雙乳動了起來，如玫瑰花苞似的一雙乳頭脹直起來，猶如兩個在雪白峰頂各據一方的機警哨兵，監視著正打算用輕柔又猛烈的攻擊侵擾這睡美人的可愛敵軍。

她的雙腿闔了起來，老天爺，腿又張開了，現出了她的愛之聖域。這地方受到刺激，動了動，而且還抽跳著，真的是抽跳著！這閃閃發亮的深紅花蒂顯然正努力感受在她夢中現身的男根。我何不讓這夢境化為甜美誘人的現實呢？

我毫不遲疑，即刻褪下身上衣物，不一會兒，就和今早一樣地赤精大條。不過，我想試試看能否在驚醒她之前，就插進她美妙的穴內，一如當年我以同樣方式侵犯了我的第二任愛人，我的表妹艾蜜莉。

於是，我輕輕跨過她捱著我的那隻腿，膝蓋杵在她腿間，在她身子兩側伸直雙手，側撐住我自己的身體，朝後踢直了腿，眼睛盯著準備插入的火熱蜜穴；我放低身子，直到我搏跳、脹大的龜頭接近入口，接著我伸手握住肉柱，送進她的穴內！

天啊，插入的當下著實舒服！我看得到自己穿越了豐饒的情愛寶座，我也感覺到我興奮的肉柱頂點和龜頭底部寬大的肉冠如何被她的蜜穴唇肉包覆、吞入。我望著她的臉龐，想知道她是否察覺到我這個勇敢的竊賊正在竊取她的胯間祕寶。不，她睡著了，而且正沉醉在刺激的情色綺夢當中。一點一點地，我又多插入一些，不過也稍稍地抽送幾下，好讓她覺得更舒服點。我全進去了，她濃密的密林在我眼前隱沒了我肉棒的最後一寸；我倆的私處毛髮交雜一片，我的卵蛋輕輕抵著她的臀肉，她驚訝地醒了！

有那麼一瞬間，她迎上我的目光迸散出銳利、幾近狂野的眼神，一如我初次在轎中見到她的樣子，不過，一下子就變了，轉而流露出歡愉愛意的柔情神色。

「啊！原來是你。」她叫出聲來。「我才剛夢見你，你就用這麼甜蜜的方式喚醒我！」火熱的深吻、親密的擁抱、歡愉的哼叫聲，接著肚腹抵著肚腹，胸口捱著胸口，嘴唇對著嘴唇，我倆再度交歡，這是第九次還是第十次？我已經分不清楚了，只聽到一如今早同樣的情愛旋律在耳邊縈繞，伴隨我倆的飢渴交歡，和其他動作交織並用，接著是火熱、快速、激烈的短抽短送，兩座愛慾火山同時迸射出滾燙岩漿，匯流聚積在隱身於茂密的愛神之丘底下的凹穴裏。

用來提醒衛兵上哨的鑼聲在五點響起，我們已經纏綿近一個鐘頭了，我可愛的美人兒正第十五次地檢驗她所說的「驚人」好屌和睪丸——之所以驚人是因為它毫無疲態，亦無耗損枯竭之象。

「我真不敢相信你的小傢伙是真的。」她握著、擠了幾下，對著脹大的龜頭，先親了一邊，又朝另一側吻了了幾下。

「怎麼說？」我笑著問。

「因為它一直都翹挺挺，而且硬得像根棍子一樣。」

「因為它很愛妳那甜美的蜜穴啊！只要離開一會兒，它就迫不急待地想鑽回去。」

「噢，我以前從沒遇過像你這樣的。所有和我交手過的男人裏，要不就第一次出來後便軟趴趴了，再不就是再一回就沒辦法；通常我還得努力愛撫他們，不然就得等上好一段時間，這些男人才有辦法揚旗再戰。我從沒見過像你胯下這樣能幹的，看來，要清完你的囊中精華，我可得費上一番工夫了。」

「親愛的，我向妳保證，如果我碰上的是一般女人，我的表現也會跟妳方才形容的男人一樣。我敢說，一定是妳絕世姿色的魔力，才讓我有這樣反應。」我張開雙腿、伸出雙臂，說道：「來吧，過來躺在我身上，讓我好好吻妳，至死方休。」

聽到我對她的讚美之詞，她高興地嬌哼了一聲，投入我懷中；我的肉柱也在我倆的肚腹間找到了一處甜美的歇息之處。她給了我最甜美的吻，像隻貓呼嚕嚕地在我耳畔輕吐愛意與激情的字句，我以為她會雙腿大開，讓我直探深處。不過，一個她腦海閃過的念頭，斷了我的美夢。她撐起身子，問我：「你到達這裏的消息，已經向這兒的領地辦事處官員報備過了嗎？」

這是什麼鬼想法！就在我正準備獻上女人從男人身上所能得見的最美妙之物的當下，她竟能說出這樣煞風景的話。這不禁讓我想起相蒂太太某次在她丈夫正進行重要手術的時候，竟然問他是不是已經把家裏的鐘上好發條了。

「親愛的，別管那報備不報備的事了。快過來，我迫不及待想再來一回，我要妳的蜜穴。」我邊說邊伸手滑往她的腹下，往腿間送去，中指插進她的穴裏。

「不！」她用力地推開我的手。「在你去報備之前都沒得玩。看來你不知道這地方的規則，不過我可清楚得很。我這幾年在印度，可見識過他們這群人的嘴臉，特別是那個塞爾少校，根本是個禽獸。他知道你在這裏，你放心，如果逮到機會，他一定會高興地好好整你。別忘了你是昨天早上到的，要是你不在天黑之前快去報備的話，就準備等著他來整你吧。」

我試著說服她，說我一點都不在乎這地方的規則和那個塞爾少校，現在最緊要的任務，就是讓我的老二向她美麗的腿間所在報到，我根本不可能放下這手邊任務，去辦那件明天再做也無妨的報到手續。更何況，我的老二在這番努力奮戰後，也絕對會在通報往返之間鬆懈下來。不過，我完全說不動她。她說我根本不了解這個人，她告訴我許多關於塞爾少校的事，也提及她和他之間的不悅之事。她說我應該立刻去向辦事處報備，若不去，就算對我無礙，對她可是關係重大。

沒有人比我這時候更不情願的了，但我只能乖乖順著女王的要求，穿上衣服出門去找塞爾少校的辦公處所在。我知道，倘若我說從離開英格蘭之後，我似乎都還沒好好幹過一回，其他人是絕對不會相信我所言的。就像男人為了在一場甚為渴望的床戰中能倍享銷魂之樂，先前會刻意地禁慾節制，我的睪丸和胯下開始脹痛，身體所有的感官都異常敏感。這都是實話實說，至於信不信就由你了。無庸置疑地，不論是因為長時間的禁慾，或某個對其特具魅力的女人，男人有時會在床上較平時表現得更顯勇猛。且讓我模仿一下泰奧菲·高迪耶，請各位讀者回想看看，男讀者試想曾有過的美妙夜晚，女讀者想想自己遇過最高大強壯又主動的床上男伴的特別經驗。

我走往少校的辦公處，很幸運地，我剛好在他帶著隨扈，打算晚餐前出門散步之際遇見他。

「請問您是否正是此處的駐地少校——塞爾少校本人呢？」

「我是。」

「長官，抱歉，我該早點來向您報備已抵達這裏的，不過旅途漫長，我累得躺了一整天，加上睡醒時天氣又熱，因此遲至現在才來向您報備。」

「先生，請問您是？」

「我叫查爾斯．戴福羅，是東一營的步兵上尉，因為官階晉升，要到契拉特和我營會和。」

「噢！戴福羅上尉，幸會幸會！抱歉沒先認出您。您想進來坐坐，或是一起散個步？今晚的集會您會過來嗎？我可以介紹您和其他官員認識認識。短時間內您恐怕無法如願地前往契拉特了，因為所有有輪子的交通工具都在一個禮拜之後才會到鎮上來，所以就算我花上幾千盧比也沒辦法給您在鎮上找個交通工具到契拉特去。而且，從普布里到山下小鎮夏闊特的路況很惡劣，除了單馬轎之外，其他交通工具來走都不成。所以到了山腳下，你得步行或是騎馬上山，才能登頂到達契拉特。」

在得知我也是政府官員，而且更是僅比他低一階的上尉軍職之後，這個男人的態度有了十萬八千里的大轉變。如果我只是個中尉，他的姿態和架子應該會擺得更高吧。

起先，我覺得這個剛認識的傢伙是個好人，他說話態度和善、神情愉悅，問我在孟買待得怎樣、沿途的旅程是否順利等等，也說到坎達哈的軍隊擊潰了阿育布汗和其他倒楣的領主，以及眼看即將告終的戰事；他把話題轉回到諾雪拉這裏，談到了本地的一些屋舍和其間的居民。接著，他提到了我那赫赫有名的女人，談到她的魅力和不為人知的祕密，也技巧性地問了我一些隱晦的問題。他的舉措和刻意掩飾的防衛，在在讓我覺得他就像隻賊貓，善用身邊所有掩護，正俏俏地靠近麻雀似的。我想起了我的愛人提到塞爾少校時的厭惡神情，於是在他問我問題時，我心裏時時提防著，但最後他直接明白地問：「您在旅店裏是不是見過有個貌似淑女的女人？」

「我是見過有個淑女，但也許那兒還有其他女人吧。我不是全都見過，所以無法肯定她是不是就是您所說的人。」我這麼回答。

「您得小心，我說的這女人，是個官員之妻。她長得很漂亮，但很遺憾地，我得說，她是這世上最淫蕩的女人，就算不是全世界，也是全印度最淫亂的蕩婦。她必是淫蕩好色之身，因為只要她見到的男人，沒有一個不被她請上床的。因為她長得實在美艷，任何一個像你這樣剛從英格蘭過來的年輕男人絕對都會覺得自己天外飛來艷福而接受邀約。可是，請容我說完，在印度，與歐洲女子通姦可得擔上兩年監禁的罪刑外加兩千盧比的罰款，而且這女人還會被逐出印度。雖然沒有人起訴我剛剛提到的那女人，但她已經犯了這樣的罪不下十數次，她的行為在帕夏瓦可是臭名昭彰。雖然她自己完全不知情，但我們已派了人特地暗地嚴密地監試她。還有一些像你這樣，不可能不愛上如此美麗女子的年輕男人，他們最後都會發現自己不過是這女人肉慾需求下的倒楣鬼。」

「塞爾少校，我已經結婚了，在我前往部隊赴任的途中，還不至於像其他那些倒楣的單身男子一樣受到誘惑。不過，還是謝謝您的即時警告。我知道，男人不管已婚或單身，都可能成為自己慾念的受害者，特別是漂亮女人讓他卸下所有防備的時候。」

「您說的沒錯。這賤人雖然生得美若天仙，但淫蕩的程度可不亞於全巴比倫最放浪的妓女。」

我活了這麼久，人在說話時腦子裏想甚麼我可是清楚得很。我的結論是，塞爾少校剛剛一番長篇大論可不是基於道德所言，或是善意勸告，而是某種警告——「你可別碰我的女人，她是我的禁臠，她的胯間之地，除了我之外，沒人可以造訪。」

我們之間的談話在走到食堂時告終。就像在印度其他多數的官員集會一樣，現場也是一群大致還算和善的殖民地官員，多數人多少都因為印度當地炎熱不適的氣候和長時間的駐地工作顯得神情疲憊。儘管他們早已習慣看到一張張正要前去阿富汗，或是剛從該地回來，來來去去的新面孔，他們還是對我頗感興趣，親切又熱情地敬了我幾杯酒。因為隔天恰好是他們的「賓客之夜」，他們便邀我明晚共進晚餐，而且還請我考慮成為他們聚會的榮譽成員，在我還得待在諾雪拉的這段時間裏多多參加聚會。

我很想婉謝他們明晚聚餐的誠摯邀約，因為我實在太沉迷於我鄰房女神的魅力，只要能在她懷裏，對我的心神都是慰藉；但塞爾少校在一旁暗地看著我，如果他和我的愛人之間的關係正如我所推測，那我最好開心地接受邀約，免得塞爾少校起疑；於是我打起精神，假裝開心地接受邀請。這個舉動似乎讓少校稍微卸下心防，因為他轉過頭，開始和別的官員聊了起來。他們問塞爾少校明晚是否可和我一同聚餐，但他回說明晚他有公務需處理，如果有空的話，他晚點會過來和我打打撞球。

等了一會兒之後，我說想先告辭，好趁著天色猶亮在附近走走逛逛，塞爾示意要陪我一起走。這男人讓我覺得又煩又厭惡，真希望他滾進地獄去，因為我開始對他嫉妒起來。我覺得他一定上過我的愛人，我很肯定；但只要我在諾雪拉一天，我就不會讓他繼續得逞。她已將自己的祕處獻給了我，我一定要將它據為己有，我是這祕處現在的主人，以後也會是。少校所說的通姦刑責與罰款我很清楚，這嚇不倒我（就像所有古雅典的嚴厲律法，很少會被強制執行）。但我無法避免面對的，是一個醋意甚深的男人，特別是又這麼殘暴的傢伙，會如何干預我和麗茲，又會怎麼找我愛人的麻煩。我覺得自己該盡可能地控制情緒，不受影響。

我們只走了短短一段路，塞爾似乎不自覺地領著路，從食堂走到了旅店所在。

我想請他喝杯酒，但他說這旅店裏的酒質不佳而回絕，這話倒是真的，而且，他們也沒有冰塊。我們方才聚會的地方也沒有冰塊。在過了杰魯地區之後，印度人就不知道冰塊為何物。不過只要是乾燥炙熱的風繼續吹著，這裏倒是有個簡單方法可以讓酒降溫，只要把酒瓶裝進擺滿濕稻草的籃子裏，讓熱風由上吹過，快速的蒸發效應會讓瓶溫迅速降至低點，這樣就不需要冰塊了。我沒忘記這方法，就讓房務員如法炮製，當晚和之後的日子，我時時有冷飲可用。

我們坐在陽台上直到天色變暗，我一直感覺到背後一雙眼睛正從簾後射出犀利目光盯著我們，而且豎直耳朵聽著我們所說的每個字句，但少校全然不覺。少校起身離開，臨走前總結我們談話的內容，警告我說：「可別忘了我告訴你的事情。」

「好的，少校。非常感謝，晚安。」

當我確定他已走遠時，我的愛人從門後走向露臺，坐進方才塞爾少校的座位。

「那個畜生怎麼跟你形容我？」她的聲音因為激動而顫抖。

我將剛才所談的內容據實以告。雖然我刻意地將塞爾少校形容她的語句修飾得婉轉一點，她仍是激動地起身在露臺上來回踱步，猶似狂怒的老虎。

「這個黑心肝的爛人還真是宣揚貞潔和美德的最佳人選！我真想知道到底是誰逼得自己的妻子來到這裏成了淫蕩妓女。是啊，就是個妓女沒錯，她跟男人要錢，一晚五百盧比。我從沒跟男人要過一毛錢，不管一塊，或是百萬，我連一分一毫都不收。如果我跟人上床，只因我愛對方，享受性愛之樂。我最恨下流男人，世界上唯一的下流鬼，就是塞爾。」她朝地上吐了口口水，表示她對塞爾的極度厭惡。

我試著用我所有最溫柔的方式安撫她，最後終於稍稍平復了她激動的情緒。她說，她從未允許塞爾碰她。

各位有耐性的讀者，我想告訴您她的情愛冒險過程，但不是現在。我得解釋一下為何塞爾少校恨意甚深，而麗茲．威爾森又是如何想擺脫這個糾纏她多年的麻煩佬。

當我在前往契拉特途中，在拉霍稍微停留幾天時，我僱了一個當地人當我的僕役。他叫蘇巴提，是個能幹的傢伙，而且頗會做生意。我倒是不清楚他是不是結婚了，不過，有一天，他帶了個年輕的當地女子在身邊。正如各位讀者所見，這女孩的「天分」在契拉特當地可不會被埋沒。但對我而言，我還有遠比蘇巴提太太的棕色肌膚和熟潤迷人風情更美妙的對象可享。儘管她的年紀還不過二十，雙峰膚質也算細嫩、豐潤，但她的體態就像絕大多數的印度女人一樣，胸部下垂，了無生氣。這樣的缺陷在當地實在很普遍，駐地的英國官員和大兵一點都不在意，他們的焦點只放在女人胯間多汁甜美的蜜穴，而不是每個女人身上不同的個人魅力。

蘇巴提聽到我要去參加聚會，便取來一件全新乾淨的上好白衣讓我換上，他自己則很好心地提著燈籠，陪我走過滿是塵土的院子，去參加慶祝一三零聯隊的聚會活動。我形容一下這間接待室，頂上有個搖動著的布扇，廳內有幾張桌椅，地上鋪著地毯，架上有書籍、報紙，幾座狩獵賽的獎盃等等東西。那裏的一些員工和驕傲的官員親切有禮地迎接我，有個上校似乎在悄悄觀察我，更有一些人嘴巴上說「很高興看到你」，但眼裏卻洩露出「我倒要瞧瞧你是甚麼貨色」的眼神。

多數的駐地官員都一樣，你只消見過一個就等於見過所有人了。英國官員絕對是最糟糕的傻瓜，每個人的生活都很沉悶，群體生活更是如此。除了一股無聊沉悶之氣外，還有一種漫不經心的氣氛，這就是英國官員生活的核心。我非常清楚，晚餐上只要酒過三巡，配上美食佳餚，餐後再來杯小酒加上幾根菸，大家卸下禮節和心防之後，我就會聽到許多流言情報。因此，現在席間還是談著戰場上的老梗故事，聊著阿富汗人殘暴、膽小、野蠻的行徑，伴隨幾聲對高官的吼聲，想必這高官必然對英軍的勇猛表現戰果滿意得不得了。我知道這些話不可盡信，但還是裝作興味盎然；我想，在我的新朋友眼中看起來應該是這樣吧！

但是，男人餐桌上的話題最後都會談到女人——漂亮的女人。我那位年輕的朋友J.C.先前說的，英國大兵從完全沒有女人的阿富汗戰場返回駐地之後，對女陰廣大需求以得身心慰藉的一番言論在席間馬上獲得證實。那時候，還有規定會強迫當地的女孩子得為軍隊提供性服務，而且這些女孩子還得跟所有的軍官一樣，隨部隊在印度出征移防。但是英國大兵跟所有人都一樣，也喜歡換換口味，嘗點新鮮的變化，因此，只要當地有市集或是店鋪，必會有女子提供性服務。這些女人會賺上一筆錢，但這筆錢依法本該是由軍中的慰安婦所賺的。最近部隊從阿富汗移回帕夏瓦，眾多阿兵哥對女體渴求甚巨，造成諾雪拉、阿托克、拉瓦皮底、溫巴拉以及其他地方聚集了頗多的窯子，這些窯子就像禿鷹圍著死肉一樣，全都往這幾個地方聚了過來。這對一三零聯隊的官員可是一大委屈，他們就跟當時在列拉巴和倫迪括塔那時一樣，非常地渴望想找女人溫存。在倫迪括塔，有個廓爾喀部隊的阿兵哥從某個當地女人那兒染上嚴重的淋病，大家都叫他「幸運的廓爾喀」。這稱號當然不是因為淋病，而是因為儘管他事後深受性病之苦，但這阿兵哥在那個環境之下，竟然運氣好到有機會能跟女人爽一下。當時女人對這些阿兵哥而言，就好像在撒哈拉沙漠迷路的旅人想喝口水般地可遇不可求。

一談到女人和愛情，原本席間沉默無語的人也都開始熱絡起來。我發現一個矮矮胖胖，有個雙下巴的少校最富喜感，他似乎頗喜歡我，建議我們到外頭談談。外邊軍樂隊正演奏著歌劇詠嘆調改編的曲子，以及幾首活潑的舞曲音樂。我們在舒服的長椅上坐了下來，享受夜晚的涼風、耳邊樂音，以及夜空中無數閃亮的如鑽星光。

「我們旅上的塞爾少校說他晚點會過來，不過，我才不這麼認為。」他說。

「怎麼說？」

「因為他可沉溺在旅店裏某個可愛小女人的穴裏。」

這句話無疑是朝我開了一槍。

「真的，這個可憐的傢伙，祝他成功啦。」

「噢，是嗎？我們都說這真的太可惜。我們都一致認為你會醉倒在她的石榴裙下，這就表示塞爾會在你出去的時候插手染指。哈哈哈。」

「噢，可是，少校，我已經結婚了，而且才剛離開我太太身邊，不會想這檔子事。只要塞爾有辦法逼那女人獻身，那就好好享用吧。」我心平氣和地說。

「可是，戴福羅，塞爾少校可也是個已婚男子啊。」

「我不是暗指男人一旦結婚就能拒絕其他女人的魅力誘惑，我不是這麼嚴苛的人。我跟其他人一樣，也容易和其他女人發生關係，可是，如您所知，我結婚還沒久到對我太太生厭，再者我離開她的時間也還沒久到會和其他女人通姦。」

「塞爾也結婚了，但他可是個混蛋。不過，我也有點可憐這個老混帳。不知道怎麼回事，但他和他太太，他美若天仙的太太，兩個人就是處不來。事實上，是他太太甩了他。」

「老天爺，你說的可是真的？」

「沒錯，戴福羅，你別把我當成長官。聽好了，我告訴你，他對待那可憐的女人就像對待一條狗似的。你知道嗎，那時他差點用毛刷棍把她給打得半死，連頭骨都快給打碎了。發生這件事之後，她就離開他，獨自到倫斯克自力更生。」

各位讀者想必對我剛剛一番貞潔如所羅門王、說年輕丈夫對自己妻子的酥胸依然甚為滿意的言論嗤之以鼻。我這是要說我們都該這麼做，我當然不是刻意要杜撰一些故事讓我的新朋友或其他人聽了發笑。有些故事會傳得又快又遠，直到最後繞了一圈，傳到那些我們最不希望他們聽到的某些人耳裏。當話題一談到我的太太露伊，我的心神不禁都醒了過來，我想到她躺在舒服的床上，也許正因為傷心而低聲啜泣，祈禱曾在白天讓她快樂，夜裏給她無限歡愉的摯愛丈夫，也是可愛孩子的爸爸，能平安健康，快快從戰場歸來。心裏儘管這麼想，但肉體卻是懦弱的，如同過往所見，精神的力量往往會敗服在懦弱的肉體腳下。

我見過塞爾，也聽過麗茲對他聲稱自己妻子是個婊子，只消付上一大筆錢就能佔有她的肉體這樣的言論產生的暴怒反應。少校和我的對話便直接轉移到我特別感興趣的題目上。當晚，我不在乎胖少校談談塞爾怎樣設計他老婆，心裏想著麗茲若是為了騙我而刻意偽裝自己極度厭惡塞爾，那她就是最蠢的騙子了。不，我感覺得出她真的極度厭惡塞爾，因此我根本不擔心萬一我回去時，會發現塞爾正在麗茲胯下溫存。

「少校，您剛剛說，她『自力更生』是什麼意思？」

「噢！這個嘛，我不想說得太大聲，你耳朵湊過來一點，聽仔細啦。這個嘛，嗯，就是，幾乎每個男人，只要不折不扣付她伍佰盧比，就可以享用她的肉體。」

「什麼！」我大吃一驚、不敢置信地回說。「塞爾夫人必然像個淑女，您要我相信這樣一個英國官員之妻竟然會撇開她老公，做出這樣禽獸般的愚蠢行徑，在倫斯克這樣的地方當妓女？大家都說流言耳語不可盡信，就連親眼所見之事，也該半信半疑，少校，您記得吧。這件事您一定搞錯了。」

「我知道，我知道。」他老神在在、神色平靜地回說，態度堅定得好像他自己是立下律法的摩西。「不過，戴福羅，咱們英國有句俗話說『布丁好壞，不嘗不知』。你瞧瞧這個，看了這個證據，你就知道我所言不假，我可證明我——石傑克，付過錢，嘗過塞爾夫人的肉體。沒錯，石傑克付了伍佰盧比給塞爾夫人，好跟她在床上共享一夜春宵。」

「老天，您真的……」

「我真的肏過她，狠狠地肏過她。我告訴你，她還真他媽的是個極品，她開口要價伍佰盧比，這價錢真是划算。我石傑克雖然不是什麼有錢人，但還硬是讓我前前後後掏了三次伍佰盧比出來，存到倫斯科的某間銀行。這間銀行的唯一老闆，就是塞爾夫人，那銀行戶頭呢，嘿嘿，就是她美妙的屄，那銀行在哪裏？就在她的兩腿間囉！年輕人，這樣你懂了吧。」

「那塞爾少校不知道嗎？」我還是不敢置信地問道。

「不知道什麼？不知道我上了他老婆嗎？」

「不是說你上了他老婆這件事，而是他老婆跟別的男人有染，而且辦這檔子事還當場收錢。」

「知道，他當然知道！她就是靠這個來報復塞爾。他太太寫信告訴他，讓塞爾看她怎麼把他的名聲搞臭。」

「那他為何不把她休了？」我生氣地大喊，因為我認為，為人妻子的不管再怎麼不滿，這樣荒謬的行為也實在太不知羞恥了。

「啊，戴福羅，你也小聲點，部隊裏不是大家都知道這件事。說到離婚……如果我聽到的傳言屬實，那不管塞爾多希望可以離婚，離婚這件事對他而言，絕對是最後選擇或是要求。」

「有些小事情在打官司的時候可是會被揭露出來的。塞爾到時可能會發現，他丟掉的可不只是他厭惡的老婆，恐怕連他的名譽和自由也會一併沒了。我不認為有人會想為了甩掉老婆而去坐牢。」

「什麼樣的小事情？」我很好奇地問道。

「塞爾在結婚之前曾經在波斯待了很長一段時間，他染上了波斯人喜歡男孩的癖好，雞姦啊，你知道吧。」胖少校壓低了聲音說。

「走後門，他要塞爾太太學會這招。不過，她跟所有端莊的淑女一樣，斷然拒絕了。故事本來到這裏就告一段落，但是，有天晚上塞爾酒喝多了，而且性慾一起，就狠狠地蹂躪了他老婆的——嗯，小菊花，從那天開始，他太太就恨他入骨，會這樣生氣當然也是難免的。之後她就成天在他耳邊嘮叨碎嘴，直到有天他在氣頭上，就像我先前說的，差點殺了她，之後她就離家搬到倫斯科來了。」

聽了這麼噁心的故事，我現在對這對夫妻都非常厭惡。

「可是，這種性愛之樂你在印度各地都可以享受啊，她怎麼能開口要這麼大的一筆錢？」

「噢！這你就有所不知了。第一，塞爾夫人算是上流人士，她若不是全亞洲最美的，至少也是全印度最漂亮的女人。」

「上流人士！」

「是的！老天，你還不懂。你在老家也算見過世面吧，難道沒聽說過每天晚上都會在一些上流地方見到的某某夫人，私底下都靠肉體賺錢？你難道沒見過表面看似尋常，但私底下放蕩的女人？你老婆和姐妹羞於啟齒的動作，她們做起來可是毫不害臊呢，但大家只會批評她們放蕩。你真以為你知道哪些女人私底下在賣淫，而且還頗獲好評？賽爾太太就跟這些人一樣。她住在一棟漂亮小平房裏，就在倫斯科的山上三哩處，她稱那個地方叫『忍冬居』，但有些搞笑的傢伙故意戲稱是『蜜屄屋』。哈哈哈！她在天熱時都會待在山上，她稱那區的山叫『維納斯之丘』。天氣轉冷時，她會搬到路克瑙、米特魯、阿葛拉、貝納列，或任何她喜歡的地方住。如果沒有熟客介紹，你還訂不到她呢。我們的總督大人對她很癡迷，這就讓那些上流社會的人對流言噤聲了。大家都懷疑、也知道，但就是假裝這樣一個遠離塵囂、獨居在小小木屋、每天蒔花種草的嫻靜仕女，不可能是一個受虐於禽獸老公的可憐女人。」

「噢，原來如此。所以，想跟她來一回，得經人介紹才行？」

「沒錯。要是沒人介紹，你只能望月興嘆啦！」

我沒打算一親芳澤，但對這個不知真假虛實的故事非常感興趣，便出於好奇地問道：「那該怎麼安排呢？」

「哈哈哈，戴福羅，我想你開始在想自己是不是湊得出伍佰盧比來，對吧？」

「才不是，我才沒興趣，不過是出於好奇問問罷了。」我生氣地回答。

胖少校大大地吸了口快滅掉的菸，回說——

「反正告訴你也無妨，你可以透過任何上過她的人幫你引介，我這邊馬上就可以幫你介紹一個，我就是這樣搭上她的。我老早就聽過塞爾夫人的大名，也耳聞不少關於她的傳言韻事，不過我當時就跟你現在一樣，對這些傳言都是半信半疑。我剛好選了倫斯科當作三個禮拜長假的避暑度假之地；當時我不知道她人就在這裏，而且總督和他的部屬那時候也在此地度假。大家都很納悶，為何他會捨奈尼塔而改選此地？想必他絕對是因為塞爾夫人而做此選擇。

「沒多久，我在這裏巧遇亨利．博德福爵士，你知道，就是那位副軍情祕書。我和博德福以前是同學，他還真是個大好人。有一天，我站在路邊和博德福說話，一位我所見過最為優雅美麗的女子翩然走過，博德福摘下帽子，對她微微一笑，而這位女子則是稍稍欠身致意。當我也摘下帽子時，她看了我一眼。老天爺，實在太美了，她這一回望讓我的心都快跳出胸口了。當她走遠後，我問：『亨利，你那位朋友是誰？她還真是美得掉渣！』

「『難道你不知道，那位就是大名鼎鼎的塞爾夫人？』

「『真的嗎？』於是我問他，眾口紛紛，關於她在賣淫的謠言是否為真。

「博德福看著我，露齒一笑地說：『老石，你真的想知道嗎？』

「『當然。』

「『如果我告訴你今天早上五點之前，我都在床上跟她共度良宵，你應該不會相信。所以，要知道答案的最好方法，就是你自己去買一次看看。』

「『鬼扯，我才不相信。你只是在耍我而已。』我說。

「『那這樣，你有沒有伍百盧比？我們來打個賭，看我說的是不是實話。』他說。

「『伍百盧比可是一筆大數目，下這個注不太值得。』我猶豫了一下。

「看到我面有難色，他接著說：『那麼，老石，你願不願意花個伍百盧比嘗嘗塞爾夫人的滋味啊？』

「『願意，願意。』我急忙回說。

「『那你跟我來。』

「我們走回我的下榻旅館，博德福要我開了張支票，接著拿著支票到當地銀行兌現五張新簇簇的百元盧比鈔票。接著，他要我寫封署名給塞爾夫人的信，在信裏問她某某天是否能讓我到她府上一訪，共進晚餐。我有點擔心這位老兄其實在設局騙我，但他接著從口袋裏掏出一個小匣子，打開匣蓋，讓我看匣裏的一張照片。照片裏是個漂亮的全裸女人，全身身無寸縷遮掩，三點盡現。他說：『塞爾夫人會給每個一夜情人這張照片，這張是她今天早上才剛給我的。喏，你瞧，這兒還有她的簽名、日期，還有昨天晚上跟她來了幾回。』

「我看了照片，沒錯，影中人正是我方才所見的女子，此外，我還看見幾張她在別處所拍的照片。

「老天，看到這樣的畫面還真馬上讓我就六神無主了。我對博德福說，如果這件事出了什麼差錯，他可是要負責的。他信誓旦旦地向我保證。我在信末簽上名字之後，他又加寫了幾個字——『可嗎？』

「『這意思是？』我問道。

「『當然是「可以睡覺嗎？」』

「我將五張鈔票放入信封裏，帶到郵局寄出。寄出信之後，我覺得自己幹了件蠢事。不過，隔天我收到一封來自塞爾夫人的回信，信裏還附回原先的五百盧比。她在信裏回說很遺憾，近十天內恐怕都沒辦法伴我共進晚餐，希望我若是方便的話，可以一個禮拜過後重新捎封信給她，她絕不會讓我失望。收到信後我飛奔去找博德福，感覺興奮到快中風似的。我依著博德福的建議在八天後重寄了一封信，當然也附上了鈔票，在信末簽名之後，也加上了『可嗎？』隔天，一封署名瑪蒂達的回信來了。她邀我隔天晚上八點到家裏用餐，信末寫著『親愛的傑克，可。』」

「你去了嗎？」

「這是什麼蠢問題！我當然去了。老天爺，我那時真的很急著想過去，就算到現在我都沒辦法平心靜氣地說完這個故事呢。我去了，她在家裏小巧漂亮的畫室迎接我，這空間布置得很好，掛了鏡子、畫，也擺了不少小玩意兒，以及其他會讓房間看起來雅致漂亮的東西，地上鋪著鬆軟的地毯，軟到走過去腳都會陷進去呢。我抵達時，塞爾夫人正在讀書，在領我過來的下人離開房間之後，她走過來、執起我的手，握了幾下，接著吻了我。我那時好興奮啊！不知為何也覺得好羞愧，像頭死豬杵在原地，不過她很快就讓我覺得自在一點。她讓我和她同坐沙發，膝蓋抵著我的腿，露出光潔的雙肩和美麗的胸口，問我是在何時何地認識博德福，又怎麼會認識他的。那時候，我整個人都在性頭上，從我開始期待這一天到現在，都一直處在亢奮狀態。但是如我方才所言，在我抵達之際，我全然懾服在她的優雅姿態之下，說實話，差一點就要羞愧而逃了。不過，當我細看這位即將被我佔有的女人，聽她彷若多年好友的親切談話，以及她撫摸著我的手掌時的觸感，更別說她不時地熱吻，我也漸漸地多了一點勇氣。為了展現我不是傻子，對她可是有所求的，我將手擱在她的胸上，捧住一只半露在衣服之外的美麗乳房。她笑著回說：『別急，時候未到呢。』之後，我們共進晚餐，我抽了幾根菸，我們便到床上了。她在床上的樣子正是我所期望的，只要我的舉止不太過火，和正常人一樣，我都可以隨心所欲、盡情地佔有她。

「我吻了她，並向她致歉。我在衣服口袋上別了一小朵玫瑰花苞，她取下花苞說：『您看，我要把花放在您等會兒該在的地方。』接著，她把花插進自己的乳溝間，『百合花內的玫瑰花。我現在只讓你到這裏噢。』

「我們吃了一頓美妙的晚餐，雖然我很猴急，但還是好好地吃完這頓飯，飯後我還抽了根菸。當菸快抽完時，她指了指，說她要先離開去寬衣，如果我聽到一陣小小鈴聲響起，就可以到她那間臥房裏去。沒多久，我就聽到鈴聲響起，我起身走去。天啊，那時候實在開心得很。雖然我也算征戰百回、閱人無數，但從沒見過任何人比得上全身赤裸的塞爾夫人那般美艷。她身穿一件好似睡袍的透明薄衫，覆著她從頸子到腳踝的玲瓏身軀；那件衣服沒有袖子，露出的雙臂顯得動人無比，她的雙乳在薄透的布料遮掩下比一覽無疑更加誘人。她的乳尖看起來好似草莓，既飽滿又多汁；我本來也可以看到她的私處的，但身體正中間，從下巴到腳踝，有一條粉色的寬緞帶綴蓋在薄衫上，恰好蓋住她的蜜穴，讓我只能看到從緞帶兩側漫伸而出的私處毛髮。戴福羅，我沒辦法形容跟她共度的那夜，因為你聽了只會瘋狂地想衝進那間屋子見那女人，不過就像你說的，已婚男人才不會這麼做。我這輩子從來從來都沒有過這麼美妙的體驗；就算我五年前還比較年輕的時候，表現得可能也沒有當晚來得好。

「我結結實實地上了她八次，七次在晚上睡前，第八次是隔天早上起床時。她說，因為我太胖了，第一眼見到我的時候，她完全沒料到我會有如此表現，她說胖子一般而言床上表現都不佳。在我吃完早餐準備離開之前，她給了我一個小匣子，就跟博德福現給我看的一樣，要我到家之後才能打開看，她說她信任我，要我千萬不可讓任何人看這個匣子，除非我認為這人也適合跟她來一回。我現在就讓你看看！」

「來人啊，快過來。」亢奮的少校大喊，有個僕人便受召走來。僕人依令取來一個文件箱，少校從箱子裏取出一只四乘六寸見方的小盒子，輕輕地推了我一下，示意走到無人的前廳去。他讓我看那張照片，影中人是個漂亮的全裸女人，照片拍得非常好，相片背面還寫了「給石傑克，一八七五年六月十五日，八回。」

「只要你隨時想要嘗嘗那女人的滋味，儘管給我捎個訊息，我可以幫你引介。」

我誠心地謝過少校，但老實說，我可不想花上伍百盧比去佔有一個女人。我暗暗在心中把麗茲和塞爾夫人相比，雖然從照片中看來，塞爾夫人的確是個美人兒，但還是不若我的麗茲。

多抽了幾根菸、喝了幾杯酒、又聊了塞爾夫人和床笫之事後，我離開聚會現場，回到住處。剛剛少校的一番言語著實讓我血脈賁張，我巴不得趕快回到麗茲身邊，解決我身體裏高漲奔騰的情慾熱血。

當我走回小屋時已近午夜時分，周圍一片昏暗。儘管夜空群星微微光線讓我仍看得到路，但走到家時，屋外露台和房內仍是漆黑一片。我猜麗茲應該是等我太久，已經累得先睡了。在享用過豐盛晚餐、酒過三巡之後，我渾身充滿活力、興致勃勃，心想麗茲應該也是如此吧。

我心裏這麼想著，便打算給她驚喜，趁她熟睡時悄悄潛入，再「進入」她，好甜蜜地喚醒我的麗茲。我踮著腳尖輕輕進到我房裏，準備脫個精光後再到她床上會合。但當我走近露台，就看到眼前一道白色身影，我定睛細看，這不就是麗茲嗎？她坐在我的躺椅上，由她的坐姿看來，她顯然睡著了。我悄悄走到她身後，彎下身子，親吻她柔嫩的臉頰，伸手滑向她美妙的胸口，愛撫她溫熱、豐滿、滑嫩的雙峰。噢！這觸感多好，一直都讓我享受到無比歡愉。

「啊，親愛的查理，是你！我一定是睡著了。」她轉頭回望。

「是啊，親愛的。」我溫柔地說著，手仍輪流地撫弄著她的雙乳，吻著她朝我嘟過來的唇。

麗茲回吻我，還輕拍我的臉，看來似乎很享受我對她的愛撫。雖然她還穿著衣服，但衣服卻是垮垮地披垂在她身上，我的手能輕易地穿過，伸往她的腰間。她光潔的肌膚摸起來猶如絲緞般地滑順，觸感竟是如此前所未有地美妙。我的手一路由胸口滑下她的平坦的腹部，在她腹上游移，慢慢地往下、往下，直到觸及蔓生在她神聖小丘上的密林。我的手穿流過這座原始森林，直抵那化生為密密褶皺的起點，這裏也正是她那豐盈飽滿的密道之始。我的中指滑入溝裏，輕輕彈弄她乍醒的滑嫩花蒂，直到觸及我所渴望的豐饒聖徑入口。

麗茲不發一語，我停駐在她胸上的左手感覺到她的乳房更挺脹了一些；她的頭朝後仰，抵著我的手臂，我感受到微微增加的重力。愛撫著她溫熱濕潤的私處，口舌撫弄她的如櫻雙唇，這其間的感受如此夢幻、如此強烈，我就這樣彎腰站著，猶如鴿子啄吻著它的愛侶。

霎時，一種奇妙變化似乎朝我襲來，我此刻不再身處印度，讓我著迷的不再是麗茲的魅力，而是我摯愛的美麗妻子。我回想起我們美妙的七月新婚蜜月。蜜月的第三天晚上，她領我到房裏，當時空氣溫熱、芬芳，瀰漫著萊姆花盛開的甜膩香味。我讓露伊先花點時間打理自己，預作準備，因為有些動作是年輕的妻子不會願意在丈夫面前做的，之後我再隨她上床。這床就是我的天堂，我倆將進行一場滿足熱切、激昂欲望的肉體盛宴。但當我走進房裏，卻發現她還穿著衣服，倚著窗邊斜靠在椅子上；屋裏沒有燭光，夜空中繁星閃耀燦爛卻亦溫柔眨眼，濃密的樹梢枝葉織成一片黑影，遮掩住夜空一角，戶外一片寂靜，只有偶爾一陣微風伴隨著香氣輕拂過他所鍾愛的樹梢，傳來沙沙音韻。自從我和露伊在神的聖壇前結合為一之後，我從未感受過如同此刻如詩般的柔情愛意灌注在我身體裏。露伊和麗茲一樣，她稍稍轉頭回應我的吻。當我興奮地伸手滑入她處子般的胸口，我在新婚之夜就發現她的雙乳是如此渾圓美麗、光潔緊緻，而且乳尖色澤粉嫩，我愛撫著她的雙乳，她輕輕問著：「是你嗎？」，好似還會有別人出現。露伊對她自己的身材之美頗為自持，即便在我面前換上低領晚裝時，也不曾見她刻意露出半乳，我得自己憑空想像。我祈禱她真的擁有一對甜美的雙乳，唉，您知道男人都會對自己所愛的新婚妻子的身材有所期待，但通常都會受騙失望。

我們太開心了，倆人不發一語，我的手越過她的美麗胸膛，一路滑下她甜美光潔的腹部，越過崎嶇的「維納斯之丘」，滑進那條「邱比特之溝」。當我的手指觸壓著這條溝，她小巧可愛的花蒂開始膨發，以溼熱激烈的吻向我的手指致意。

我感覺到一道電流竄過露伊的身軀，當她感受到我強而有力的中指在她絲滑蜜穴深處探尋時，她壓著我的臉，抵住她滾燙的臉頰，口中喃喃自語：「啊，你是我的，噢，我摯愛的男人！」

滿溢的情緒、無聲的狂喜，肉慾歡愛和激情，一切交雜作用，讓我忘卻自己身在何處，也忘了與我繾綣交歡的是誰。我狂烈地吻著麗茲，因為狂喜，口中喃喃自語，聲音顫抖著說：「噢，親愛的，我最親愛的……」

麗茲鬆開我的手，跳了起來，以一種迥異於平日的陌生聲音對我說：「查理，不要這樣對我說話。不要這樣。」

「麗茲，我做了什麼讓妳不高興？」我驚恐地問。

「你不要像剛才那樣跟我說話。查理，你很清楚你並不像愛你太太一樣地愛我，就算你真的愛我，那也只會讓我不開心。查理，能帶走我身在人世的唯一樂趣的，就是知道有人真真切切地愛我。我離不開我丈夫，但也無法跟他生活。我得盡可能地跟男人上床。你不明白，如果有女人過著像我一樣的生活，除非她得了病，才能讓她不再有所慾念。她得繼續找尋交合的對象，直到死前一刻，或是最後全身精力耗盡才能止歇。你承認吧，查理，你剛剛說話的對象不是我，麗茲．威爾森，而是你太太！」

她的憤怒和對真愛的反感讓我頗為震驚。「親愛的麗茲，我不會騙妳。的確，有一刻，我全然忘了自己身在何處。不過，妳坐下，讓我老實告訴妳。」她坐了下來，但還是神色嚴峻，她允許我抵著她的大腿，但不是以饑渴激情的愛人角色，而是以好朋友的身分才能這樣做。我告訴她剛才我對各位讀者所形容的回憶畫面，也說到了身體的感官和心靈對愛的崇敬兩種感受交融摻雜的甜美滋味。

當我話一說完，麗茲大大地嘆了口氣，說到：「聽我勸告，查理，快把你的太太接過來，別拖太久，她在這裏會讓你更安全一點。你人在印度享受，和你喜歡的女人上床，但我這女人根本不值得享受如此歡愉。你自己快樂，卻讓太太在家裏過著像修女一樣的生活，這樣是不對的，這非常可恥。你聽仔細了，你不是那種沒有女人就過不下去的男人；你再往前走，隨處都找得到年輕貌美的女人，她們不會讓你孤單，她們可能更想要你勝過你想得到她們。相信我，如果說有男人能滿足女人的所有幻想，那一定是你。快接你太太過來，否則恐怕有壞事將發生，屆時，你必會後悔將她留在英格蘭。」

我的手指還在她的腿間蜜穴輕戳，似乎沉溺在邪惡的罪孽裏，但麗茲的一番話說得誠懇真切，狠狠地打醒我。我頓了一兩秒，回說：「好，我相信妳說得對。我會如妳所說，儘快將太太接過來。不過，先讓我們好好享受一下吧，我覺得上次我的肉棒插進妳又甜又嫩又多汁的小穴，已經是好久好久以前的事了。」

聽我這麼講，她回說：「塞爾今天晚上來過了。」

老天爺，我的渾身熱血剎時全降了溫，這感覺就好似我邀請我的妻子共享魚水之歡的請求，她卻冷冷回說：「親愛的，太慢囉。某某某剛剛肏過我了，現在我一點興致都沒有。」

我從她衣服底下抽出手來，大喊：「塞爾！噢，麗茲，妳讓他上了妳嗎？」

「查理，你這個小蠢蛋。我沒說他上了我，所以你不必吃醋。世界上我唯一會對他永遠說不的男人就是塞爾，雖然我向來這樣表態，他還是三不五時就會過來。」

我鬆了一口氣。麗茲對我又溫柔了一點。雖然她拒絕愛情，但她還是一個對我很體貼、溫柔的好床伴。

「他要做什麼？」

「你說呢？我們起了爭執。我對他說，塞爾，你這個渾蛋讓我很頭痛。」

「那他怎麼反應？快告訴我！」

「你出門時差點就和他擦肩而過，他很顯然都在暗地觀察你何時離開，等你一走，他馬上偷偷溜到角落的露台，問我是不是收到了他的字條。我的確收到了他的字條，藏得好好的。親愛的，我沒拿給你看，是因為我不想讓你吃醋。不過，我告訴你，這張字條對我很有利。我猜他一定是喝醉了或是發瘋才會寫下這張字條，因為他若是神智清醒，絕對不會寫下這張讓他自己陷於不利的字條。塞爾夫人絕對會付上一大筆錢來買這張字條，有了這個，她渴望許久的離婚願望就可以成真。有一堆男人可是準備等著她離婚之後要娶她入門。我知道她也常說自己想放棄現在這樣的生活，但塞爾少校太清楚她的想法了，所以他報復她的最佳方法，就是小心翼翼地不要讓她抓到可以訴請離婚的把柄。如果他想找女人，一定是暗地偷找，現在他白紙黑字寫了字條說他肏過我了，反正他太太都離開他了，無所謂。點個燭火，我給你看這封信。」

我滿心好奇，驚訝地看著事實真相一步步水落石出，我相信麗茲所言，塞爾沒上過她，她也不可能答應塞爾碰她。我走去找了蠟燭，點起燭火。麗茲從口袋取出這封寶貴的信，讓我細讀。

信裏開頭是一段懇求的話，希望她可以趁我去參加聚會的時候，讓塞爾過來跟她溫存一下。他在信裏說，他知道我不管白天或晚上除了肏她之外，都無所事事。想必她應該對我也厭倦了，這時候換點口味也無妨。信的前段是懇求語氣，接著就變成恐嚇了，他說麗茲的老公的部隊現在駐紮在佩夏瓦，現在有個新到任的少校，對通姦罪可是嚴厲禁止，若是他一旦發現駐紮地內有任何通姦行為，必定會強制執行律法懲處。塞爾說他有足夠的通姦證據可以將我打入牢內，而且能將麗茲以不貞、淫蕩、通姦的罪名逐出海外；不過只要麗茲願意讓他滿足願望，那他倒是可以在駐地少校面前說上幾句好話。接著恐嚇之後，信末又是一番懇求話語，開出千元盧比的價碼（這可是他太太價格的兩倍）、贈送珠寶，或是其他她想要的東西等等的條件。

最後塞爾說自己在阿哥拉當地吹噓自己已經上過麗茲，因為有次麗茲搭的車翻了，他便帶她上車。塞爾認出她來，眼見機不可失，便趁她不醒人事時玷污了她，享受了她「豐盈蜜穴的盛宴」——塞爾在信上真的就這麼寫。

「真是個下三濫的傢伙。」讀完這封信之後我生氣地大喊。

「的確是。不過，現在我告訴你這個混蛋做了什麼好事。起初，他問我是不是收到信了，我回說是。接著他用甜蜜的諂媚語氣問我是否願意讓他如願，我回說，就算把全印度的盧比都送給我，我也不願意，因為他實在太讓我厭惡，就算站遠遠地拿根竿子碰他，我都覺得噁心，更別說讓他抱我了！接著，他開始拿駐地少校這件事來威脅我，他說除非他批准，否則我現在絕對找不到交通工具離開這地方，因為任何有輪子的交通工具都在十天之後才會到鎮上來，而這十天就夠部隊從佩夏瓦移防到穆特拉，而少校發現我人竟然還在這裏，而不是被指派前去的穆特拉，絕對會震怒，而他，塞爾，就會趁此機會告訴少校為何我還在諾雪拉，因為這裏有三個軍官，我才會待在這兒，三個人裏頭有兩個要到他處赴任，而另一個則是要到契拉特和他的部隊會合。他會說出這三個軍官是誰，他們接下來可是會非常難過的，每個人都會被罰款兩千盧比，或是坐兩年牢，『那他們就有足夠的理由詛咒妳這個小賤貨。只要妳願意讓我跟妳溫存一兩個鐘頭，就可以避掉了，何必逼他們罰錢又坐牢呢？我向妳保證，只要妳不會……』。他越說火氣越大。

「我回說，在他碰我之前，我有多希望看見他被咒死。我挑釁地回他說，如果他敢去打你我和其他人的小報告，可別忘了他在信裏說過的話。我會用這封信來保護自己，我奉勸他安靜地離開，否則我會喚警衛過來。

「這番話讓他徹底發狂。他朝我衝過來，狂喊著自己一定要得到我，我趕緊躲到椅子後；他停了一下，解開褲子鈕釦、掏出自己脹大的傢伙，又朝我衝過來。我大喊救命，但塞爾完全不在乎，他抓住我的腰、抬起我，撞壞了簾子衝進我房間。我死命反抗不願受辱，指甲狠狠地插進他的臉頰，使盡全力又刮又抓，直到見血。塞爾又喊又罵，用最骯髒污穢的字眼惡狠狠地罵我；我用力地抓他，但他還是把我撲倒在床上，掀起我的襯裙蓋住自己的臉，全身壓在身上，想把膝蓋撐進我腿間，儘管他不停用膝蓋攻擊我的大腿，試圖要扳開，甚至還掐住我喉嚨，但我依舊緊夾大腿不讓他如願。我感覺到他的龜頭像根鐵棒似地抵住我的私處，但我沒讓他如願進入。最後他知道自己這樣無法得逞，竟開始用力攻擊我的大腿。他實在打得很用力，我相信我的腿一定淤血了，不過至少他沒再壓在我身上，我得以放聲大喊——殺人啊，殺人啊，快救命，快救我！我使出全身氣力大喊，同時試著用力抓住他的睪丸，好捏碎他的卵蛋，但他邊打邊躲，不讓我碰到他的卵囊，對我的腿又打又抓，好像恨不得撕成碎片。

「眼看我的氣力快耗盡時，救援到了。有兩個年輕人今天剛從佩夏瓦過來，你在換裝外出時，他們剛好在旅店另一頭準備入住。他們聽到我的尖叫聲，急忙跑來看發生什麼事情。當賽爾看到他們，便說我是他太太，他有權這麼做，命令他們馬上滾出房間。不過我試著掙脫他的手，說塞爾並不是我丈夫，而是要強暴我，求他們一定要救救我。他們叫他滾下床，塞爾不從，其中一人就上前拉他下來，塞爾這時已經完全失控，努氣沖沖，便朝一人迎去；不過這個人挺厲害的，他結結實實地朝塞爾臉上揮了一拳，打得他左搖右晃、鼻血直流。不過，塞爾看起來真的瘋了，朝他衝過去，揮了幾拳，另一個人見狀也衝上來幫忙朋友。我在旁為兩人加油，塞爾被打得很慘，但他還不善罷甘休，這時警衛也來了，一些工人、你的僕從蘇巴提，還有旅店所有的人都過來了。我不停地尖叫，所有人都衝過來拉住塞爾，拖到門外，之後他就在門外像隻瘋狂的野獸對著眾人又叫又打。有些阿兵哥剛好經過，看見是塞爾出事，原本打算幫忙他，但聽到年輕人告訴他們塞爾的所作所為之後，很顯然地，他們也不喜歡塞爾，便跟著加入教訓他的行列。不過老實說，我開始有點害怕他們會活活打死他，不過這場戲滿精采的。最後，部隊派了人來現場，阿兵哥見狀一哄而散，塞爾躺在地上，身邊眾人圍觀，有人點起火炬，警衛點起燈籠，你絕對沒見過這般陣仗。兩個年輕人向部隊的士官長說明了事情的來龍去脈；塞爾的褲檔全開，垂軟的傢伙也露在外頭，士官長看了也知道發生什麼事。這時氣若游絲的塞爾竟還要人把這兩個年輕人關進牢裏。不過，士官長請年輕人快走，同時也要塞爾讓他扶他回去。查理，今天這件事讓我覺得好噁心，我不知道自己竟然有辦法跟你說這麼多細節，我頭痛得快裂開，被那個混帳打得都快沒命了。」

從可憐的麗茲剛剛的鉅細靡遺的形容，各位讀者想必可知她對塞爾憎惡的程度有多高。我滿心期待地回家希望可以享受甜美的歡愉之夜，但不必說，現在是不可能了。我慾念盡失，心中只剩對塞爾的復仇怒火。我就著燭光，發現麗茲滿臉倦容，便要她快點好好休息。

「是啊，我現在最好躺回床上休息。噢，查理，今晚我恐怕不能讓你盡興了。我想你一定是滿心期望地回來想和我大戰一場，但我很不舒服，恐怕要讓你失望了。」

「可憐的小女孩，我的確像妳說地想和妳好好溫存一下，不過，現在當然不能。快上床躺著休息吧，我幫妳換衣服。」

她依著我的話做。當我脫下她的衣服，驚訝地發現她身體傷痕累累。她的喉嚨有點血腫，但是大腿更是慘不忍睹，滿是那個混帳的指甲抓痕和掐傷。我吻了吻她的腿，希望能讓她覺得好過一點。麗茲對我虛弱地微微一笑，回吻我，躺回床上，希望我能讓她自己好好地睡一下，不過，她虛弱地連枕頭都躺不上，直喊著不舒服。

「噢，查理，帶我到浴室。」

我急忙拿了一個銅臉盆過來給她，可憐的她吐得很慘。我扶著她燒燙的額頭，竭盡所能地讓她覺得舒服點。最後，她氣力耗盡地躺回床上，滿臉的病容讓我非常不安。我剛回來的時候她還沒這麼燒，現在卻是面容慘白，全身又熱又乾，我猜她發燒了，突然而來的變化讓我非常焦急。我整晚都陪在床邊，讓她蓋著毯子好引出汗來，不時地在她需要的時候餵她喝水。如果你沒有類似這樣在病榻旁照顧過病人的話，不會知道這有多漫長、多累人，特別是像我這樣完全不知該做什麼，只能憑直覺去照顧她。最後，在天將破曉之際，麗茲似乎也沉沉睡去，她的呼吸變得和緩規律，臉色也比較紅潤些，老天保佑，她的體溫降了下來，皮膚也回復濕潤了。

看著麗茲回復健康而且也熟睡了，我喝了幾口涼飲，便又回到她床邊，坐在椅子上，倚著她的枕頭，隨即也沉沉睡去。不知道究竟睡了多久，最後是蘇巴提來喚醒我。他碰碰我，一如當地僕人會喚醒你的方法一樣，在我耳邊輕喚：「老爺，老——爺——」

「怎麼了？」我抬起沉重的頭問說。

「石少校，老爺，他在外邊，要見老爺。」蘇巴提用當地人的腔調回說。

「石少校，噢，好。蘇巴提，你告訴他我一會兒就過去。」

「好的，老爺。」

我覺得筋疲力盡，好不容易得來的睡眠被打斷讓我心情可不太好。接連打了幾個呵欠，憂心地看看麗茲的狀況。她的氣色似乎已經回復正常，睡得也熟。我聽到石少校有些不耐的踱步聲，便穿好睡衣，走到露臺。他看到我穿著睡衣從麗茲房裏走出來，他舉著手故意做出嘲弄的表情，說：「真想不到啊！噢噢，戴福羅上尉，噢！」他臉上的古怪表情看得我忍俊不住。

「拜託，你可別太快下結論啊。現在的樣子可能對我不利，不過，我可以給你一個滿意的解釋。我隔壁房的女士昨晚病得很嚴重，我出於好心，整晚都在照顧她。」

「穿著你的睡衣睡褲照顧她，當然當然。我猜，她也需要一點熱心人的灌腸幫忙吧，不過，不是從後邊，而是從前面，而且還需要你的服務，和你的『仙丹』。戴福羅，你這個好傢伙，我石傑克可不是愛說教的人，不過也希望朋友對我坦白。所以，你也該老實一點，像我告訴你我跟塞爾夫人春風一度那麼詳細地從實招來。希望你回來跟這位小姐共享的夜晚，也跟我在塞爾夫人的白嫩大腿間一樣精彩，快說！」

「少校，我保證不是這麼一回事。你說的精采故事讓我動了心，這點我承認；人性總是不堪一擊，而且你剛剛說的那回事，我的確想過，不過，就如同我剛剛說的，隔壁這位女士病得很嚴重，而且，這全都要怪那個喪心病狂的塞爾！」

「啊！我正是要來調查此事。聽好了，戴福羅，昨晚這兒發生大事了。昨天晚上七八點左右，我們都還在聚會時，塞爾被人扛回家裏，身上斷了五六根肋骨，右腿膝蓋以上的腿骨也斷了，鼻樑被打塌，門牙也被打落，全身上下到處是又割又打的傷痕。老實說，塞爾渾身無力，命都快沒了，醫生也沒指望他會復原。巡守隊長回報說，聽到民居這邊傳來爭吵聲，他集合隊員趕來，看到兩個一三零聯隊的阿兵哥逃之夭夭，也聽到房子裏一陣吵雜聲，他看到一群人，有當地居民，也有兩個歐洲老百姓，圍著倒在地上的塞爾，議論紛紛。他從各方說法拼湊出這件事大概跟某個女人有關，可是他不清楚是怎麼一回事，也不知怎麼發生等等。我們大家都不喜歡塞爾這個陰沉的混蛋，上校當然不知情，不過，一個駐地官員可不能平白無故被打得半死。所以，上校派我來調查這件事的來龍去脈。我猜，你有可能聽到些什麼，所以我第一個就先來找你。」

於是，我依麗茲先前所言，對石少校大致說了這件事情的始末。在談話中，我得忍受石少校對麗茲的冷嘲熱諷，也發現我和麗茲的關係根本瞞不住他，但他答應隻字不提。他說，他沒有必要在調查報告中提及我的名字，因為塞爾在這裏受襲時，我人在另一處聚會現場，還真幸運。

石傑克好奇地聽著我說麗茲受暴力侵害，又如何復原的經過，之後便帶著收集到的情報回去向上校報告。大約四點左右，他差人送來一張字條，或說一張「籤」——印度當地是這麼說的。字條上說上校決定將這件事蓋掉，只單單將塞爾提報到傷患名單內。而他，石傑克，則替任為駐地首長。他又說，我們得離開諾雪拉，越快越好，他建議我即刻準備讓麗茲先走，他會儘快雇頂轎子給她，並幫我再找幾部「埃卡」，這是唯一從普布里到夏擴特的崎嶇路程中可以行走的有輪工具。

石少校離開之後，我回到可憐的麗茲床邊，看了她一會兒。沒多久，她醒了，看到我衣衫不整、滿面鬍渣地依然守在床畔，她以為我徹夜未眠。

「噢，查理，你人真好，真的好體貼。我該怎麼回報才好？」

「我的麗茲，妳盡快恢復健康就是回報了，之後……」

「噢，說得也是。我會加倍溫柔待你的。我現在好多了，雖然昨晚發燒，我的腿又僵又痠，不過，現在好多了。只需要吃點奎寧，以免又發起燒來。」

我之前曾在孟買花了一筆錢買了一罐這個藥粉，我拿過來，倒了些她需要的量，配著水讓她服下。當藥粉滑進她喉裏，苦到她的表情都扭曲了。「現在該吃點東西了，我快餓暈了，想吃點東西。我想，身體不舒服可能是因為過度驚嚇的緣故吧。」

今早在我離開床頭去喝點東西、小憩一下前，我吩咐蘇巴提準備煮點鮮肉濃湯，以便需要時可派上用場。聽到麗茲想吃點東西，我便把新鮮的熱湯端來給她。這碗熱湯證明了我對她的關懷和心意，她看了感動不已。

「噢，查理！如果全天下的男人都像你一樣就好了。」她說著，可愛的臉頰上滑下一行感激之淚。我吻去她的淚水，她執起我的手，放在她的胸前，說道：「如果可以的話，我真願意今早就讓你享有我，可是我現在太虛弱了，沒辦法。我想，讓我再好好睡一覺，應該就會好多了。親愛的，到時候我們再好好溫存，好嗎？」

我笑了開來，回說當然。我握著她的手放在胯上，讓她看看先前在她勻嫩腿間征戰數回仍是金槍不倒的那話兒，現在竟因為我一整晚都在照顧病榻上的她，而累得精氣全失。可憐的麗茲，她看起來很失望，可是當她的小手把玩著我疲軟的屌和鬆垂的睪丸，我的那話兒又開始勃發起來。麗茲很開心她成功地讓我的肉棒再度勃脹起來，可以準備攻進她的堡壘。不過我們兩人都筋疲力竭了，我說她應該再睡一下，我也累壞了，該回自己的床上休息。麗茲給了我好幾個甜蜜的吻和溫柔愛撫，便轉身沉沉睡去。我回到自己房裏，倒進我渴望許久的躺椅裏，伴著搖扇搧起的微微涼風，我很快就沉進夢裏了。

在麗茲和我休息的這段時間，我想，這正是讓您知道一段關於她的過往故事的好機會。我盡可能如實地將她所言轉述給您聽——

「查理，故事是這樣的——我在坎特伯里出生、長大，這古老的城市和我最早的記憶緊緊牽繫在一起，一直到十三歲時，我才第一次離開坎特伯里。我從小就沒有爸爸，我只記得我媽媽，她是個裁縫師，以為人製衣為業，生意還不錯。不管有無工作，媽媽似乎都不缺錢用。但另一方面，雖然家裏衣食不缺，但除了一間給客人試衣用的房間裏會擺些小東西給她們裝飾打扮之外，我們生活中倒是沒有什麼好炫耀的奢侈品。小時候，我常想，別人是不是跟我媽媽一樣，也有一間擺滿漂亮東西的大房間？聽我這麼說，你應該認為我們住的是那種明亮、溫暖的大房子、吃得豐盛，穿好衣、睡好床；不過，事實上，我們雖然生活衣食無虞，但就僅是剛剛夠用罷了。

「我媽媽沒有僱請傭人伺候我們，不過我們只會鋪鋪床，簡單地打掃、煮點食物吃。所以，家裏除了我們倆，只有一個阿姨每天早上會過來擦擦洗洗，幫忙一些必要的清潔工作。我十二歲前都會到學校上課，也許因為我悟性高，我學到的東西比其他一般女孩子都來得多。我在學校認識了其他女孩子，我們談天內容可不是只會繞著課業、遊戲打轉，我還聽過關於性、戀愛，還有戀人之間會有的舉動等等細節，這些我可沒回家講給媽媽聽。不過，我的舉止或是思想完全沒有受到我聽到的這些東西影響。我知道我有個小穴、將來我會生小孩、每個月會有不舒服的病痛。我相信我會結婚，結了婚之後，我先生會把他的『東西』放進我的『小東西』裏邊，等過一段時間，我就會跟所有我見過的已婚女人一樣有孩子了。雖然所有女孩子都在談這個，但都沒有人提到在做愛的時候會有的強烈快感。我們年紀都太輕了，對這些事都只是懵懵懂懂、一知半解的。不過，在我就快十三歲時，媽媽讓我休學了，不單是因為我的身高遠遠超乎我的年紀，更因為我的胸部已經開始發育成形，兩個可愛小巧的雪白半球正從我胸口隆起。我既開心又驕傲地看著它們漸漸長大，連我媽媽每週六固定在我睡前幫我洗澡的時候也都注意到了。

「有一天，她對我說：『麗茲，妳會有一對完美的乳房。我沒見過比妳漂亮、勻稱的胸部，也沒見過發育得這麼快的。』我注意到她的眼睛快速地瞄了一下我的私處，我猜媽媽是在觀察我的陰毛是不是開始冒出嫩芽了。不過，我的雙乳倒是先發育完成，初潮和體毛之後才幾乎同時報到。最初是在你所說的小丘上冒出斑斑黑點，接著毛就快速地竄出，快到我才剛過十三歲生日，私處的毛髮就已濃密到我可以用手指纏捲起來了。我的陰部也經歷一場明顯變化，她似乎變得更加肥厚、形狀也更明顯。我解釋不出為何如此，但相信你在長毛的時候一定也注意到你的屌和睪丸也有類似變化。如果從外表來看，我在十三歲的時候可以說已經算是個女人了，我的骨肉勻稱、胸型漂亮，腰也好看，臀部又翹，腿、足踝、腳都很漂亮。因為我的身材穿起短洋裝會顯得太過明顯，因此媽媽幫我做了幾件長版的新衣。我常常在試衣間的大鏡子前攬鏡自憐，雖然我很喜歡自己的樣子，但從沒想過要吸引男人愛慕。那時我還沒感應到體內慾望的火花，我敢說我媽媽一定暗中注意我是不是有賣弄風騷，或是思春的跡象，但她什麼都沒發現，因為什麼都沒有啊。然而，我內心卻是渴望想一嘗私密的歡愉滋味，但不論我媽媽或是我自己，都沒有意識到體內蠢蠢欲動的性意識。

「在我們的房子後邊有個約莫是五、六十呎長，三、四十呎寬的長型花園。這個花園讓我媽媽非常地引以為傲，因為她在園子裏種了馬鈴薯，以及各式的蔬菜以供食用，除此之外也種了各式的花花草草，所以我們桌上、壁爐上不時都有花束擺飾。在花園的尾端有條小徑，小徑邊是一排馬廄，騎兵隊的軍官都把他們私人的馬養在這裏。那時我很喜歡倚著小隔門看那些漂亮的馬，每匹馬都上了馬勒和馬鞍，會由馬伕牽去和主人一起運動。

「有時候，騎兵隊的軍官會到馬廄來看看馬，不過，他們都不會理我，所以我很習慣自己安安靜靜在一旁看著。剛過十三歲生日後的兩、三個月，大概是八月吧，先前幾處空著的馬廄都被一個養了三匹駿馬的軍官佔用了。我很好奇地想見到這位軍官，因為我先前從沒見過，於是有天晚上，我刻意等著，希望他會出現。之後我看到一位高挑、瘦長，長得俊秀細緻的年輕軍官穿著一身解開的軍服、馬術外套、馬褲，帶刺的長靴，斜戴著一頂飾有金邊的小帽，不時揮著馬鞭拍打自己的靴子，踏著輕快步伐左顧右盼，好似眼前一切都很新奇似地走了過來。

「他也看到我，而且還仔細地端詳一番。而後他看到我身邊的馬廄，自言自語地說著，又看看我，接著揮了揮馬鞭向我打了個惡作劇似的招呼後，就轉身走進馬廄裏。這時我知道他正是新來的軍官了。他身上有些特質讓我一見傾心，他似乎和我見過的其他軍官截然不同，其他人看起來老是臉色又黑又陰沉，對身旁的事物完全不屑一顧，但這個新到的軍官則是瘦長瀟灑、臉蛋又俊俏，而且還對著我笑，表示他看到我了。看到他對我打個半開玩笑的招呼那時，我心砰砰地跳得好快，從門邊縮了回去，不過我沒跑走。我想再看他一眼，所以我待在原地。沒多久，他走出馬廄和馬伕講話，馬伕聽了之後便又走回馬廄內。年輕軍官邊戴上手套邊東張西望，他看到我，一臉促狹地朝我走近，他對我一笑、稍稍鞠躬。『妳好，波莉，晚安啊。』接著他轉過身，急忙地走掉了。我胸口又是一陣狂跳。我知道自己一定是一臉對他既盼望又眷戀的模樣，看到他遠遠地回頭望著我，揮著馬鞭打招呼的時候，我非常地開心。我真是個小傻瓜，我戀愛了，自己卻不知道，但就是這樣了。

「夜復一夜，我和他就這樣天天見面，但我們之間就僅止於此。我深深地惦念著他，如果有哪天他沒出現，我就特別地難過。我從馬伕之間談話查出他的名字叫查爾斯．文森，是騎兵隊的上尉軍官，而且他的馬身上的蓋毯大大地繡了CV兩個白色字母也證明如此。

「我說過在花園尾段靠近路旁的角落有一間小木屋嗎？那間小木屋有點老舊，而且沒有門。沒有說過嗎？好，我在屋子旁邊種了忍冬樹、鐵線蓮，還有藤玫瑰，如果天氣溫暖的話，我喜歡在小屋裏讀點學校的功課。忍冬、玫瑰和其他的的爬藤植物長得很茂盛，原本破舊的小屋也因為這些植物而變成一個雅致的地方。

「有天晚上，帥軍官沒像往常一樣到馬廄來，我覺得又焦燥又難過，因為我好喜歡見到他啊，而且他似乎也會特意找尋我的蹤影。我聽到馬伕跟隔壁的同事說母馬生病了，但馬主人今天沒來，他已經過去通知他了。所以我知道，我的男主角等一下就會出現。我回到小屋，坐了下來，拉長耳朵細聽隔壁動靜，也不時從小縫中偷看他們。之後，所有的馬伕都走了，只有一人留下來，這個人就是文森上尉的那位馬伕。等了一段時間之後，他似乎沒耐性了，口中喃喃自語、咒罵著還要等下去嗎，他想先離開去喝杯啤酒再回來。於是，他鎖上馬廄，把鑰匙塞進口袋後就走了。

「我等了又等，最後終於聽見一陣再熟悉不過的腳步聲。我走出小屋，伴著好似期待見情人一面的激烈心跳，一如往常地靠在門邊。那時夕陽已落下，小徑籠罩在一片昏暗當中。文森上尉快步走來，看見我，一如往常地微微一笑，說：『晚安啊，波莉。』他邊說邊試著想打開馬廄的門，發現門被鎖上了，便朝門上踢了一腳。我明白這裏只剩我和他時，我大聲說：

「『先生，您的馬伕剛剛等了一陣子之後就說得去喝點東西，不過，他會再回來。』

「『噢？他會再回來。謝謝妳，波莉，親愛的。那個馬伕離開多久了？』他邊說邊走近我。

「我心想，剛剛等的時間還真是漫長，『噢，大概有四十五分鐘左右了。』

「『四十五分鐘啊，那他應該也快回來了。』上尉看了看錶。『妳好，波莉，我每天都在這兒看到妳，好漂亮的手，妳真是個可愛的女孩，我一定要娶妳。如果我開口的話，妳願意嫁給我嗎？』

「我那時傻傻的，雖然心裏明白他剛剛說要娶我只是開玩笑，但仍被他這番甜言蜜語逗得樂不可支。

「『噢，先生，別作弄我了。你知道我不可能跟你結婚啊。』

「『好吧，不過至少妳可以親親我吧，可以嗎，小朋友？』

「我覺得臉燙到快燒起來了，我無法形容心裏有多期待他能注意到我，這就是我夢寐以求的啊！我小心翼翼地看看四周，沒看到任何人影，便說：『如果你快一點的話就可以，因為如果給人看到了會被說閒話的。』

「話還沒說完，帥氣又急切的他，唇就已經貼在我的唇上，給了我過往未曾有過的一吻，一個竄流全身的吻。

「『波莉，我先去看看馬，和馬伕講點話，之後再回來妳的夏日小屋好嗎？』他聲音低沉地說。

「我的心砰砰跳著，因為我想媽媽可能會看見他，很快答應。

「『好的，我等你。等你告一段落了就直接進來，不要站在外邊跟我說話，你知道，我怕有人會發現。』

「『我知道。』他眼神灼熱地望進我的眼裏，接著便轉身走向馬伕剛剛離開的方向。

「我走進他所說的夏日小屋，從牆縫上看去，心跳得好快，他還會再吻我嗎？我好希望馬伕快點回來，因為如果我在外邊待太久，媽媽會喊我進屋子裏。最後，馬伕終於回來了，上尉和他說了些話，不過沒有和他爭吵，當上尉發現馬伕竟然沒有等他就溜掉時一定非常生氣，不過，他現在的心情卻很好。我想，上尉沒有跟馬伕吵架是因為我的關係。

「上尉沒在馬廄待太久就和馬伕一齊走出來，朝走道前方走去。那時我好難過，他不進來了嗎？好殘忍、好殘忍啊！我克制不住地坐下大哭。突然間，我的愛人走進小屋裏，原來他只是陪馬伕走段路，確保他離開之後，就盡快地趕了回來。當他一走進小屋，我急忙跳起來，他看見我臉上的淚痕，便坐了下來，拉我坐在他的膝蓋上，一隻手環住我的腰，右手放在我的胸前，給了我無數的吻。他似乎很興奮，我更是覺得既高興又幸福。

「『噢，波莉，妳知道從我第一次見到妳之後，我就好渴望可以吻妳！妳是我見過最可愛、最漂亮的女孩。』

「我只能微微笑著。小屋裏現在有點暗，不過，我還是能清楚地看見他。他吻遍我的臉和頸子，雙手緊緊罩著我的乳房，儘管我知道他不該這麼做的，但我很喜歡這種感覺，根本捨不得叫他鬆手。他吻我的時候，一直稱呼我是他的小寶貝、小鴿子、小親親之類的，我輕撫他的頭髮，也甜蜜地回吻他。

「之後，他問我：『妳多大年紀了，波莉？』

「『先生，我不叫波莉，我是麗茲。』

「『好吧，麗茲，妳幾歲了？十六歲、還是十七歲？』

「『什麼十六歲、十七歲！才不是，我才十三歲而已。』

「『什麼，波莉，我是說，麗茲。妳一定不只十三歲，有誰見過哪個十三歲的女孩長得像妳這般標緻的。』

「『先生，我真的才十三歲而已。』我笑著說。

「他看著我，伸手在我一側的乳房上高興地捏了幾下，接著又移回另一側。

「『那麼，我想，妳這胸部是墊出來的。』

「『你說什麼！』我回說。

「『我說妳這對胸，妳怎麼稱呼它——咪咪？是墊出來的。』

「『先生，我才沒有。我才沒有墊胸部，根本不需要。』我生氣地說。

「『噢！波……麗茲，小可愛，真希望我記得妳的名字。十三歲的女孩不可能有像妳一樣細緻完熟的雙乳。』他笑著說，又朝我胸部擠了擠。『對十三歲的女孩子來說，這對乳房未免太過完美了，妳一定比妳說的年紀大些。』

「『我才不相信他們是真的，波……麗茲，這一定是墊出來的。』

「我氣極了。他為何這麼堅持己見，認為我的胸不是真材實料，而是墊出來的？於是，我說：『先生，如果您認為這是假的，那就不要再碰我。』

「『但是，波……麗茲，我不是說它是假的，只是這不合常理。別生氣，來，親一下。』

「那些甜美的吻啊，他的手壓得我好高興啊！

「『麗茲，讓我把手伸進妳的衣服裏吧。』

「他這麼說，便動手解開我胸衣。胸衣上固定用的鉤子和扣眼並不好解，讓他開始非常不耐煩，我也很急著要向他證明，剛剛隔著衣服摸起來觸感很好的雙乳並不是墊出來的。最後，他終於鬆手，解開了讓他頗為苦惱的胸前扣。

「『你的手可以伸進來了，不過，裏邊還有一件襯衣要解噢。』我笑著說。

「襯衣讓他有點棘手。強而有力卻也溫柔的手伸進我的襯衣裏，緊緊地握住衣下的乳房，彷彿要抓住一個他動作若不快點就會溜掉的獎品一樣。

「『噢！』他大叫，嘴巴發出嘖嘖聲響，好似喝到什麼熱燙的東西似的。

「『麗茲，波莉，麗茲！多美妙的乳房啊，還有這小巧的乳頭，讓我來摸看看另一邊。』

「伸手摸向我的右胸讓他心喜若狂，也產生某種奇妙的影響。查理，我無法向你形容我的感受，因為你身為男人不會明白，當一個女人的雙乳像我當時那樣，被男人愛撫搓揉的感受為何。但一股竄流全身的感覺向我襲來，讓我覺得想張開雙臂抱住我的愛人，緊緊地擁他入懷。我感覺想再從他身上得到某種東西，某種惟有我盡可能緊緊地抵著他，緊緊地，才能得到的東西。但是他高舉雙臂，雙手停駐在我胸前的姿勢讓我無法抱住他，我只能圈住他的頸子，將我們的臉緊緊湊近，用我最激情、最熱烈的吻，讓他更激動、更亢奮。

「『麗茲，解開妳的衣領。噢。我一定要看看，也要親一親這對美妙的酥胸。』

「啊，他的聲音竟讓我全身顫抖，我覺得他的聲音好似在我體內竄流而過，而他的聲音也顫抖著——激情、慾念和愛意攫獲了我們兩人。對他而言，這是什麼感覺他再明白不過，但我卻全然無知。不過，不久之後，我全懂了。

「我毫不遲疑地照著他的話做，解開領子，他打開我的衣服，推下肩膀，拉到胸口，如洪流般地熱吻著我隆脹的雙乳。噢，在他強健的雙臂撐扶下，我只能往後仰，將我和抖顫的雙乳獻上，讓他為所欲為。這一切難以形容，他的嘴如何在我雙峰滑動，他的唇如何在我乳峰上攀移，他的牙如何輕咬細彈我的乳尖，他灼熱的鼻息如何在我雙乳間竄流，沿著我的身體一路向下，滑向腰際，直到腰帶擋住了前行之路。他的唇忙著吻我，右手在我膝間撫壓著我的大腿，讓我又感受到不同的刺激。起初，我抗拒著，不單是因為我並不喜歡這樣的感覺，也因為心裏冒出一股羞恥感，這羞恥的感覺甚至強過他游移的手指帶給我的歡愉感受。

「『啊！』我說。

「『親愛的，怎麼了？』

「當他說出『親愛的』這三個字，就好像他的靈魂從內心深處吐納而出似的柔情。

「『先生，不要把手放在那裏。』

「『噢，好，好。我可口的波莉，麗茲。妳叫什麼名字？噢，對，麗茲。我現在如果沒有得到妳，我會不開心的。親愛的，妳知道這是什麼意思吧？說妳願意讓我擁有妳，好不好？』

「我不知道耶，不過那時我猜想愛情、結婚，還有我們女孩子說的關於丈夫、妻子之間那種『把他的大東西放進我的小東西』的事情，彼此之間應該都有緊密的關聯吧。而他的指頭在我快要溶化的小穴裏搔弄的感覺讓我不禁認為『放進去』應該是件很美妙的事——我猜得沒錯！

「我不知道該說『好』還是『不好』，但他的動作卻像是我已點頭了。在我還來不及說不要之前，他的手就已經伸進我的裙底，直直探進我的大腿間，同時擁著我，激烈地吻我的嘴。我的底褲被拉到腰間，讓他稍稍受阻，但他激切又靈巧的指頭還是找到了入口小徑，他的指頭撫弄我小穴的感覺好舒服，而且其中一根指頭深深插進兩片唇間的感覺也好美妙啊！我不再抗拒他的所作所為，因為這感覺實在太舒服了。我稍稍地敞開大腿，他火熱地吻著我，指頭在我穴間進進出出，每個激吻和抽送都讓我體驗到越來越高漲的奇妙感覺，直到最後，一股力量、一道電流，似乎從我的蜜穴、胯下、小腹竄流全身。我的愛人大叫：『啊，噢！麗茲，親愛的，我讓妳高潮了！』

「過了一會兒，他從我胯間抽手，我察覺他對自己好似在做些什麼動作。他的聲音激動顫抖地說：『妳的手在哪兒，麗茲？快伸出妳的手。』

「他抓住我的手，放在一個感覺起來像是一根又大又粗的棍子上，這東西感覺比掃把柄還粗，又燙又硬，外皮摸起來滑滑的，像天鵝絨，而且有點鬆、還會動。這東西大到我的小手都圈不住，摸起來的感覺也讓我頭暈目眩。

「『這是什麼？』我喘著說。

「『麗茲，這是我啊！這是我的老二。親愛的麗茲，妳不知道嗎？這個就是要插這裏的。』他的指頭又插進我的小穴裏，讓我更加瘋狂，『讓我插進去吧，麗茲，如果妳拒絕的話，我會崩潰的。』

「『噢！』我倒抽了一口氣，幾乎說不出話來，『先生，不可以，它太大了。』當我說著的時候，我的手感覺到這威猛的武器頂上那興奮、柔軟、又有彈性的肉冠。

「我的愛人聽到我的回答，便把我從他的腿上抱回椅子坐下。他站起來，解開外套，褪下褲子，脫掉襯衫，我清楚的看見一條像白棍子的大東西，頂端紅紅的，從他腿間的濃黑密林間彈伸出來。

「急燥的查爾斯坐回椅子邊，在我還不及說不之前就撩起我的洋裝、襯衣，以及所有的衣服，把我拉過去，一腿在左、一腿在右地跨坐在他膝上。接著，他把我的下半身朝他自己挪過去，讓我朝後靠，我得墊著腳尖、彎膝蓋才作得到。當他把我朝他的老二拉過去坐上時，他搏動的肉棍直直地敲打著我的私處，那傳來的滋味真是美妙地嚇人，讓我驚訝不已。

「它一次又一次地敲著。『我親愛的，我的寶貝啊！』他這麼喊著。而我，彷若置身天堂，完全說不出話來。我得把雙臂圈住他的頸子才能撐住我的身體，我出於本能似地伸手抱住他，將自己全獻給他。

「查爾斯並不打算讓我落紅，他只想讓我好好享受肉體的快樂，他成功了。他的肉棒推送進來，直到我的處女膜擋住之處，接著他再抽出，幾乎全抽出來之前，又推了回去，我感覺到我的兩片陰唇隨著每回抽送而開闔，包夾住他碩大的龜頭。我再度感受到美妙的痙攣感，查爾斯大喊說他又讓我高潮了。沒多久，他變得非常激動，動作也越來越快，每回抽送更加有力，直到最後他緊緊地把我往胸前抱住，屌深深地插在我的穴裏，我感覺到一道急促、熱燙的東西從他哪兒噴進我體內，讓我又高潮了一次！接著，我感覺到一股熱流從我底褲內沿著大腿滴流而下，我的陰毛和小丘都被他噴出的東西給浸濕了。一種難以形容的舒暢歡愉讓我都快暈了。

「突然間，我聽到有人喊著：『麗茲，妳在哪裏？』

「『誰在叫妳？』查爾斯很快推開我，跳了起來，拉好我的衣服，也把他自己稱為『老二』的美妙東西塞回褲子裏，火速地穿好衣服。

「『噢，是媽媽。』我喊了出來，覺得既罪惡又害怕。

「『來，趕快親親我。別怕，穿好衣服，回說妳要過去了。』

「『媽，我要過去了。』我喊著說。

「『快過來，小朋友。』媽媽走進屋子裏時這麼回說。

「小屋牆上的小窗外邊垂繞著忍冬樹的濃密枝葉，我的愛人從枝葉間的縫隙瞄著，看見我媽媽走進屋裏，他接著緊緊將我抱在胸前、吻著我，抓住我的左手隔著褲檔上的釦子，放在他碩大、直挺，貼住他小腹的褲中肉棒上，而他的右手則放在我的大腿間，壓弄著我的敏感的私處。他一遍又一遍地吻著我，求我隔天晚上同樣時間再和他見面，不過千萬要小心不能讓我媽媽發現我的行為神色有任何異樣。我答應了他，輕柔地捏了捏他的肉棒，開心又緊張地跑回家裏。

「我跑回樓上換上晚裝，脫下衣服後，我仔細地檢視自己裸體的模樣。我是個漂亮的女孩子，對嗎？我的胸部比起絕大多數的女孩子的都來得美，小小的私處也是漂亮得宛如珠玉。查爾斯要是能到我床上該有多完美，他可以整晚都像他在夏日小屋裏對我一樣，不過，他要到明晚才會再來，我得快點睡著，才能夢見他。

「不過，我始終無法入睡，我太興奮了。我發現自己不自覺地把指頭深深插進自己的穴裏，就像查爾斯所做的一樣地插進抽出。但是他的指頭比我的粗得多，抽動起來比較舒服；至於他的肉棒，噢，那麼大的一個東西真可以完全插進我的小穴裏嗎？雖然他說沒問題，但我還是不相信。為什麼查爾斯今晚不全部插進去呢？也許是因為太趕了，全插進去也許需要多一點時間。過了好久好久我才睡著，而且，唉，很失望地，我沒夢見我的愛人，什麼都沒夢到！

「隔天，時間似乎過得特別慢，我費了好大的勁兒才讓自己不要那麼焦躁。我覺得自己似乎經歷了一場轉變，不再是那個單單看見心儀的軍官就開心不已的小女孩，現在，我期待、想要、甚至渴求更多，而且我也得到了。

「當他走進小屋，看見我坐著，他便開始吻我，隔著衣服摸著我的雙乳和私處。他說因為我媽媽就在附近，如果脫掉衣服的話，萬一她叫我，我會來不及馬上就穿好衣服和她會合，以免她走到小屋這邊來。慢慢地，他越來越興奮。事實上，他沒有解開我的衣服，只是把手伸進我的襯衣內，用指頭挑弄我的蜜穴，讓我狂亂不已；我也回摸著他硬如鐵棍的肉棒，直到他說：『我想，我們應該要來一回。』他問我是不是願意讓他的『老二』放出來，噢，怎麼會不願意呢！我馬上動手解開他的褲釦子，伸手進去，拉開他的襯衫。噢，握住他那根漂亮、熱燙的東西感覺真好。他也高興，要我小心地感受感受他的一雙大睪丸，他告訴我怎麼捧握，我也照著他說的動作做。天啊，這觸感真好，就像兩顆細緻的蛋裝在一只天鵝絨的囊袋裏邊。接者，他褪下內褲，讓我又坐上他的腿，我感覺到他的大龜頭在我的穴內進進出出，撞擊著我的穴壁，讓我體內陣陣高潮竄流，他舒服的低吼聲，還有他一波波射進我穴裏、漫流而出的熱燙精液。這一回，我們沒被我媽媽的叫聲打斷，他抱著我，屌還插在我的穴裏，問說：「麗茲，妳願意跟我走，和我共度良宵嗎？如果我們可以全身赤裸地相擁，躺在溫暖的床上，那滋味會很美妙的，而且我也可以好好地享有妳，我的肉棒得全部插進去，在這裏我沒辦法，現在我連一半或四分之一都沒有。」

「『噢，親愛的查爾斯，我應該會喜歡。不過，我怎麼能和你過夜呢？』

「『當然，妳得跟我走才行。就是明天了，明天妳在這兒跟我碰面，我會帶妳到多佛去，我們在那裏待一週。妳會來嗎，麗茲？』

「這似乎不可能。我從沒想過要逃家，乍聽之下我根本無法接受這樣的想法，但是查爾斯輕易地說動了我，他的聲音頗具說服力，但是更具說服力的，是他的肉棒以無言之語打動了我的小穴。啊，我的蜜穴贊成了查爾斯。

「我說只要他喜歡，他說的事我都願意做。他讓我維持著同樣的姿勢，跨坐在他身上，要我準備幾樣需要的東西，趁明天白天時帶到小屋來，不要讓我媽媽注意到，記得帶上最好的衣服和帽子以及其他最好的東西，因為我將以他的妻子的身分和他同行，所以我得好好打扮得就像真的是他的妻子一樣。接著他說，明天九點之後他才會過來，我得儘快準備好。他想知道，我在深夜離開屋子會不會有困難，如果會的話，我們得另做打算。我知道我可以輕易地溜出來，所以我向他保證我會準備好，並依他所願、穿上我最好的衣服。我媽媽是個裁縫師，我可是她最好的模特兒呢，她總會讓我穿上好衣服，說我就是她的活廣告。

「於是，經過漫長等待的不眠之夜，關鍵時刻終於到了。我已按查爾斯的指示，一點一點地把我需要的東西藏進小屋。當他到來時，發現我已經穿好衣服，一切就緒。我把平常穿的衣服都留在家裏，擺在椅子上，我媽媽過了幾個鐘頭之後才發現那些東西。我的思緒混亂、身體緊繃，根本不記得那時我們是怎麼離開小屋的。我把我的處子之身留在這裏，雖然這處子並非全然無瑕，但當我再度回到家裏時，一切都已不同了……唉。

「不過我倒是清楚記得查爾斯帶我上到頭等車廂時的畫面。他在確認行李都上了貨倉之後便跟著進到車廂裏。車廂裏只有另外一位乘客，是個顯然從倫敦來的老先生。他拿下眼鏡，盯著我看，顯然認為我值得欣賞，因為直到我們抵達多佛前，他一直都帶著眼鏡盯著我瞧。這樣的舉動讓我難以言喻地不舒服，不過查爾斯倒是覺得很有趣，他不時惡作劇地碰碰我的手臂，低聲在我耳邊說我又征服了一個男人。

「雖然我很想對這個老先生說些不客氣的話，但我還是不發一語。因為事實上，我當時神經緊繃，緊張到腦子都快打結，說不出話來了。到了之後，我們入住『渡船飯店』，這家飯店光聽名字就知道離多佛港的碼頭很近。查爾斯訂了一個私人包廂和一間雙人床的房間，在飯店的住客簽名簿上簽下『查爾斯．文森上尉和文森夫人』的名字。

「我真的很緊張，覺得大家的目光似乎都嚴峻地盯著我看。我心裏一直想著：『他們知道了！』不過，最後我們還是順利上了樓，進到我們的包廂。查爾斯在包廂裏給了我無限的熱吻、愛撫，以及激情的擁抱，他說要不是會嚇到那位老先生的話，他還真想在火車上就這麼做。他脫下我的帽子和披風，往後退了幾步，仔細地端詳我；他看了好一會兒，突然衝向前來緊緊將我抱入懷中，說：『麗茲，我從沒見過妳穿得這麼美，親愛的，妳才十三歲就美得像個淑女。這豐滿的胸部、可愛的雙乳，還有美妙的臀，這不可能是一個十三歲的女孩子會有的模樣，應該是十九、二十歲的女生才會有的啊！而且，妳的臉蛋，妳這麼漂亮的臉蛋，雖然看起來仍是稚氣未脫，但絕不是個小孩子的樣子啊。』他吻著我、輕輕地拍撫著我的臉，手調皮又開心地在我的腿間滑動，我原先的緊張感也跟著煙消雲散了。我滿心愛慕激動地倚著他，慾火讓我全身顫抖不已。

「查爾斯堅持我們該先吃點東西。他點了一瓶香檳，我說我一點都不餓，但他認為我一定一整天都沒吃東西，他說自己也是，如果我們不先吃點東西喝點什麼的話，今天夜裏一定沒體力。『親愛的麗茲，如果妳認為四點前可以睡覺的話，那妳就大錯特錯囉，也許整晚妳都不能睡。』他的眼神滿是火花地射進我的眼裏。

「在我們的餐點送來之前，查爾斯給了我兩只戒指，我現在都還戴在手上，你看，他那時就幫我戴在這裏。一只是婚戒，另一只上邊鑲有珍珠、鑽石和紅寶石。這是我的玩笑婚姻，卻也是貨真價實的蜜月之旅，之後我帶著同樣的戒指走入真正的婚姻，卻經歷一場玩笑似的蜜月。查爾斯這麼做的確不錯，因為伺候我們的是一個長得漂亮、不過卻很失禮的旅館女僕，我發現有好幾次，她都盯著我的手瞧，好像在檢查我手上是不是戴著婚戒。我心想，查爾斯給過多少女生這樣的戒指呢？他是個處女殺手，在各方面都算是情場老將、獵女高手，而我，不過是那麼多個在他懷中從小女孩蛻變為女人的其中一個，因為他就跟你一樣，生得英俊、天賦異稟，而且多金，從年輕的時候就開始追逐女人，從不失手。他總是說他在無意間發現我，我是他擁有過的女人當中最美的。他跟我相處沒有問題，因為當他的指頭碰我的時候，我感覺自己就像顆成熟的蜜桃一樣。

「用完餐後，女僕問是不是需要在我就寢之前幫我更衣。查爾斯代我答說，很感謝她的好意，不過，今晚不需要她的服務了。他說明早不要來打擾我們，因為長途舟車勞頓，我們明天也許會起得很晚。我看得出來這個女僕勉強擠出笑臉。心想她很明白，我們才剛結婚，如果真的是新婚，我們的晚上怎麼會拿來睡覺呢。一想到這點，我就禁不住地漲紅了臉。在她離開之前，我逮到她的眼光在查爾斯身上打轉，除非是我搞錯，不然她一定在想自己有多樂意替代我，好好地把握機會跟查爾斯睡一覺。

「在我未滿十四歲的今天，我很快就要向我的處子之身道別了。有些人很早就會失貞，有些則會到十六、七歲才初嘗禁果。雖然女孩子有很多機會可以擺脫討厭的處女膜，但我現在卻發現，我只有今晚這個機會發現、感受它將永遠地消失不見了。

「女僕才剛走，查爾斯馬上要我上床去。現在的感覺有點奇怪卻又真實無比，儘管我很開心要跟他上床了，也知道等會兒可以再從他的肉棒感受到無比歡愉，但聽到『上床』這個字眼還是讓我有點怕。我想再等一下，但查爾斯卻苦苦哀求，別讓他和我苦等著享受近在眼前的肉體之歡。我彷彿是個真正的新娘一樣，害羞地讓他領著我走到房間。

「『親愛的，我現在得去抽根菸，探探有誰住在這旅館裏，看看有沒有我得把妳藏好避見的人。我馬上回來，不會太久。妳換個衣服，不過別脫光——今晚，我是妳的僕人，也是妳的男人。』

「『查理，別去太久。不要留我自己一個人！』

「『沒人會進來吃掉妳的，小親親。』他笑著說：『而且，妳會希望可以自己獨處個幾分鐘的。』

「我的確非常需要獨處一下，便不再多說什麼以免耽擱他。當我看到桌上一些會需要的小東西，心裏暗暗感謝查理的體貼。他心思這麼細膩，讓我的心不禁被他縛住。

「在聽他的話開始寬衣之前，我從窗縫偷望出去，突然想起我該做的事。我拉下窗簾，解開衣服的鉤子，鬆開鈕釦、繫帶，這時，我的查理踩著急切的腳步走進房裏，擁我入懷，一隻腿岔進我的雙腿間，說道：『好了，這旅館裏沒有我認識的或認識我的人。現在，小親親，讓我為妳脫下衣服吧，現在，讓我們脫個精光，到天堂般的床上共度美妙的一夜吧！』

「他脫去我衣服的速度遠比在我家鄉的夏日小屋裏的經驗來得更快，不一會兒，他讓我全身就只剩下一件襯衣、襪子和靴子。我原以為他會讓我穿著襯衣，但你等下就知道了。他讓我坐上椅子，好脫去我的靴子和襪子，調皮的手不斷地將我的襯衣往上推，高過我的大腿，而我的私處密穴就這樣展現在他的面前了。真可愛啊，他輕搔著我，逗我發笑，我把光腳放在他的大腿上，他執起我的腳掌，放在他漂亮、直挺的肉棒上邊，一股電流就這麼地竄進我的身體。我的碰觸也讓他動作加快，兩隻襪子現在都被脫掉了，我打算站起來，但他卻將我推回椅子上，說他一定要看看我的裸肩和酥胸，接著，他將襯衣從我的肩頭撥下，滑落在我的腰間，身體上半已是全裸了。他驚呼一聲，嘴唇落在我的胸上，又親又咬；他細細地舔咬，手也隔著襯衣搓弄著我的大腿間部位。接著，他猛然站起，伸手抱住我，將我直直抬起，我的襯衣就這麼地滑落地上。他舉高我，踢開落在地上的襯衣，將全身赤裸、一如初生的我端放在他面前。

「『噢，查理，你怎麼可以這樣！讓我穿回衣服。』我大叫，因為這樣赤身裸體地站在男人面前讓我覺得很害羞，便自然而然地伸手遮住私處。

「『我親愛的、漂亮的麗茲，我不能讓妳遮住這麼迷人、這麼漂亮的東西。妳看，來，妳過來照照鏡子，妳說，妳這輩子可曾見過比妳還漂亮的東西嗎？』他半推半拉地領著那時心不甘情不願的我站到衣櫃門上的穿衣鏡前。

「我無法形容當我看見自己鏡中倒影時的印象有多麼深刻。前一刻，我還因為在查爾斯面前渾身赤裸而害羞地滿臉通紅，但這時候，我卻被眼中所見景象深深吸引住，所有的羞愧感覺一掃而空，取而代之的是一股歡愉感受。我從沒在鏡子前看過全裸的自己，因為我在家裏的小房間裏並沒有像這樣的大鏡子，我也從來沒想過要脫光衣服，在我媽媽的試衣間裏，用穿衣鏡看看自己的樣子。旅館房裏的周遭也讓我鏡中倒影更加清晰，房裏的壁紙是暗色的，幾乎不反光，暗黑的背景讓我的軀體線條襯映得益發明顯，彷若熠熠生輝，我只能顧影自憐地看著自己。媽媽常說我是個發育良好的女孩子，但她對我的體態和姿色卻從不多加解釋，現在這些全都清清楚楚地展現在我眼前，我既驚訝又高興地看著這些新發現。而你，上尉，你看過我的裸體，知道我現在的樣子，那時候的我體態飽滿渾圓、四肢修長幾乎跟現在一樣。

「最先吸引我的，也許是我光潔的皮膚、美麗的肩膀和胸部，以及纖纖細腰和線條渾圓、寬過於胸的臀部。接著吸引我目光的，是我的小巧渾圓雙乳、細緻的半球各自從我胸前左右蹦彈而起，畫出美麗的弧線，在前端聚集成如玫瑰花苞般的乳尖。微光照映在我身上，這些部位透著光芒，微微發亮，我從未見過他們如現在這般美麗。我腹部平坦滑順的線條、在中央微微低陷，那就是我可愛的小肚臍，而在我私處濃密棕黑的三角密林襯映之下，我的腹部就好似一片閃著光澤的雪白平原；私處的線條緩緩聚合、縮隱在我渾圓腿間一處，那裏就是我漂亮、羞怯的小穴所在。當我站著的時候，我看不見我密穴的全貌，因為她一溜煙就躲進我的腿間了，好像她得躲著，得等到愛人呼喚的時候，才會出來見人。接著，我逐一看著我的大腿、膝蓋、小腿、腳踝和腳掌，將自己從頭到腳、好好地看過一遍，終於相信查爾斯說得沒錯。帶著迷戀目光的情人能在凝視中看到對方身上非比尋常的美。別以為我是個虛榮自傲的人，我根本不相信見過我裸體的人說的會是真心話，因為我太常聽到大家說我漂亮了。

「當我沉醉在自己鏡中倒影之際，查爾斯也沒閑著。他褪下全身衣物，跟我一樣未著寸縷，急切地靠了過來。他手臂勾住我的頸子，靠站在我身旁，為鏡中景像又多添了一份陽剛之美。

「『麗茲，妳看，這畫面是不是很完美？我們倆不正是一對天造地設的伴侶嗎？』

「我伸手摟住他的腰，朝我身邊攬近，當作是我對他的回答。赤身的親暱接觸讓一股電流從他溫熱的身體傳進我體內，我看到一個小巧、深紅色的東西從我腿間興奮的私處唇間探伸出來……查爾斯看起來帥氣極了，我的目光不再停駐在自己身上，而是帶著興奮、愛慕的眼神凝望著他。他看起來孔武有力、但身軀卻也柔軟靈活；他的肩膀寬闊、我的肩膀窄小，他的臀部小巧，而我的卻是渾圓。他厚實陽剛的胸膛和我優雅柔美的胸部形成強烈對比，他的手臂修長結實，彷若雕像般完美，每個動作都顯示出皮膚底下的肌肉強健，和我柔嫩滑順如脂的身體截然不同。最吸引我灼熱目光的，當然是他又直又挺、碩長雄偉的肉棒，因為他勇猛的肉棒正直挺挺地對著我的臉。還有他胯間那飽滿粗曠、滿是摺皺軟毛、盛著他睪丸的囊袋。他的肉棒看起來就像一只美妙的武器、威武、強壯、難以抗拒。

「他的龜頭色澤粉嫩，邊緣略帶紫紅，被包皮半覆住，頂端的小縫好像眼睛一樣打量著我，冒冒失失的樣子讓我看得興味盎然。我看得出從我愛人胯下的陰毛叢中竄出的這根棒子底端比較寬、也比較肥厚些，然後棒子朝前端稍稍變細，到了冠部又突然變得寬大，接著又縮回，形成一個圓圓鈍鈍的形狀，那隻『眼睛』就是位在這個地方了。查爾斯執起我的雙手，一手握住他的卵囊，一手放在肉棒上邊，讓我好好地摸一摸，感受一下。摸著他肉棒的感覺差點讓我興奮得暈倒，他拉近我的身子，緊緊抵住他自己，而他如寶劍般的肉棒就夾在我倆的肚腹之間；我感覺得到它高高地對著我的肚臍，我記得我曾懷疑過，這玩意兒真放得進去嗎？他如果插進我身體裏，應該也會到這個高度吧！那時我心想，要把這麼大的東西放進我又緊又小的穴內應該是不可能的，我真的這麼認為。

「經過一陣相互愛撫之後，查爾斯以他強壯的雙臂，將我像個孩子似地抱往床邊，他拉下床單，讓我躺上去。啊！我就快要跟他結合了。我全身無處不渴望著他，雙乳脹得好似快要爆開，乳尖也硬得讓我發疼，而我的小穴也跟著開始亢奮起來，我的穴內隱隱抽動，這種感覺就連他在坎特伯里半插弄我的時候也未曾有過。我敞開我的大腿，期待他進來，但他並沒有馬上就位；我的愛人開始吻起我的嘴、我的臉頰、眼睛、耳朵、喉嚨各處，他的手在我雙乳間游走，輕柔地撫弄搓揉。他似乎沒像我這麼急切，如果他的目的是為了讓我受慾火煎熬，激發我體內所有的淫慾感受，那他徹徹底底成功了。但他的確是對的，我一直都認為，親吻和愛撫的前戲纔綣能讓性愛交合的滋味更加甜美，遠遠勝於單刀直入。查爾斯的吻從我嘴上一路滑向胸前，他的頭枕在我雙乳間，左右轉著，雙唇舔撫著我一雙溫熱、渾圓的乳房，調皮的雙手一路爬呀爬地，越過我的腹部，爬向我的胯下、大腿，接著折返上來，在我的密處小丘上徘徊打轉，指尖輕拂我的密林，輕觸我的密穴，不過，就只是輕觸而已，直到我再也承受不住這惱人的歡愉刺激。突然，他咬緊我的胸部，他有力的手指直攻我的穴內，他一直地咬、一直戳弄，又不停吻我另一只乳房；他的嘴越過我的腹部，直往胯下逼近，來到大腿，接著吻起另一邊的腿，撫弄著我，最後他的嘴突然攻往我悸動的小穴，他無數灼熱的吻，吻得我幾乎化為灰燼。

我感覺得到他的舌頭彈撥著我刺激、亢奮的花蒂，最後，我快承受不住了，幾乎喊了出來要他趕快停止，快給我渴望已久的東西！他抬起頭，神情如夢般地看著我，霎時間突然醒了。

「『我差點忘了。』他衝去壁爐上拿了一罐看似髮油的東西回來。『麗茲，這個是冷霜。因為妳先前還沒試過讓我全插入體內，而且妳的小穴可能也很緊，塗點這個東西會幫助我們都容易一點。來，妳先拿著罐子，我來幫妳的小穴塗點冷霜。我的肉棒是國王，妳的小穴就是皇后囉！』

「『麗茲，現在換妳來幫國王塗了。』他把他那根暴怒、嚇人的大肉棒頂在我面前，我的左手從根部握住棒子，右手先在龜頭上抹了些，當我想把冷霜抹開，他的大龜頭彈了起來，冷霜便卡在他厚厚的冠緣後邊。查爾斯要我在這個地方多塗一些，之後，按著他的指示，我把罐子裏剩下的冷霜全都塗在他的肉棒根上，塗得閃閃亮亮，好似快滴出油來了。摸著那肉棒的感覺真好啊！我生平第一次可以這麼盡情地去撫弄一根大屌、一副飽滿的睪丸，這都是我的！上尉，請你揣摩一下我的感受，我相信你一定記得，生平第一次能夠完完全全地『感受』一個女人的感覺有多刺激。

「查爾斯讓我在他捲捲的陰毛上擦了擦手，一副勝利姿態地說：『麗茲，現在打開妳的腿，準備好好享受無上的喜樂吧。』他把我推躺在床上，我連眼睛都來不及眨一下，他就已經在我大開的雙臂和腿間就位了。他讓我導引他插入，一隻手放在我腦後，另一手放在我臀下，微微施力推向前，好讓他的武器比較容易滑向他過往未曾到達的深度。起初，為了不讓我有遲疑的機會，他先淺淺地抽插，就像在坎特伯里那時候一樣，這動作讓我好舒服，不過，他突然猛力一插，這一插插得我氣都快沒了，他又持續猛力地插進抽出，開始讓我覺得好痛。告訴你，這不是小痛，而是劇痛啊。

「『查理，不要，你快弄傷我了！』

「他不發一語，只是吻著我，臉頰緊靠著我的臉，以過往未曾有的力道緊抱住我，猛力在我體內衝刺。

「我幾乎快尖叫了，但查理還是對我的哀求不為所動，一次一次地撞擊我的體內，最後，伴隨著快被撕裂、扯碎的不舒服感受，我發現體內原有的阻礙消失了，那不知為何物的東西，似乎隨著他的肉棒一次次的戳擊被深深推進我的體內了。我很怕他已經戳爛了我可憐的小穴，我最後還可能因此身亡。但是在我能開口表達感受之前，我感覺到那個深埋在我體內的大肉棍的每一分、每一寸，因為我清清楚楚地感覺到查爾斯的睪丸抵著我的身體，我們的肚子緊緊貼黏在一起，我們的私處也是。查爾斯稍稍放鬆原本緊抱我的雙臂，抬起頭、熱切地看著我的臉；他對我微微一笑，吻了我，說道：『親愛的麗茲，希望我沒有傷到妳。妳的處女膜好強韌，而且蜜穴又好緊，這樣不錯，因為妳得到的快感會更多些。我現在還會弄痛妳嗎？親愛的。』他溫柔地吻著我問說。

「『現在不會了。不過你不知道，剛剛你到底讓我多痛！希望不會再這樣了。』

「『不會了。』他笑著說。『很高興妳沒受傷。現在，好好享受吧。妳好好躺著，讓我肏妳，很快妳就會忘記不舒服的感覺。』

「接著，美妙、刺激、令人興奮的撞擊開始了。我第一次感受到這麼強烈的歡愉感，隨著痠痛感消失之後，每一個擊送都像是把我推向一個新世界！我的蜜穴就像一把小提琴，而查爾斯的屌就如琴弓；每個突刺都會揚起你所能想像、或是體驗到的最讓人迷醉的旋律。啊！查爾斯說得對，他曾說世界上每個女人在交歡時都會嘗到樂趣滋味；而我，好愛這般感受啊！沒了這個快感，我怎麼活下去！我難以想像，不管女人或男人，這種快感一天不嘗個一兩回，日子怎麼過！

「在我意識到之前，我的處女之身就這麼消失了。我永遠記得在多佛度過的這個星期，因為這是我此生最美好的回憶。查爾斯在床上永遠都不滿足，卻也體貼地帶我搭車外出走走，看看城堡，或是搭船出航。我們對未來有好多美好的計畫，我會成為他的小情人，會住在倫敦一幢漂亮的小房子裏，有自己的馬車和佣人，還有我想要的一切東西，成為他最可愛的情人，幾乎算是他的妻子。我完全沒想起我可憐的媽媽，或是身為女兒應盡的義務，我承認，這樣非常地自私。可是，我對我的愛人深深著迷，我的世界幾乎都是繞著他轉啊！當這種肉體之愛面臨考驗，你會看到它何以為繼。

「是啊，這是一場再美妙不過的夢！我總希望能再重溫這場美夢，可是此生再也沒碰到過這般好時光了。

「我們六天的蜜月假期已過，查爾斯不久後就得離開了。我們在彼此懷裏又度過了美好一夜，這段時間，我徹底嘗到了男女交歡的樂趣，也懂得體會其間無上極樂和難以言喻的歡愉滋味。

「我們在多佛再待一晚之後，他就要帶我到倫敦。按他的計畫，我會先在旅館住幾天，他先離開一段時間，去找間舒服的小房子安頓身為他情人的我。我腦中已經完全沒有回坎特伯里、回到我媽媽身邊的念頭了，有人將我從她懷中帶走，讓我過著截然不同的完美生活；我就像隻燦爛的蝴蝶，完全不想再回到過去清貧生活。不可能的，我壓根兒就沒想過再回到過去。

「不過……唉，世界上總是有好多好多的『不過』，就像卡在路上的石頭，會讓最有毅力、也最勇敢的人絆跤。我們在『渡船飯店』的最後一夜，查爾斯和我那天坐了好久的車剛從雄克萊夫當地回來，正當我要換下衣服時，有人送來一張字條。我撇了一眼，認出字條上是我媽媽的筆跡！我跌坐在椅子上，查爾斯看見我快昏倒的樣子，緊張地衝過來。

「『親愛的，妳怎麼了？這字條是哪兒來的？』

「『查爾斯，這是我媽寫的字條啊！』

「『天殺的，她要做什麼？我倒要聽聽這關她啥事！她是要來打散我們嗎？』查爾斯大叫，完全忘記我媽媽絕對有權力這麼做。

「我完全不敢打開這字條，只能捏著它發抖。

「『她怎麼說？』他急躁地道。

「『來，信給我，讓我看這個老……老夫人怎麼說。麗茲，妳媽媽說她現在人在碼頭邊，希望妳能去見她一下，不然，她會自己上來找妳。親愛的，妳最好出去見她，這樣她才不會進來和我們吵架。如果她要妳跟她回家，麗茲，妳會跟她走嗎？告訴我，妳會嗎？天殺的，怎麼這麼不幸，麗茲，妳千萬不要離開我！沒有妳，我活不下去，妳聽到了嗎？』

「我滿面淚水，哭得彷彿胸膛都快被扯碎了。我愛查爾斯，我真的愛他，如果有男人像查爾斯這樣愛我、欣賞我、肏我，怎麼有女孩子會不愛他呢！可是另一方面，我也愛我媽媽，直到現在我才明白我好愛她；一新一舊的兩個摯愛在我面糾結，我站在兩個選擇的中間，如果可能，我多希望自己可以同時朝他們走去啊！

「『噢，查理，我不知道，我不知道啊。也許我媽媽會因為發生這些事情，根本不讓我回家啊！』我哭著投入他的懷中。

「『所以呢！』可憐的查爾斯聲嘶力竭地大喊。

「『那我當然就可以跟你走了。』

「『所以，如果妳該死的媽要妳回家，妳就會離開我嗎？』

「『親愛的查理，如果她開口，我不能先跟她回家，之後再和你見面嗎？』

「『麗茲，我們現在把事情給說個清楚。雖然最後的決定權是在妳身上，但如果妳夠勇敢，寫封字條告訴她，說妳不願見她！』

「『那這樣她就會上來這裏，查理！你不知道我媽的脾氣，她雖然是個好人，但如果她說會做，她就一定會說到做到啊！』

「『我的天啊，我都忘了她會進來大吵大鬧。麗茲，妳快去，別讓她進來！』

「我擦乾眼淚，急忙跑下樓衝出旅館。我跑向碼頭，沿著堤岸邊走著，努力在一片漆黑中找尋我媽媽的身影。最後，我看到一襲身影站在黑暗中，我認出那是我媽媽，便衝向她身邊。她張開雙臂緊緊抱住我，我們兩人哭倒在彼此懷裏，不停啜泣，猶如心碎。

「上尉，我沒辦法再向你述說那晚傷心的相聚細節了。我只能告訴你，我媽媽當天一個責備的字眼都沒說；她只說當她發現我走了，難過又害怕得簡直快死掉。不過她很聰敏，並沒有對外通報我失蹤的消息，也沒向任何人問起我的行蹤；她從種種跡象推敲出結論——如果我是跟著某人一起離開的，那這個人有可能是騎兵隊的軍官。接著，她發現文森上尉的馬廄就在我們花園後邊，他離開的日期恰恰就是我失蹤的同一天。某次偶然的機會，她看到多佛當地的報紙上出現他的名字，而且還提到他的夫人也一同住在渡船旅店，她查出文森上尉根本沒結婚，便馬上趕到多佛，找機會託人送上字條，希望這個上尉夫人會是我，而事實上，也的確是我啊！她說一切的錯誤既然都已成事實，那就讓它這樣吧，唯一能做的，就是不要讓事情惡化下去，免得變成醜聞。她要我今晚先回查爾斯身邊，準備明日天黑之後即刻回家，她會在坎特伯里車站外邊備好馬車等著接我。因為我們低調、保守的生活習慣，鄰居完全沒發現我失蹤了，除非將來發生什麼事情，否則沒有人需要知道我這段時間經歷的事。

「我在倫敦擁有一間小屋的美夢結束了。我愛查爾斯，我真的愛他，不過那僅是肉體之愛，而非心靈相交；我媽媽輕而易舉就讓我拋棄他了。

「可憐的查爾斯看到我回到旅館，以為我要回到他身邊，欣喜若狂；但當他知道我一定得回家，不能跟他到倫敦之後，他馬上變得失魂落魄、徹底絕望。可是當他接受了失望心情之後，他馬上說我媽媽決定讓我今晚回到他身邊，證明她是他所碰過的人當中最聰慧的女人。

「我十四歲之前和我媽媽共度的生活，還算是平靜、快樂的日子。騎兵隊離開坎特伯里了，不過，我當然還是常常想起查爾斯。我很氣他從沒想過試著再和我見面，但他在日後告訴我，他曾千方百計地寫信給我想和我聯絡上，不過我一封都沒收到，也許是全被我媽媽攔截下來。我恨透了自己接下來的日子——有一天，我碰到一個身穿我最愛的舊騎兵軍服的中士軍官，我向他搭訕，我們開始聊天、接著散步、從散步接著做愛，從做愛變成交媾，我就是控制不住自己！我很渴望男人，當我看到騎兵隊的軍服時，我穴裏的慾火又重新燃起。我媽媽相信我不會再做出這樣的事情，但我的所作所為當然全把她矇在鼓裏。我的心愛人不過是放假出營的阿兵哥，這一次，他回部隊沒多久之後，我發現自己懷孕了。我心亂如麻、完全不知所措，特別是因為我根本不敢告訴我媽媽。不過，時間讓她發現真相了。當我的體態變得不再優雅，我得痛苦、羞愧地坦承說出所有經過。儘管如此，我媽媽還是不失機智，她查出我最近往來的這個男人，便過去登門拜訪，她發現他是軍團裏的軍服裁縫官，就告訴他我是一個技藝精湛的裁縫，並提出婚約，允諾提供一筆豐厚的嫁妝，一筆她足足存了好幾年的錢，可憐的媽媽。我因此就嫁給了湯馬斯．威爾森中士，即時地讓我肚裏的孩子在不被人說閒話的狀況下誕生。不過，我們婚後過得並不快樂。

「某天，查爾斯趁我先生出門的時候來找我，我好高興再見到他！我們聊了好久，最後，我們在我先生的床上做愛；我又被肏了，我好開心，特別是被當初領我體會雲雨之樂的同一個男人。不過，事後查爾斯前腳才剛走，我先生就回來了。他剛剛才在路上遇見查爾斯，而且也耳聞過他的事情，天知道他是從哪裏聽來的。他一進門就開始檢查每個房間，最後看到他的床上一片混亂，他竟然笑了。他指責我跟查爾斯偷歡，當下就提出一個可以原諒我的條件，這個條件就是以我的肉體當作招牌，幫他招攬生意，帶客戶進門，這樣他就會對我的行為視而不見、充耳不聞，裝做什麼事都沒發生。

「而我答應了。和他共度的生活真的讓我不快樂，當他提出這個能讓我和查爾斯相聚的條件時，我馬上就一口答應。查爾斯只要三不五時地訂個幾套衣服就可以見到我，他至少訂了一打以上，越來愈多軍官跟著查爾斯一樣向我先生訂做衣服，沒多久，他們全成了他的客戶。而我先生顧客名單上的每個人，從上校到中尉，也全成了我的入幕之賓。我生過幾個孩子，當然，我只知道其中一個人的爸爸是誰，那就是我先生。我想，第二個孩子的爹是查爾斯，但我不太確定。不過，我所有的孩子全都夭折，沒有一個留下。這就是我的人生，一個悲喜交雜的故事，從我的角度看很蠢，但從我媽媽角度看卻是聰明的安排。」

聽完麗茲的故事，我不禁心想，維納斯統治的聖殿所在何以如此甜美，卻容不下其他眾神的祝福，而是命運阻撓？各位親愛的讀者，這位甜美的蕩婦的行為，就請您自己判斷了。不過在我更了解麗茲之後，我深信她心中的確有良善之處。無論如何，我都不該朝她扔出第一顆譴責的石頭；先佔女人家便宜，再落井下石，這可不是我的風格。麗茲一定渴望能有更好、更單純的人生，因為她時常勸我趕快接我心愛的露伊過來；她警告我若不這麼做，就是遠離正道。她也直言，說讓深愛自己丈夫的女人獨自憔悴，對她們而言絕對不公平。唉……我希望自己能回英格蘭和露伊相聚，也希望她可以到印度和我會合，但上天卻還是不從人願。

我和麗茲平靜地度過我們能在諾雪拉停留的最後幾天。各位讀者，您可想而知，我們會如何把握每一分每一刻，毫無浪費，盡情地從對方身上享受男女之愛和感官歡愉。雖然她的腿上還留有無恥的塞爾所留下的暴行傷痕，但胯下蜜穴卻未失光采，依然誘人。今日，每當我回顧我倆瘋狂交歡的那一週，心情往往既快樂又愧疚，我並不後悔背著我親愛的妻子和麗茲犯下姦淫之罪。所羅門王曾說：「偷來的水較甜。」而我只能說：「這句話說得真對。」

我們的新任駐地主官，也就是我的好朋友石傑克少校，替麗茲備妥了轎子，也替我準備了兩輛「埃卡」小拖車。我們將同一天啟程，她在清晨上路離開此地，我則是晚上出發到夏擴特，那裏正是契拉特所在的山腳下小鎮。當離別之時到臨，我們心中充滿痛苦，她和我把私處拔下的毛髮裝進小匣子，彼此互換；我到現在都還留著這匣子，但也沒再瞄過那已不再捲曲的毛髮了。每當我回憶過往，諾雪拉的那段日子，以及在她的懷裏度過的日日夜夜，總讓我在回味起她的豐盈腿間的滋味時，倍增樂趣；但願她也知道我的心情……不過，我向你保證，我曾出軌的事，露伊完全不知情。

我帶著蘇巴提跟我一起先走，讓「蘇巴提太太」看顧我的行李，等蘇巴提看著我安全到了夏擴特之後，再回來取我的家當過去。我聽說，她趁著老公不在的那段時間，為諾雪拉當地的勇猛官兵提供了不少「娛樂」，讓她得以扛了一大袋盧比到契拉特，而且她在契拉特當地又靠著狐媚誘惑加上忙不停的屄，努力地賺了不少錢。

至於我的旅程，抵達契拉特的情況，以及我在當地遇見的兩個未識男人滋味的可愛女孩，還有我在她們身上得以享受到欲望刺激和被撥撩起的心情……親愛的讀者啊，我會在下一章裏為您詳述。

2 信任

我這輩子還沒搭過像「埃卡」這麼不舒服的交通工具。親愛的讀者，希望您不必像我一樣忍受這種痛苦。有些讀者可能會問「埃卡」是什麼？讓我告訴您吧，它是一種在北印度十分常見的雙輪車，這種車的車體沒有避震彈簧，但有個三呎見方的小平台供你乘坐。這種由小馬拉動的兩輪車因為車軸都抬得高高的，所以你所乘坐的後端平台都會往後斜傾。由於車伕就坐在車軸上，因此如果他的體味很重（通常都是這樣沒錯），那你在後邊可就會聞得清清楚楚。不過「埃卡」也不全然都是缺點，這東西還是有點好處。這種車幾乎任何地方都到得了，而且又輕又堅固。我就見過好幾次，一台車上整整載了六個當地人，各個都很自在地蹲坐在上邊；這樣的空間對歐洲人來說，恐怕連坐一個人都嫌擠了。埃卡雖然簡陋，卻也引人注目，因為這車子的四個邊角都杵著根白柱子，柱子上雕滿了印度當地木匠的精工巧思，四根柱頂撐著一個圓罩子，通常上邊會有一些銅製飾物，而且整部「埃卡」會漆上最明亮耀眼的顏色，嵌上土里土氣的銅雕，掛滿小鈴鐺。「埃卡」那種生猛的俗艷外表看在當地人眼裏，他們可是喜歡得很呢。

歐洲官兵和他們的太太都說「埃卡」是「叮噹老二」，用這稱呼來形容車子走動時發出的聲響還真是貼切，因為這聲音聽在文明人的耳裏非常刺耳、外觀也怪，坐起來又不舒服。綜合以上各點，如果您想舒舒服服地在印度旅行，我可不會推薦您搭「埃卡」。

除了「埃卡」坐起來非常地不舒服之外，我的旅途上還有其他狀況。首先，近兩三年頻繁經由此路往來阿富汗的成千旅人，或輕或重的各式車輛，包含軍隊的砲車，都讓道路磨損得非常嚴重，細如麵粉的塵土積在路面上達數寸之深。每當白日，這些粉塵漫天飛揚，飄溢在空中，往往數個鐘頭都難散去，厚厚塵幕讓車伕口嗆嘴乾、眼裏耳內都沾滿塵灰，而我也是從頭到腳一身塵末。再者，這沿路到底有多少駱駝死在路上啊？從諾雪拉鎮外到普布里，若由沿路上不斷沖鼻而來的腐臭味判斷，我相信這路上絕對死了一、兩萬隻駱駝！這些駱駝屍體既不火化也不掩埋，就丟在地上任其腐爛，臭到連最強健的人也會禁不住反胃。

我很快就昏睡過去，直到所乘的埃卡停了下來。我在一處小樹叢旁下車，一處由當地衛兵駐守的哨所緊鄰著這個小樹叢，這已是我軍最後一個哨所了。他們要我下車，因為我已到了夏擴特。

矗立在我眼前的，是一道高聳、絕對難以攀越的險峻山峰，受侵蝕的壁面清楚顯示雨水疾速沿山沖刷而下的力道有多驚人。據說，契拉特正在此山峰頂，距離我所站之地有四千五百呎之高，這可比我先前所爬過的最高山——威爾斯的雪頓山還高，而且眼前這座山甚至加倍陡峭。有兩隻小馬站在破木屋門邊，一隻配了馬鞍，另一隻則無。

「這小馬是誰的？」我問了問。

他們回說，這馬是派來準備給一個帶了行李的官員騎的。我沒再多問，馬上稱說這是準備給我的；很幸運地，他們並沒有質疑。我騎上馬，吩咐蘇巴提趕緊將我的隨身行李架上另一匹馬。我叫喚領著馬的「錫斯」，也就是馬伕，開始上路，於是這個衣不蔽體的土人便開始領著我前進。

在一番顛簸攀行之後，我的小馬最後累得左搖右晃，站都站不穩，沿途的山路爬行顯然耗盡了牠的氣力；最後，我們終於到了山頂。到達山頂之後，我們走在一條鋪設平整的小徑，小馬的步伐也漸漸變得和緩起來；這條小徑約有五、六呎寬，延著山谷鋪設而成。我看到路的遠端有間漂亮的小屋，老天爺，還有一個面容甜美的英國女孩帶著一個小朋友，顯然正在晨間散步。我敦促馬兒踏出悠揚步伐朝她走去，幾乎就在我看見她的同時，這個不知名的女孩似乎也見到我了，因為她的腳步停了下來，往我這邊望著。很快地，我距離她僅有二三十碼，因為這條小徑的終點就是山谷盡頭，也是那間別墅所在。

我近看她的第一眼，發現她是個非常漂亮的女孩子，她的美不是麗茲的那種美豔，而更像我心愛的露伊那種甜美、柔媚、雅致。她的雙頰圓嫩健康，氣色潤紅如玫瑰，契拉特的氣候顯然很適合她。她的肌膚清透，唇色紅亮，那是一種你在年輕人身上才見得的紅，而我的經驗也告訴我，這唇色正是天生的溫柔、激情和性感的象徵。這雙朱唇在日後更是時常與我的雙唇纏綿，陷入激情狂喜。她的頸子線條優美、圓潤飽滿，身形是女孩剛蛻變為女人的那種線條；雖然她的胸部尚未完全成熟，但已可見一雙迷人小丘，不是兩個掛在那兒的空洞，而是實在、飽滿、堅挺的兩個半球。她的腰雖然不若麗茲的纖細，但仍顯得細緻可愛；她的屁股寬圓，襯托出腹部的漂亮、平滑，讓每個男人看了都想倚歇其上。倚歇——當男人躺在愛人兩腿間，隨著每個抽送甜蜜、歡欣地肏著她，兩人享受著狂喜之樂時，也可以這麼說嗎？我不知道，不過沒關係。她站在原地看著我走近，洋裝底下露出一雙小巧的腳和足踝，臉上的微笑讓雙眼也帶著歡迎的笑意，變得靈活有神起來，兩個迷人的酒窩更讓她的可愛臉龐增添幾分甜美。任何男人若是初次見到這般面容，恐怕都會神魂顛倒。

我摘下帽子，向這位迷人的女孩子彎腰致意，說道：

「可否請您告訴我，我在哪兒可以找到瑟文上校呢？」

「爸爸現在在部隊辦公室，不過等會兒他就回來了。這兒是我家，我猜，你是戴福羅上尉？」

「是的，我走了一整夜的路，剛剛才到山頂，恐怕現在渾身髒得不得了。這樣一身髒臭、冒冒失失地靠近您，還請見諒。我根本不知道該往哪兒走，就讓小馬帶路，牠就把我帶到您面前了。」

「您何不讓馬伕看著牠們就好。請進來跟我媽媽見個面，喝杯茶，我確定我爸很快就回來了。」

「瑟文小姐，非常謝謝您。但我真的覺得自己和瑟文夫人初次見面，卻這樣一身髒臭，實在太失禮，而且這樣若讓夫人對我的印象不好，我也會很覺得抱歉。我這麼髒臭可能會讓她不悅，畢竟我應該以較佳的狀態拜訪令尊令堂才是。」

「您別這麼說。」這直接了當的小女生一臉興奮、滿面通紅地回說。

「我相信我媽媽不會在意，而且，您一定也很想喝杯茶……嗯，或許您比較想喝杯酒。來吧。」

就在此時，一個比瑟文小姐個子略高的女子跟著另一個身材和瑟文小姐相近的女孩子走到屋子門口，顯然是被我倆交談聲所吸引而來。

「媽媽，戴福羅上尉剛剛到了。我請他進來看看妳，喝杯茶水，可是他說他想先見爸爸，而且他太……他太髒了。妳叫他進來嘛！」這個友善客氣的小女生喊著。

「芬妮，安靜點，妳就是這樣口無遮攔。戴福羅上尉，很高興見到您。我想，您上週在諾雪拉的日子應該很難熬吧，我們聽說了因為所有的車子都被徵調去協助部隊移防，讓您有好一段日子都被困在諾雪拉。」

我向夫人致歉，認為自己應該先向上校報到，等梳洗一番之後，再登門拜訪。

芬妮以一種責備的眼神看著我，似乎在說「你最好照著我要的做！」。當夫人指著上校的辦公室方向，告訴我該怎麼走的時候，另一個女孩淺淺笑著、眼神發亮地看著我。要到上校辦公室我得先走一段回頭路，直到看見一條岔往營舍的小徑之後才轉向。營舍所在地是所有駐地官兵的居所之處，距離我們現在所站的位置有一哩遠。我向夫人鞠躬道謝，滿是塵砂的眼睛帶著謝意地朝噘著小嘴的芬妮看了一眼，再看看那位還未知其名的女孩。我把馬交給馬伕，朝我該去的方向前進。

在轉彎之前，我回頭一望，芬妮還一付無比眷戀的樣子，孤零零地站在屋子前看顧著我。不知怎麼地，我覺得她好像被罵過，我有點為她難過，但也很開心自己先見到了端莊的瑟文夫人和她兩位女兒；當我欣賞著沿路壯麗險峻的景色時，這些念頭不時地竄進我腦海裏。不一會兒，在繞過一個突出的山壁彎口後，我就看到前方的高地上，有一座低矮、狹長的木屋，大大的屋頂綴飾著紅磚片。一群身穿卡其色，或是泥色軍服的阿兵哥站在門前，我想那就是駐地辦公室所在了。我穿過人群，走進某個寬廣的大廳，廳內有木柱支撐著屋頂。我第一個碰上的是軍餉官，他在我報上名字後熱情地歡迎我到來，告訴我可以在這房子的盡頭找到上校的辦公室，他就在裏邊。我走往上校辦公室，他坐在桌前，正在仲裁某件事，身邊圍了一群官員，制服顏色有紅有藍，也有卡其色。我眼光逐一掃過他們的臉，沒有我認識的人。我沒穿軍服，加上又是一身塵土，我敢說自己現在這模樣一定不討喜。等到最後一個心有不快的阿兵哥被訓完之後，我才走向上校自我介紹，向他報到加入營隊。瑟文上校興味盎然地看了我好一會兒，原本其他在旁邊滿臉憂愁、表情嚴肅的官員們也綻放出歡迎的笑臉。

上校站了起來，「戴福羅，很高興見到你。聽說你被困在諾雪拉，很不巧，你剛好在所有車子都被徵調的時候到印度，恐怕你在山下的時候應該很慘吧！」

他熱情地握了握我的手，為我逐一介紹給每個人，他們也同樣熱情，邀我先一起喝杯酒再說；上校吩咐他們為我帶路，他得先趕回家一趟。

我和這群新認識的弟兄邊說邊笑地走往食堂，他們沿路上告訴我許多該知道的事情，最後，我們走到一間簡陋的小屋，他們客氣地稱這個地方為「食堂」。

我不打算逐一形容每個官員，因為他們活脫脫就和女王麾下的所有英軍駐地官一個樣子。官階越高的人越自私貪婪，上尉大致也是如此，不過中尉軍官通常就比較開朗大方，願意跟弟兄同甘苦共患難，而且都有隨遇而安的氣度。

我發現，今天恐怕沒辦法洗澡了，因為水在這裏是非常珍貴的，每個人都有配給的額度，而他們沒有預先為我儲水。再者，除非我能找到一位「邱吉塔」，也就是請當地人當保鏢，不然我的財物或性命都有可能不保，因為這裏就連營隊夜裏也難防盜賊潛入。

和我先前在諾雪拉的日子相比，這地方真是既詭異又不舒服，我在諾雪拉可是沉溺在完美的維納斯女神柔嫩又甜美的穴裏哩！不過最後證明了這地方並不全然都像最初種種跡象顯示的那麼糟糕。

幾天後，我找到一間不錯的小泥屋可供棲身。但是屋子裏藏了一大群模樣嚇人、而且很危險的蜈蚣，不過我從沒被咬過，還殺了不少隻，因此屋子裏的蜈蚣只讓我覺得住在裏邊好刺激啊！在契拉特，所有生活上的不便都可因為此地甜美、涼爽、讓人心曠神怡的空氣而一筆勾銷。呼吸著此地的空氣，我覺得自己精神活力都振奮了起來，我喜歡大口大口地呼吸此地空氣。看著險峻壯闊的山間景色，更覺得呼吸著在群山之間悠悠流動的微風更具樂趣。

蘇巴提回諾雪拉去帶我的家當和他老婆過來，當他再回到契拉特時已是近半個月後了。他說在當地很難找到車子，他得等石傑克幫他張羅到車子才能上路。不過，我懷疑他拖了這麼久才回來，是因為他老婆靠著一番姿色在諾雪拉從官兵身上賺了一筆錢的緣故。我沒向任何人提過蘇巴提太太，也幾乎沒想到她，但在她剛到的第一天，我可是被開了不少缺德的玩笑——已婚男人噢！剛離開太太的懷抱，找個女人吧！我再怎麼為自己辯解也沒有用，直到我對他們說，我相信蘇巴提太太可不是什麼嬌羞的小姑娘，任何人都可以跟她來一下。起初，我的同袍根本不相信我所說的話，但等到他們發現事情果真如此之後，每個人的性致可都像脫韁野馬了。

就跟所有地方一樣，當阿兵哥對女陰的需求從佩夏瓦也一路來到契拉特。當部隊從阿富汗移防回到契拉特，軍士官兵從上到下，所有人都已經好幾個月沒嘗過女陰的甜蜜慰藉了，除非他剛好結了婚，而且妻子還跟在身邊，但這種例子很罕見。

蘇巴提太太到了這裏可是片刻不得閒。當晚夜裏，她就從這個帳棚到那個帳棚，那間小屋到這間小屋忙得不得了。天亮的時候，至少有一打的軍官又重溫了那塊男人永不厭倦的「肉」的滋味。當然，除非因為體力不支，不然男人對眼前那塊「肉」可不會鬆手的。

此時，還有幾位其他聯隊、軍團的軍官因為健康因素的關係，也被送到涼爽、舒適的契拉特來休養。也許我該替蘇巴提太太說幾句公道話——她「活躍」的屄從這些人的卵蛋裏吸了不少「精」，而她自己則是從這些人心甘情願大開的錢包裏吸了不少「金」。我的故事跟這些人沒什麼關聯，不過我要特別提一下兩位軍醫處的軍官，因為其中一人的行為不自覺地讓我、或說「逼」我得以一嘗漂亮的芬妮她私處的滋味，以及和她一樣美麗的妹妹豐盈的大腿。

這兩位軍醫分別是賈汀少校以及拉維。賈汀是個粗俗的蘇格蘭大塊頭，出身低，腦子也簡單，他粗俗的不僅是長相，談吐也是，甚至連行為舉止也沒什麼規矩，氣質更是如此。

幾個月後，我很訝異地發覺，他不僅把芬妮當成自己未來的妻子，甚至還真的向她求婚。我只能說，賈汀一直都是這樣的個性。他塊頭很大，但絕對稱不上好看，雖然某些女人認為，大塊頭比長得帥氣或是體態優雅更重要，但我想這種女人應該是母牛吧，該去和公牛作伴。

拉維可就截然不同。他出身良好、飽讀詩書，在理智上的細膩程度剛好跟賈汀的粗俗程度成正比，但他卻反常地害羞自持，從不自以為是；他會興致盎然地聽你說話，而開口時卻又能馬上切中重點、一語中的。我常和拉維開心地一起散步，我們很快地就成為真正的摯友。事實上，拉維正是將我推向芬妮和艾美這瑟文家兩姐妹的無形推手；我一路平順地被推著走，最後在迷糊之間竟到了她們兩姐妹的祕穴門口。

我不該耽擱正式登門拜訪瑟文夫人和她可愛女兒的時間。事實上，抵達契拉特當天我就想好好梳洗一番卻不可得，而隔天在我終於得以一償好好梳洗一番的心願之後，我便正式登門拜訪。

上校也在家裏，因此我見到了瑟文全家人。迷人的瑟文夫人讓我為之傾倒，雖然已經徐娘半老，但依舊是個美人兒。她的個子頗高，身材必定一直都是如此苗條。從她殘存的美貌研判，她在年輕時一定也美得超凡脫俗。她的面容不似身體那般飽受摧殘，雙眼顧盼流轉間仍是炯炯有神。但是，唉，她的胸部已經不再堅挺了。我很難找到字句形容她的身體狀況，但奇怪的是，瑟文夫人還不到四十歲，她知道自己過去是個美人，她先生一定更清楚，但他們卻從沒想到，瑟文太太日漸憔悴的身體狀況一定會讓她早逝啊！當我跟拉維提到瑟文太太的狀況時，他搖搖頭說，不管他再怎麼暗示上校都沒有用；他曾經試著明講，但卻惹得上校暴怒，說他是個經驗不足的庸醫，怎麼可以這樣擅自評斷，還說瑟文夫人一直以來都是現在這個樣子，他相信她一定撐得過去。

多年後我回想起，那時我和他們家人見面聊天都成了很有趣的回憶。

我心愛的露伊寫了一封信給我，這封信在我抵達契拉特之前就已送到了。他們從這封信判斷，我一定已經訂了婚或是結婚了。我說，我已經結了婚。瑟文夫人很開心聽到這個消息，我想，這是因為她有三個正在快速發育的女兒，聽到我這個男人已經心有所屬，這樣她比較放心。對於她和上校都這麼呆，我有點開心，他們難道不知道這世界上還有像麗茲．威爾森那樣，結了婚也不代表什麼的人嗎？當然，他們也耳聞諾雪拉的駐地官遭遇嚴重意外，被緊急送回英國。他們問我停留在諾雪拉的時候對這件事情的來龍去脈知道多少。我語帶保留地只說出了我該知道的部分，聲稱我聽到的故事是這樣的——諾雪拉當地的士兵非常厭惡塞爾少校的所作所為，於是有天，某些小兵趁他走在路上時偷襲他，將他打得很慘。

「啊，難怪當地主官會刻意不提！我從他口中連點細節都沒聽到過。他的下屬竟然犯了這種以下犯上的暴行，難怪他要刻意隱瞞。」上校這麼說到。

「芬妮，艾美！小朋友，乖，快進去做功課。」瑟文夫人說。

「戴福羅上尉，我們沒有家教能幫孩子上課，可憐的她們只好盡可能地自學。對小朋友來說，印度不是個好地方，可是我又不能把她們留在英國，家裏的收入負擔不起分居兩地的支出啊！」

我從芬妮的表情看得出，她知道自己為什麼得迴避，因為她媽媽想說些「祕密」。我事後發現，儘管如此，她可不會每次都乖乖聽話。在瑟文夫人開口之後，芬妮起身離開，艾美和另一個小孩也跟在後邊走開了。

現在，房間裏只剩瑟文夫婦和我。

瑟文夫人問說：「戴福羅上尉，您在諾雪拉的時候，可曾聽過關於塞爾夫人不尋常的傳言？」

「呃，我的確聽過。不過，我得說，我不是全然相信我所聽到的事情。」我不願談到太多關於醜聞的細節，有點猶豫地回答。

「那您一定也聽到她和她先生分居的事情了？」

「是的。」

「您還聽到什麼其他的嗎？」

「還聽說她人還在印度，住在倫斯科，應該是這樣吧。」

「啊，這女人還真是糟糕，真是丟盡所有女人的臉！我認為，我們英國人沒把她逐出印度真是太丟臉了，這樣還有王法可言嗎？可是總督，總督他……」她意有所指地沒再說下去。

「親愛的，妳忘了，塞爾太太會這樣，應該要怪他老公啊。」上校加入了談話。

「我知道，我當然知道。」瑟文夫人情緒高昂，語氣亢奮地回說。「上尉，不曉得您是不是聽說了他們分居的原因？」

「我沒聽說。」當然，我說了一個大謊。不過我很好奇瑟文夫人會怎麼告訴我塞爾強迫他太太和他肛交的事情；我看得出她非常地想說出這個八卦。

「您讀讀《聖經》裏的《羅馬書》第一章，特別是經文裏邊提到某些男人對男人做的行為。我不能說得太詳細，戴福羅上尉，我羞得臉都快燒起來了呢。」的確，她原本蒼白無血色的雙頰，現在已是漲紅一片，但這是因為羞恥還是憤怒，我實在分辨不出。

「我很明白，瑟文夫人。如果說塞爾夫人讓她先生的名字蒙羞，那也是塞爾罪有應得。」我回說。

「但她的行為也把自己臉都給丟光了。這樣一個淑女——對，因為塞爾太太的出身和教育讓她稱得上是淑女，讓每個付得起五百盧比的男人都買得到她的風騷，占有她的肉體，您想想，這讓當地人看在眼裏會怎麼想呢！只有一個詞可以用來稱呼這種女人，不是妓女，而是那個更重、更強烈的字眼……」

我很快就成了上校家裏頗受歡迎的客人，瑟文家就是我們會形容為「很家常的」那樣的一家人。

露伊和我婚後的生活過得很平靜，我們生活裏若是有什麼可稱為「激烈」之處，那就是在床上。芬妮雖然和露伊在個性上截然不同，但她在某些方面卻常讓我想到我太太，所以瑟文家也讓我倍感親切。每當瑟文上校邀我到他家中喝杯茶，我都會欣然接受。某次與瑟文一家人共進晚餐時，我們談到了教育的優點。芬妮語氣渴望地說：「我真希望有個家教可以幫我，如果沒有人教我，我根本沒辦法自己從書裏頭學到什麼。除了九九乘法表和字母之外，如果還要再教小孩子學什麼，根本就和盲人帶路一樣。」

「瑟文小姐，妳覺得最困難的科目是什麼？」我問道。

「噢，全部都好難，特別是算術。」

晚餐後，我要她告訴我她覺得困難的部分。對她施了一點壓力之後，她拿出分數算式題目，我逐題逐題為她解釋這有多簡單，最後要她自己試著算算看。她開始動手算起來，雖然計算過程中她害怕自己顯得無知，但最後算出正確答案時，她還是興奮不已。如果您見到芬妮直嚷著都是我的功勞、一臉興奮的樣子，您可能會覺得我是萬能的天神，我自己也很開心能帶給她這麼樣真實、確切的喜悅，於是我便向上校提議，既然我空閒的時間也不少，如果他們夫妻倆不反對的話，我每天早上可以過來一兩個鐘頭，幫孩子學點東西。瑟文夫人馬上就答應了，不過上校有些遲疑。我想，上校之所以會遲疑，可能是因為他想到芬妮就快到青春期了，和精力充沛的年輕男子頻繁親密的接觸可能會讓她思春，而且雖然我這年輕男人已經結了婚，但還是可能會想嘗嘗她嫩屄的滋味；也或許上校認為我這提議只是一時慷慨，沒多久就會後悔了。不過最後，他們還是接受了我的提議。

起初，我的同袍弟兄對我到上校家裏教課的決定極盡冷嘲熱諷之能事。他們根本不明白我的出發點，有些人心裏懷疑我一定是打算誘姦芬妮和艾美兩姐妹，有些人則認為我是瘋子，竟然不好好享受這段可以在這裏無所事事的悠閒時間。不過，不管他們怎麼想，我都不在乎。

說到芬妮……她日後告訴我，在契拉特的那段日子裏，她認為我是全世界最棒的人，因為我無所不知。可憐的芬妮，她不知道那是因為她無知，才會認為我通曉萬事。也因此，我能從中得到某種掌控她的力量也就不足為奇了；這種力量柔中帶剛，她幾乎沒有意識到。我的獎勵或稱讚之詞都能讓她異常高興，而當我過度認真、暗示她應該做得更好時，她又會難過得掉淚。我們之間是那種真實切確的快樂，沒有情愛慾念，而是兄妹之情。

這樣的效果讓我頗有「淨化」之感。漸漸地，我慢慢忘了麗茲，反而更常想起芬妮和艾美兩姐妹，以及除法、根號……而不是美艷的維納斯那無與倫比的屄。雖然有時候我迷人的學生會捱著我的肩膀，綻放著健康與青春的粉色臉頰會貼著我，甜香的氣息混融著我的吐納，隆起的胸部抵著我的肩膀，但我的老二還是沉睡似地安安靜靜，因為它的主人雖然可以輕易地利用少女的未經事故和無知，嘗到如花綻放的嫩屄滋味，但從沒興起這般念頭。

很快地，瑟文上校夫婦就對我完全信任了。我通常在聽過他們一番「囑咐」之後，就可以帶孩子們到漂亮、原始的森林裏走走，或是亂逛。

有天晚上，賈汀、拉維和我同時受邀到上校家中用餐。我事後得知，賈汀當時正想向芬妮求婚。賈汀和芬妮兩人個性舉止相距天差地遠，我事先當然毫不知情他會有如此打算。當晚宴接近尾聲，芬妮走了過來，一如往常地坐在我旁邊，開心地和我聊天。經過一個多月的家教之後，她的心智大開，學得也多，顯然這家教對她有很大的助益。我沒發現賈汀嫉妒的眼裏正看著一切。在我們回家的路上，他說：「戴福羅，今天晚上，你似乎很盡興嘛！」

「醫生，你的意思是？」我問。

「芬妮完全不顧旁人，眼裏耳裏都只有你，而且你的手握著她的手，好像還捏的很舒服噢。哈！哈！哈！」我恨死了他刻意發出的討人厭的假笑聲。

「賈汀，你聽好，我很討厭你說話的方式。對我而言，瑟文小姐只是個可愛的小妹，我幫她上課只是為了興趣，也希望可以教她學點東西。她學得快、又聰明，而且也學得很起勁，現在全心全意都投注在課業上邊，她只想跟我談功課也是很自然的。」

「你最好沒有教她其他東西。而且，臭小子，你揉她的手做什麼，說啊？」

「我沒有！你看錯了。」我忿忿不平地大聲回說。

「好吧，也許沒有。無論如何，戴福羅，你別忘了你可是有老婆的。你不應該讓女人太注意你，該把機會留給我們這些單身漢！」

我沒有回話。原本單純的出發點被這個心裏眼裏只有女人胯下的男人完全曲解，實在讓我又氣又怒。

這時我們走過一排小屋，這裏住了一群其他聯隊的已婚女人。她們都是因為安全考量而從佩夏瓦遷居過來這邊，等著他們老公從阿富汗回來的女眷。瑟文夫人很堅持這個已婚婦女的眷區要有哨兵戒護，這些哨兵不僅要防止任何未經許可的人進入眷區探訪，也要防止入夜之後任何女眷偷溜出來，但這個決策犯了眾怒。當地軍官各個都想和女人交媾，而且要是可以溫存一番的話，這些女人也會開心得很；她們先前在佩夏瓦的日子可樂了，幾乎每天每夜都可以享受到肉體之樂，而且還從日日不同的入幕之賓身上賺了好一筆錢。不過，現在在契拉特的生活，就跟修道院一樣，這些女人無不渴望嘗嘗肉棒滋味，以及隨之而來的收入。

某個夜色深沉的夜裏，天空還飄著極其罕見的毛毛細雨，我們走過這眷區時，在回覆了第一個駐衛哨兵斥問我們口令之後，我們通過這個哨所。我們走過這區小屋前的矮牆時，賈汀刻意大聲地說：「你想想，這裏這麼多漂亮的女人，可是我們一個都得不到。我相信她們一定各個都如狼似虎，飢渴得很。就算付錢給男人而不是跟男人拿錢，也很想大幹一場吧。」

「這位大爺，您說得對。」一陣帶著濃濃愛爾蘭口音的女人聲音傳來。

「您說的真對。我可以跟您一塊兒走嗎？」

「老天爺，當然好，可是我們得再通過一個哨所。來，妳穿上我的斗篷，戴上帽子，這樣應該可以。拉維、戴福羅，我走在前頭，讓這女人走在你們兩個中間。」賈汀邊說邊幫她戴上帽子，雖然她的容貌在陰暗夜色下看不清楚，但仍看得出帽子底下是一個細緻、豐滿的女人臉蛋。她穿上斗篷，拉維和我繼續和賈汀說話，好製造假像，騙過即將經過的哨兵。一會兒，我們就帶著這女人逃過被揭穿的危險，安然走出眷區。

「現在，到我那邊吧。今晚，妳就是我的禁臠。我家往這邊走。」賈汀說。

「就這麼辦。我還想把你們『一網打進』呢！一個一個來，輕輕鬆鬆我都可以應付。我都憋了三個月了，今晚你們三個全上，剛好填滿我這段時間的空缺。這三個月，我連個男人都沒碰過，這樣怎麼能算是已婚女人呢。」她笑著說。

我們同情地笑著。她接著又說：「只要在沒有月光的晚上，女眷區的人要溜出來是很容易的。可是您也知道，」她朝下對著已婚女眷區指了指，「有些人就是愛嫉妒、難相處。有些女人愛出來找男人，可是又要那些男人只愛她自己。據說啊，每晚至少都有五、六個女人躺在你們這些男人的床上過夜。」

「別浪費時間。」賈汀不耐煩地說。「戴福羅，你今晚沒什麼機會啦。如果你要女人，你最好趕快回家去肏蘇巴提太太。」

「真感謝！不過，我想我不需要女人。還是祝你玩得開心，晚安。」我冷冷回答，轉身離開。

我這麼做，算是美德善行嗎？是嗎？

隔天，拉維告訴我，賈汀一直到凌晨兩點才放歐圖爾太太離開，讓她到拉維那兒去。歐圖爾太太需索甚鉅，凌晨四點時，就讓他鳴金收兵了。如果不是因為我的住處離「已婚女眷區」有段距離，加上破曉在即，她也會到我住處來一下。幸好她沒來，因為我很清楚，如果一個活生生的蜜穴在我眼前，我一定會毫不猶豫地把屌給插進去。瑟文夫人聽聞過關於賈汀和拉維的風聲，要是那時我真的做了，她一定也會知道。這不是歐圖爾太太唯一一次去「拜訪」醫生，雖然拉維和賈汀隻字未提，對其他軍官也是守口如瓶，但這祕密不知為何還是洩露出去了。當這件事情在契拉特越演越烈，歐圖爾太太就成了第一個被送下山去的女人。

十月初，一封來自佩夏瓦的電報讓契拉特的阿兵哥們欣喜若狂，也讓當地官員同感歡喜；不過，蘇巴提太太可就不開心了。這封電報是由佩夏瓦當地的「寇特瓦」（村長）發給本地村長的，電報內容這麼寫道：「十二位豐滿、鮮嫩的年輕妓女今天將從佩夏瓦出發前往契拉特。」瑟文上校一聽到這消息，馬上發電報回覆：「先扣住，待我檢查過後再放行。」瑟文上校告訴太太，說自己被將軍急召到山下的佩夏瓦，有要事商見，他得即刻出發。他並沒有告訴她這個任務的真正原因。我在上校急忙出發之後才聽到他離開的消息，這讓我非常不安。瑟文家的房子就在山谷頂端，目標顯著，加上最近盜匪活動又特別猖獗。聘雇「丘吉塔」（保鑣）是在印度的英國人向盜匪買下免受侵擾的豁免權的一種方式，因為這些丘吉塔通常是從盛出盜賊的鄰近村莊聘來的。雖然瑟文家裏也聘了一個，但最近夜裏竊案頻傳，有些甚至演變成暴力兇殺案，所以我對保鑣看守並不放心。夜裏，皎潔月光依然將大地照得明亮，如果您沒到過東方親眼見過的話，絕對難以想像此般景象。

我知道，以瑟文夫人脆弱的身體狀況來看，就算上校真的可以和她歡好，她也無法在夜裏讓上校享受到多少肉體歡愉。上校私底下偷偷告訴我，他跟所有男人都一樣，也頗好多汁鮮美的嫩鮑。我猜，當上校一聽到十二個豐滿鮮嫩的年輕妓女將來到契拉特的電報消息，心中一定盪起波波慾念；所以，他到佩夏瓦不單是要檢查這些女人，更是要親身試試嘗嘗，看看是不是真的和電報所形容的一樣「豐滿鮮嫩」。兩個月後，當我親自去了一趟佩夏瓦，我當初的懷疑全都得到證實。旅店的房務員說，瑟文上校是他見過最厲害的大爺了，他每天晚上都跟四個女人睡，而且十二個妓女當中有個茱瑪俐告訴她的同事，在上校停留在佩夏瓦的時候，可是每天都要肏她，然後再一個接一個，輪番上陣。可憐的上校，他的卵蛋是我所見過的男人裏最大顆的，也難怪他的性致會不時爆起。我相信瑟文夫人堅持契拉特的已婚女眷區要有哨兵看守，絕對是為了防瑟文上校多於其他軍官。不論如何，瑟文上校此次前去佩夏瓦，卻給自己的家庭成員引來一場幾乎致命的大災難。

第一天晚上，我因為擔心距離營地有一段距離、而且距我住處有一哩遠的瑟文家可能會發生狀況而輾轉難眠。清晨將至之前，周遭漂亮的景色還籠罩在月光之下，我起身，快步走往上校家。一切似乎都很平靜，哨上保鑣不時的咳嗽聲聽起來就像哨兵回報安好的聲音，證明他們都無恙。之後兩天，我也同樣過去巡看，仍是平靜無事。不過，就在隔天晚上（那時上校一定正在他要檢查的那十二個妓女其中一人的黝黑大腿間快活著），就在我剛轉過初次碰見芬妮的那個彎口，我聽到一陣讓我驚恐無比的叫聲，我聽出有人大喊我的名字！我全力地往前衝去，生平從沒跑得這麼快過，在心中恐懼毫無減退的幾分鐘內，我到了瑟文家。有人，而且是個女孩子正在尖叫！當我踏上露台，尖叫聲突然停了，天啊，露台上躺著一具屍體，喉嚨被完全切開，頭垂軟無力地後仰，他的下顎和胸口幾近分離，汩汩鮮血正從他頸子上可怕的大洞不停地溢流而出。不幸的丘吉塔！前幾夜，他的咳嗽聲還讓我聽了頗為放心……但在我發現之前，我已經踏在他溢流而出的血泊之中了，我得把握時間。我從外邊認出芬妮的房間，房間的窗戶是長型的格子窗，現在就像一扇大開的門，窗台離地約有兩呎半、三呎高，我跳了上去。眼前的景象是一個膚色黃褐的阿富汗人正在一雙抖動的大腿間蠕動，那雙腿毫無遮掩之物、完全赤裸，我認出來，那是芬妮。

有那麼一刻，我嚇傻了。那個該死的阿富汗人短促抖動的動作正是男人在肏完女人，最後將滾燙精液噴出，隨即抽出老二的樣子。他的動作就是那當下的模樣，全身似乎都壓在俯趴在床上發著抖的女孩身上。我看不見她的臉，但是我從她垂軟無力、動也不動的左手研判，如果不是已經斷氣，應該也失去意識了。就那麼一個當下，我呆站在那兒。

接著，我憤怒又絕望地大吼，朝那天殺的禽獸衝去。他玷污了那處蘊育生命的殿堂，從這裏誕生出來的小生命，每個都比他這禽獸好上千百萬倍！我踏進房裏時腳上穿的鞋子鞋底是印度橡膠，事實上那是我的網球鞋，加上房間的地板是混了灰泥的堅硬石灰岩，沒有聲響，因此他完全沒發現我跳進房內。我抓住他外套的領子，猛力一扭，用力一拉，速度之快讓他根本來不及放開芬妮，只能在他從驚嚇中回神的那一刻鬆手。可憐的女孩了無生氣、砰地一聲趴落床上，我幾乎看不見她的頭，這讓我更加驚駭，我以為她死了。這個禽獸身上的斗蓬被我撕裂，發出一陣惡臭，噴散而出的塵粉之多就跟毛瑟槍炸開一樣。這傢伙並不打算反擊，反而發出警告的吼叫聲，朝窗邊走近。在他走到窗邊之前，我又抓住他的領子，但就是近不了身，他竄逃的動作之敏捷，讓我只能摸到他的肩膀而已。這一次他溜掉了，雖然動作不快，但我也只抓到這件發臭的衣服，沒抓到本人。剛剛在他的衣服快被扯掉之際，他隨身亮閃閃的大刀或是長劍之類的東西掉了下來，這個骯髒的禽獸隨即便跳出窗子逃走了。他穿過小徑、往險峻的河谷邊逃去，當時四周一片死寂，他穿越草叢發出的吵雜聲響我甚至聽得清清楚楚。我很慶幸那該死的傢伙已經跑了，而且現在也沒有其他人躲在附近，我滿心憂慮地轉過頭，馬上折回床邊，不幸的芬妮正癱躺在床上。這房間即便在白天都會因為外邊的露台遮蔽了陽光，而顯得有點陰暗，不過，此時月光照耀大地和岩坡反射而起的柔光卻讓房間仍有些許光亮，加上印度每個人都會在夜裏點起的小油燈發出的微微暗光照著房裏，讓我明白所謂的「死寂」是何種景象。芬妮的腳垂觸到地，她漂亮的腿襯著纖細的足踝，勻稱光潔的小腿大開，渾圓美麗、潔白如雪、光亮如大理石般的大腿亦然。

我無法略視眼前誘人的蜜穴，因為她就正對著我的眼，而且油燈的微光照耀在此處，讓我看見蔓布在她渾圓豐滿的小丘上的毛叢。這毛叢在正中央處最為厚實，但卻不濃密。當我看見她的蜜穴聖地浸濡著鮮血，濃濃血滴還從底端的入口滴留下來時，我嚇得抖了一下。我的天啊！老天爺，她被強暴、玷污、受辱了，而且是被一個該死、天殺的骯髒阿富汗禽獸下的手！在這樣的承平時期竟然有當地人在我們的領域內犯下如此令人難以相信的劣行，我非常地震驚，這些紛紛念頭閃過我腦海，但我完全沒有時間繼續多想，或是沉溺在這樣的思緒裏，我彎下身子查看著這昏死過去的可憐女孩，我撐起她的頭，她的雙眼緊閉，雖然臉上血色褪盡，但面容卻如此純潔、安詳，我從未見過芬妮像現在這麼美。她的雙唇微微輕啟，露出一排編貝般小巧、細緻、整齊的牙齒，她的身體還溫溫的，當然了，她的生命若真已消逝，應該也不過是五分鐘前的事情。各位讀者，儘管我依然用了許多字句向您描述當下情況，但所有的事情其實都發生得又急又快。

她精靈般輕巧的可愛身軀摸起來還是溫熱的，噢，多優雅的線條，光滑如絲綢的肌膚乾淨、細緻、毫無瑕斑；這對膨膨隆起的雙乳，雖然尚未完全發育，但有朝一日絕對會長成一對比現在更為細緻好看的雙峰。寧芙女神十六歲的雪白雙乳啊！倘若死神真的竊佔如此優雅姿色，墜點雪白雙峰頂上的珊瑚小珠在我眼中看來就不會紅得如此地生動！我將手擱在她心口，感謝老天，她還活著，她的心還穩定地跳動著！我滿心狂喜地吻著這雙靜默的唇，禁不住地圈撫著她心口上小巧甜美的雙乳，一如我吻女孩子時的慣常動作。她的雙乳好可愛、好堅挺、好緊實，捧握在手心的感覺好幸福啊。我未經許可，但就是抗拒不了眼前這誘惑。

突然，我想到侵犯了她貞操的這個禽獸，可能埋下的可怕後果。我的眼神又往下移向她微微下陷、漂亮、平滑的腹部，越過覆著淡淡毛叢、隆起的維納斯之丘，沿著私處柔和又深刻的線條，望向她的柔嫩小穴。如果那個該死的阿富汗禽獸把髒種灑進這處女聖徑，那可怎麼辦！如果她活了下來，這漂亮的小肚子就會開始隆起，變成一個恐怖討厭的髒種的孕育之地！我該怎麼做？

突然間，一個念頭閃進腦海，我一定要防止這樣的慘劇發生，於是我決定撐開這聖殿入口大門，試著讓那禽獸的髒東西都流出來。我毫不遲疑，沒多想就動手了。我顫抖的手指伸進那柔軟的小穴裏，直到關節卡住、無法再往前深入。我很高興地發現，芬妮的貞操未被奪走，她的處女膜依然完好地在那兒，我再三摸了幾次、確認事實，才將手指從溫熱的小徑內抽出，我很開心地從小洞濕潤的程度判斷她還活著。我再次細看，如果是鮮血濡濕了她的私處，那這流出的鮮血從何而來？我想不出這血可能從何而來，心想先前聽到嚇人的痛苦尖叫聲，可能是因為那禽獸對她施暴折磨，造成她內傷時所發出的慘叫。我撥開她淡淡的毛叢，好看清底下是否有傷口被遮蔽住了，唉，我比較喜歡這維納斯之丘上的毛叢是柔軟、濃密、捲曲的那種。雖然燈光微弱，我還是輕易地就能檢查出陰毛底下的每寸肌膚，除了一些輕微擦傷之外，其他並無大礙。

腳一動，我踏到一塊濕濕軟軟的東西，我拾起這東西，發現那是一塊沾滿血的布，我睜眼細看這讓我緊張的東西究竟是什麼。可憐的芬妮，原來她的月事來了，我看到的鮮血，原來是這樣來的。我差點因為覺得開心又好笑地笑出聲來；不過，不論這血從何而來，這女孩現在昏迷成這樣，一定有危險，一想到這裏我又開始緊張起來。我照著以前看過女人在有人昏倒時會做的方式，扶了扶芬妮，讓她躺得舒服些，可是她還是一動也不動地癱躺著。若不是她胸口依然起起伏伏動著，我很難相信她還活著，不過她也只是微微地起落而已。她小巧可愛的胸部真是惹人憐愛啊，我愛撫、揉壓，甚至輕輕捏著她的玫瑰花苞，但芬妮的雙眼還是緊緊閉著。我的雙手娑撫她全身，越過柔嫩的身側、微陷的腹部，越過我鍾愛的小丘，滑向她誘人的美麗大腿，甚至再次將手指伸進她潮潤的穴內，希望能喚醒沉睡中的她。儘管我還捏擠了她的胯間嫩唇，甚至感覺到她的花蕾在我的挑弄之下開始隆脹，芬妮還是一無所覺。最後，我發現桌上有杯水，便在她臉上和胸口灑點水，她動了！冰涼的水比熱情的愛撫更有效果。她睜開明亮雙眼的那一剎，兇狠地看著我，接著因為恐懼和驚嚇而顫抖不已。我緊緊將她抱入懷中，溫柔地安撫她的情緒，但她卻一直奮力掙扎。

「芬妮！瑟文小姐！親愛的芬妮！是我，戴福羅上尉！別怕，我已經打跑那禽獸，妳現在安全了！」我的語氣和緩溫柔地說。

我的聲音多少讓她平復一些。這可憐的女孩把臉埋進我胸膛，緊抓著我痛苦地放聲大哭，就像個小孩一樣。她裸著的上身抵著我的胸口，因為抽搐地哭著，加上近乎歇斯底里的動作，讓我即使穿著外套和襯衣，我仍可清清楚楚地感受到她小巧堅挺的雙乳。我摸摸她，試著讓她放鬆情緒，但她卻將我抓得更緊。我覺得自己真是人面獸心，但是她的裸體、體溫、緊抱的雙臂、還有她的雙乳在我胸口帶來的所有感受，卻讓我的屌直挺挺地怒脹起來。我無意趁機佔便宜，但卻又忍不住地享受此刻的刺激感受。我一直勸芬妮放鬆、不要害怕，以我所知最溫柔的方式安慰她，連自己都被打動了，我發現自己竟然稱她是「我親愛的」、「可愛的小親親」，以及其他諸如此類的親暱稱呼。最後，芬妮終於願意聽勸了，她急促的呼吸緩了下來，不再大哭；她抬起頭望著我，我吻了她的如櫻雙唇，吻去漫流在她臉頰上的淚水。噢，她喜歡我這麼做。

「戴福羅上尉，你救了我！我該怎麼回報你才好？」

「親愛的芬妮，妳只要快點好起來就是回報了。勇敢一點，告訴我那個阿富汗禽獸怎麼闖進妳房裏？」

「他是阿富汗人？我那時看不清楚。那時候我睡著了，突然感覺有隻手在我的大腿間，而且還在……某個地方，當我睜開眼，我看到兩個本地人……」

「兩個！」我大叫。

「對，我很肯定是兩個沒錯。其中一個人的臉離我好近，另一個伸手摸我，摸我……某個地方。另一個人手上握著一把刀，張著嘴咧笑，我甚至還看得到他的牙齒。接著，我放聲大叫，試著從床上跳開，可是那個摸我……那個摸我……摸我某個地方的男人，他……」

「對，那個男人攻擊妳。」我見她羞於啟齒，便接著回說。

「對，他把手放在我胸口，把我往下壓，我朝他臉上打了一拳，一定打傷他了，因為他慘叫一聲，伸手捂住眼睛；我跳了起來，躲了好一會兒，開始使盡全力放聲大喊。他追著我跑，最後抓到我，他撕爛我的睡衣，把我推倒在床上，他壓在我身上，雙手掐住我的喉嚨，接著，我應該就暈了，因為我不記得之後發生了什麼。噢！親愛的上尉，親愛的戴福羅，你怎麼會來我家呢？」

這個溫柔受驚的女孩在告訴我這些經過時，雙手一直抱著我，她沒察覺自己身上除了臂上還有殘存的睡衣袖子之外，她全身赤裸，一如出生之時。事實上，雖然她現在能告訴我事情經過，但我很明白，她絕對不知道自己的姿勢為何。她就像溺水的人一樣，緊緊抓住我，這感覺很迷人、很親暱、就像女孩子在感受到一根活生生的肉棒正帶給她無與倫比的狂喜時的抱法。

「瑟文小姐，自從妳父親出發到佩夏瓦之後，我就很擔心妳們。我每天晚上都會來巡一巡，確認妳們安全無恙，好讓自己放心一點。今晚，我聽到妳的尖叫聲，所以才能恰好趕上。」

芬妮抬起頭看著我，雙眼裏散發出感激與愛慕的閃閃目光。

「吻我！你真是好人。」激動情緒竄流全身，她這麼喊著。

我沒等她問第二次，饑渴的雙唇隨即給她一個深深長吻，但是同時，我想到一個問題——「那第二個阿富汗人到哪兒去了？」當時若沒想到這個問題，還真不知道這件事會變什麼狀況。激情讓我沖昏了頭，芬妮現在對我已不只是感激之愛了，我確定她甚至有點急著歡迎我造訪她的腿間世界，雖然她的月事來了，我也可以帶走她的處女貞操，讓方才確認完好如初的處女膜破處。俗話說「脹屌無良心」，更何況現在連脹都不足以形容我肉棒暴怒的程度。我的屌現在正處在痛苦的緊繃狀態，隨時都可能會迸裂開啊！

但是，那第二個阿富汗人！

「芬妮，妳不是說妳看到兩個人，其中一個還握著刀？」

「對啊，我真的看到兩個。」

「那第二個人在哪兒？」

「我不知道。我猜，他在看到你的時候就溜走了。」

「可是，他溜去哪兒？妳的房門是關著的，妳的房裏只有一扇窗，我確定他沒從窗戶逃走。這人還躲在家裏某個地方！」

第二個人顯然不在這房裏，於是我堅持要巡一下整棟房子。我覺得很奇怪，連我在屋子幾百公尺之外都聽得到了，屋子裏怎麼沒有人被芬妮的尖叫聲給驚醒？雖然芬妮試著要抓住我，我還是衝出房外，心裏暗暗咒罵自己真蠢，當分分秒秒都很危急，艾美可能被強暴或是殺害的時候，我竟然還杵著，還在想要是能肏上芬妮該有多好。雖然芬妮很害怕，擔心我出去會有危險，但我依然堅持要出去看看。

她們姐妹倆的房門間隔著一條走道，對了，我先拾起阿富汗人掉落的大刀，握著這長得像把劍的刀，猛然、快速地打開艾美的房門，卻看到一副讓我驚恐作嘔的景象——這個阿富汗人似乎正在雞姦艾美。似乎？不！哎啊！他根本就是「正在」雞姦她。這個天殺的阿富汗人就跟那被我及時趕跑，沒釀成大禍的禽獸一樣，爽到連我踏進房裏都沒發現。一切事情都發生在眨眼之間，我根本沒辦法向您一五一十地敘述當時到底有多快。我衝向那個惡棍，他猛地從艾美的後庭抽出他黑亮的大屌，速度之快還發出類似從酒瓶拔起軟木塞「啵」的一聲。他直起身子，抓起侵犯可憐的艾美之前就預先擺在床邊以防不時之需的大刀，他志得意滿、挑釁地大叫，臉上露出猙獰的勝利表情，對著我咆哮，說出一串印度和阿富汗常聽到的髒話，說他操過我媽媽和我姐妹的屄，他接著說出一句比較不一樣的——「你妹的前穴後洞我都操過了，現在我要操你的屁眼！」

我生氣地怒聲回喊：「辦得到我就讓你肏！」當這個高大的阿富汗人接連兩次刺中我的時候，我發現沒用自己的刀而選了這把劍真是一大錯誤。用刀的話，我就可以輕易地刺中這傢伙。我被他連刺兩刀，一刀在左肩，另一刀在胸口。他試著要從肩頭直刺心窩置我於死地，若不是我跳開了，恐怕第二刀就足以讓我致命。當他狠狠地刺向我左胸口之際，我抽刀直刺他的身體左側，用力一轉。當芬妮走來，看到這第二個混蛋的時候，她放聲尖叫地跑走。當我和他打鬥時，我都還能聽到山谷間迴響著她的刺耳尖叫，因為她跑到窗邊，簡直是歇斯底里地大喊大叫。這時，我那又高又壯的對手佔了上風，我以前從沒用過這種武器打鬥，他顯然比我慣用這種短劍。他刺中我好幾次，但很幸運地，大部分刺在我的左臂，不過我的胸前還是被割出好幾處嚴重的傷口。我開始亂打，因為他驚人的敏捷速度讓我非常困擾，我只能像貓一樣跳來跳去，盡可能避開他非常快速的攻擊。最後，很幸運地，我絕望的最後一擊刺死了這個禽獸，他就死在我腳邊。我刺中他的胃，銳利的短刀刺穿了他的衣服，刺進體內。我握住刀柄往上一拉，像劃開奶油似地，刺向他的心臟。他躺在地上，雙腳亂踢亂蹬，身體抽搐地抖著，接著發出一兩聲駭人的哮喘聲，死了。直到死前，他都還帶著仇恨怒氣的眼神惡狠狠地看著我，雖然我贏了，死裏逃生，但我還是止不住地發抖。

起初，暈眩和疲倦感朝我襲來，我聽到芬妮大喊大叫，但卻沒辦法過去幫她。我坐在床邊喘著氣，身旁躺著動也不動的艾美，我不覺得傷口特別痛，但卻覺得好噁心。可憐的艾美臉部朝下躺著，我看不見她的面容，她渾身赤裸，雙手交叉被繞到背後纏綁住，臉也被布條層層繞頭綁住，連頭上的髮束都被綁了進去。我沒時間、也沒精神欣賞她誘人的軀體，但是直到今天，我都還能回想起她的豐臀和美妙的雙乳——不過也夾雜了她被那阿富汗禽獸的黑屌給玷辱過的後庭。之後，精神稍稍回復，我因為緊張又疲憊地抖著手，開始為艾美鬆綁。這結綁得好緊，我得用手邊的刀割開才行，當我動手，血都會從我這兒滴流到她白嫩的肌膚上，她看起來就好像被自己流出的血浸滿全身。最後，我割開了結，鬆開艾美的雙手和她臉上的層層束帶。我伸手鏟起她，讓她轉身仰躺，我不自覺地緊握住她胸前豐滿緊實的雙乳。雖然她的年紀比芬妮小一歲半，但她的身體發育得更好，胸部遠比芬妮豐滿得多。我很難過，想看看阿富汗禽獸方才誇耀的事情是真的嗎？他不止雞姦了這可憐的女孩，還肏了她的小穴？覆罩在她豐厚、匀稱的小丘上的毛叢又捲又多，比芬妮的還要濃密，我實在很難看出狀況如何，於是我將手指伸進她抖跳著的小蜜穴內探查，心裏因為擔心害怕而覺得陣陣暈眩。噢！太好了，她沒被玷污，小巧的處女膜依然完好如初，雖然被雞姦了，但是前面沒有被肏。

發現這個重要的好消息之後，我跑去找芬妮，她的聲音都喊啞了。我要她去幫忙她妹妹，這時，我已經能聽到人群正從屋子另一頭的山谷底下市集，沿著陡峭的山徑趕過來。我擔心有些熱心來幫忙的人可能會闖進屋子裏，看到兩個女孩子渾身赤裸，我請芬妮穿上襯衣，也去給艾美蓋件毯子，可是芬妮已經完全失神了，她去了艾美的房間，看見她渾身赤裸又滿身是血，而且好像死了，還有地上躺在一片血泊中的阿富汗人屍體，她又衝出房門，發狂似地大哭大叫。

我急著跑到大門口，即時地防止當地村長讓他的手下從窗戶爬進屋子裏，我請他待在原地，並派出衛兵圍守住屋子，馬上差人叫拉維醫生和駐地警衛隊過來。我很高興這些命令都被配發下去了，而且儘管村長和一群工人都很好奇發生什麼事，但他們都沒有要進到屋內一探究竟的意思。芬妮蜷縮在房間角落，我走了過去，告訴她艾美只是昏過去而已，而且覆滿她身上的血是我的，不是她自己的。這可憐的女孩今晚受到太多刺激了，起初我根本沒辦法讓她回復神智，或是讓她知道她妹妹需要照顧，我要注意聽外邊的眾人議論紛紛的躁動聲，我急著要她趕緊離開這房間，因為我注意到外邊圍聚過來的人群見到不幸遇害的丘吉塔屍體時發出的哀嘆聲。

希望芬妮沒聽到這些聲音。最後，我強迫她快離開，去照顧她妹妹。我朝那阿富汗禽獸沾滿鮮血的屍體上扔了條暗色的毯子，而芬妮很明顯地發著抖，走過濺滿鮮血的地板，她似乎沒有意識到自己光著身子。芬妮不像她妹妹那樣，睡衣完全被阿富汗人給撕碎了；阿富汗人只由上而下撕開了芬妮睡衣的前部分，她的臂上還掛著兩只短短的袖子，雙臂清晰可見。

也許是因為殘存的睡衣飄擺著，讓她以為自己還穿著衣服，但事實上，我可以清楚看見她正面全身（此景讓我眼見而心喜，心喜而慾念起）。她看起來就像著了魔，目露凶光，雙乳隨著急促的呼吸造成的胸部縮擴而劇烈地起起伏伏。她漂亮的小丘略略膨起，就像一個完美的軟墊，兩側線條急縮為一點，這點即是她豐厚的女陰呈現深刻又誘人的線條之處。她的陰毛不甚濃密，讓我得以看見這當女人站立時能看得見的線條。她毫無意識自己正把身體的迷人私處展現在一個讚歎中的男人面前。當她坐在她妹妹身邊，我可以比較這兩個女陰，想像哪一個能給我更多的肉體交合之歡。

老天！在這關頭，男人的腦子怎麼還會冒出這種奇怪想法！我知道自己該先喚醒艾美，接著搜索房子，可是我腦子裏卻在比較兩個可愛女孩的私處、雙乳、大腿和身材。

我拿了水給芬妮，要她朝艾美臉上灑點水，也再請她快點穿好衣服，因為——「親愛的，妳幾乎全裸啊！」

「有什麼關係，這有什麼關係啊！我覺得自己可能早該死了啊！」她再度落淚說道。

「親愛的芬妮，妳聽好，妳不可以就這樣放棄，要記得自己是淑女，是軍人的女兒，勇敢一點！對，擦乾眼淚，我已經派人請拉維醫生過來，他就快到了。動作快，先帶艾美離開。」我兩手放在艾美胸口，說道：「她的呼吸正常，多給她灑點水。這樣就對了，等一下她就會沒事。然後妳幫她蓋好被子，妳自己也躺上床去。妳的狀況還沒有她來得嚴重。」

「怎麼說？」芬妮語氣驚訝地問我。

「那個渾蛋塞住她的嘴，」我指了指毯子下死掉的阿富汗人，「他把她的手反綁，我不知道他還做了什麼事。」

芬妮在離開英國之前年紀還小，還不知道男女之事，但她在印度也待得夠久了，已經知道交合為何。

她脫口而出：「噢，可憐的艾美！戴福羅上尉，我們該怎麼辦？」

我知道她哭了。

「親愛的芬妮，妳別緊張。我覺得那禽獸沒做出什麼會帶來可怕後果的事情，我相信艾美一定奮力抵抗過，也許還受了傷。」

我不能告訴她這阿富汗人的黑雞巴深深插進了艾美的屁眼，只剩兩顆髒兮兮的睪丸露在外邊。她當時逃跑得太快，沒有親眼看清楚發生什麼事，而且那時候她也不知道雞姦是什麼。在我逐一檢查房間時，我要她勇敢一點，我說我認為房子裏沒有其他的阿富汗人了，但我還是得再確認一下。但在動身之前，我喚來村長，在走道上部署了幾個他的手下，接著關上艾美房間的大門，免得有好奇的人會看到裸身的兩個女孩。

我第一個檢查的是上校的房間。瑟文夫人在房裏顯然睡得很熟，我試著叫醒她，但徒勞無功。我扳開她的眼睛，放大的瞳孔說明了她昏迷的原因——鴉片，她被下藥了。這一定是預謀，不知是男是女，但這屋子裏一定有叛徒！

接著，我進到兒童房。十二、三歲的玫波和幾個小朋友睡在那裏，這裏應該有個奶媽的，但奶媽卻不見蹤影。

玫波醒著，她抽搐地大哭。當我踏進房間時，她尖叫一聲，但當她看到是我，她急忙慌亂地從床上跳起。雖然房裏只有微微的油燈火光，我還是清楚地不只看見她的小蜜穴，還有已經披上一層薄薄絨毛的小丘。將來，當維納斯花園內果實已熟，而採收的季節姍姍來遲之時，她的私處絕對會更加美麗。我暗地在心裏喊到：「我今晚似乎注定要看盡瑟文家姐妹的已經成熟的祕穴啊！」玫波當時雖然年紀小，但也可以接納我了，我很清楚容得下我老二的屄是什麼尺寸。不過，讓我接著說下去——

玫波很高興看到進來的人是我，而不是怪物或強盜，她朝我懷裏飛奔過來，撞到我的左胸傷口，讓我忍不住痛苦地大叫出聲。當她發現自己睡衣沾滿鮮血，她大叫一聲，縮了回去。我沒辦法安撫她的情緒，只能要她回床上躺好，我親親她，要她乖乖安靜地躺好。我告訴她強盜怎麼進到屋子來，雖然我受傷了，但我殺了其中一個，現在大家都安全沒事了，明天我會再多告訴她一些。她是個聽話的小孩，真的就乖乖躺好，答應我安靜不出聲。我看了看其他兩個小孩，發現他們跟瑟文夫人一樣都呈現昏迷狀態，顯然他們都被下了藥。這整件事一定是預謀，而且奶媽失蹤讓我更為肯定。假使她逃走是去求救，那救兵應該老早就到了，但村長告訴我，市集裏的人是因為聽到芬妮極不尋常的尖叫聲才趕來的。在我看來，這兩個阿富汗人侵入的目的顯然是要強暴，也許還有雞姦瑟文家的三個千金，所以瑟文夫人和另外兩個小孩才會被下藥迷昏，免得他們在動手時有人在旁邊哭鬧亂事。和逃跑的那個阿富汗人相比，被我殺掉的這個傢伙反而更厲害得逞了，他先塞住艾美的嘴，讓她在被雞姦的時候也發不出聲音，可憐的孩子。如果她沒被塞住嘴巴的話，當我安撫芬妮的時候，也許就能聽到叫聲而趕去救她了。我走回艾美的房間，覺得頭暈目眩，全身又痛又累。艾美的眼神比聲音流露出更多的感激之意，臉上神情透露出希望我吻她的訊息，儘管這動作讓我非常地痛，我還是曲身在她顫抖的唇上給了她好幾個溫暖的吻。我要芬妮好好待在床上陪她妹妹，我去看看拉維和巡防隊是不是已經到了。

不一會兒，他們就到了。但在他們到來之前，村長告訴我上校家裏有三個僕人遇害，分別是廚子、挑夫和清潔工，三人陳屍在屋外的倉房裏；而朱帕西（辦公室信差）被連刺好幾刀，恐怕也撐不下去了，而且還有兩個小孩喉嚨被割斷。這真是場可怕的大屠殺，我不敢相信兩個人就可以犯下這些罪行，一定還有其他兇手，但我只看到兩個，而且家裏也沒有其他活口可以告訴我們這場殘暴的凶殺案的始末。

很快地，耳邊傳來規律整齊的步伐聲，受過良好訓練而且極有紀律的巡守隊到了，他們已經儘快地從山下市集沿著陡坡爬上來。討人喜歡的柯恩這個出身自愛爾蘭的小傢伙和拉維都到了。我言簡意賅地把事情始末告訴他們，拉維馬上差人回去取他沒有帶過來的胃唧筒，準備替被下藥的人洗胃，因為他完全沒料到竟需要用到這設備。柯恩派出他的屬下搜索樹叢，但一無所獲。家裏遇害者的遺體都被送到外邊某個小屋裏集中，當拉維確認女孩子都沒事之後，大家才進到房間把那個阿富汗人龐大的遺體搬出去。這傢伙又高又壯，當我看到他那現在已經垂軟無力的陽具的驚人尺寸時，我不禁為艾美可憐的屁眼擔心得發抖起來。難怪他插得那麼緊，而且在突然抽出艾美可憐的屁眼時還發出「啵」的一聲。我決定不告訴拉維這根大屌幹了什麼好事，只讓他認為我恰好及時趕到而阻止了艾美被強暴就好。

接著，我馬上讓他看我的傷勢。

親愛的讀者，您受過傷嗎?如果您也受過傷的話，一定記得外科醫生在縫合傷口時您的感受有多不舒服。除了一處刀子直接刺進肋骨的傷口之外，我的傷勢並無致命危險，可是當醫生拉起衣服、掀開傷口時，不管他動作多輕，我受傷之處仍舊痛得不得了。拉維要我在芬妮房間的床上躺好，他說我得好好躺著不可亂動。我渴得要命，很想喝杯酒，但拉維說，除了水之外，我其他東西都不能喝，因為他擔心我的傷口會開始發炎。我很幸運，血流得不多，除非做了什麼蠢事，不然嚴重發炎的情況應該不至於發生。雖然如此，預防一下還是比較好。

我不禁心想，不久前，當我還在戳弄芬妮的小穴好喚醒她的時候，我的老二怎麼能槓成那種程度，因為現在的身體狀況讓我覺得，他似乎永遠沒辦法再勃起了！我覺得非常地虛弱，剛剛的緊張狀況已過，現在身體的後續反應來了。我咒罵自己，要是我有點理智，就不會沉迷在芬妮的小穴，而是先到其他房間看看，可憐的艾美也許就不會被雞姦了。我心想，她知道自己發生的事嗎？老天會不會憐憫她，讓她在那個阿富汗人把髒兮兮的雞巴捅進後庭之前就先昏過去？我希望是這樣。我也在想，芬妮應該勇敢一點，不過，我能體諒她。而且，噢，她未著寸縷的模樣看起來好可愛啊！艾美也是，還有玫波的迷人小穴。想著想著，我陷入了迷亂的沉睡狀態中。這一睡，我過了好幾天之後才醒來。

我清清楚楚地記得醒來時的當下，那時天光明亮，窗戶和房門都是開著的，甜涼的微風輕輕吹過我，有時，山下繁忙的市集裏狂笑聲還揉雜在這陣陣涼風中，吹上山頭。十二位妓女到了，我敢說，我聽到的笑聲有些是焦急的英國大兵正等著輪到他們，要開心地大幹一場。我是之後從柯恩那兒聽到這消息的，我這年輕的朋友告訴我，茱瑪俐真的是頂級的「操砲手」，這女人不僅漂亮、技術又好。事實上，茱瑪俐是這十二個「有用」又漂亮的女人中最受歡迎的。

我之後在佩夏瓦聽到的是，茱瑪俐正是每晚都陪上校開砲的女人，之後才會有其他三、四個新鮮、豐滿的貨色跟上校接續下去。上校此番前去「檢查」的代價可真大啊！可憐的艾美，真可憐啊！

當我醒來時，我最先想到的是「這是哪裏？」，但我的手臂懸在吊架上，全身僵硬得發疼，很快地，恍忽的思緒和記憶都回來了。有人在我房裏，我可以聽到他或她坐在椅子上發出的聲音，但我看不見是誰在那兒。我虛弱地喊出聲：「有人在嗎……」

「噢！戴福羅上尉！你還好嗎？你認得我嗎？」芬妮開心地叫道，開心地跑過來，在我床邊笑著。她看起來就像玫瑰般鮮嫩，乾乾淨淨地；芬妮一直都是個愛乾淨的小女孩。

「認得妳？我當然認得妳啊！妳是親愛的芬妮。」我驚喜地大喊。

「媽媽，媽媽，爸！上尉醒了。你們快來」她喊著跑出房間。

瑟文夫人拖著虛弱的身子，儘快地趕到了。幾乎致命的麻藥劑量讓她的身體幾乎垮掉，這也是從我擔心的事情發生之後，她第一次起身下床。起初，她因為情緒激動，完全說不出話來，她的眼眶泛淚，滿滿的熱淚最後沿著臉頰淌流而下。她捧起我剛被鬆綁的手，緊緊握住，最後，聲音裏滿是情緒地緩緩說出：「噢，戴福羅上尉，戴福羅上尉，我們真的虧欠你太多太多了！」

「親愛的瑟文夫人，沒什麼的。」

「沒什麼？不。女孩們的性命和貞操都是因為你才得救，我們虧欠你的，恐怕都回報不盡啊！」她沒再多說，只是彎下身子，吻了我，而她的淚水也滴落在我的臉上。

我深深地被打動。芬妮臉上帶著既擔憂又覺得好笑的表情，站在一旁看著。這畫面真有趣啊！瑟文夫人吻我的畫面顯然讓她覺得好玩，但至於她為何又帶著擔憂的神情，我就不得而知了。最後，她帶點神經質地說：「媽媽，現在他不會叫我露伊了。」

「我有這樣叫過妳？」

「噢，當然。你似乎把我當成你的妻子了。你一直要我到床上去，你說你好想要我，還說了其他一些我聽不懂的鬼話。」

「芬妮，這就證明了戴福羅上尉深愛著他太太，當他昏迷、胡言亂語的時候也只想著她呀！」

「我有胡言亂語？」我訝異地問。

「我想是有的。你說的話就是。你把我當成你太太了。」芬妮爆出陣陣狂笑。

「哎啊，我還沒見過你太太呢！戴福羅上尉，真希望你還是單身。我這輩子從沒像現在這麼希望某個男人還沒結婚呢！」

「那他就可以娶我了。」芬妮笑著說。

話說完，大家不語，場面變得有點尷尬。我打破沉默說：「芬妮，如果這樣，那我就會有一個非常可愛的太太囉。」

芬妮漲紅了臉，看起來非常開心，雙眼不時流露出充滿愛和柔情的神色。

「如果我是回教徒，妳也是的話，我現在就娶妳。可是妳知道，我們很倒楣，都是基督徒。」我笑著說。

「何止倒楣。」她嘆口氣回說。

「我只能說，如果我這個做媽的有榮幸將女兒許配給某個男人，那麼能將芬妮許配給你，戴福羅上尉，將會是我最大的榮幸，因為你絕對值得。」

「可是誰知道呢？他現在就可以擁有我啦！」芬妮一臉無辜地說著，完全沒意識到她這句話背後的意涵。

「芬妮，去幫上尉準備肉湯。看得出來他累了，我們跟他說太多話了，如果拉維醫師知道了，他一定會生氣。」

上校這時走進了房裏。他看起來滿臉愁雲慘霧，心裏正受良心折磨。他知道，眼前這個躺在她女兒床上、動彈不得的年輕人之所以會陷到如此境地，全都是因為他好色的緣故。可憐的傢伙，他知道其他幾個無辜的人因為同樣緣故而喪命，自己的老婆和一個女兒仍在受苦也是肇因於此。我看著上校愁眉苦臉的樣子也只能同情，但他緊緊握住我的手，在我耳邊悄聲地說：「戴福羅，這算我欠你了，但是你也欠我人情。」

「上校，此話怎講？」

「我女兒的性命和貞操，這算我欠你的。我真的不該去佩夏瓦的！」他雙手掩面，大大地嘆了一口氣。

接著，他說：「拉維說，你的身體要復原到可以重返崗位得花上一段時間，因此他希望你可以回到自己家裏住，這樣離他較近，他好方便照顧你。但是他也答應說，如果你在有人可以看護、照料你的地方會更好，所以我讓你留在我家裏，直到你完全康復為止。」

「上校，非常感謝。不過，我很快就會康復了。」

「對了，我沒看見艾美，她還好嗎？」我多問了這句。

「她還在病床上，可憐的孩子。我得很遺憾地說，這次受襲對她造成某種奇怪、而且嚴重的後遺症。這病讓她變得像小嬰兒一樣。」

「好啦，沒關係。別擔心艾美。上尉知道艾美受到驚嚇而且情緒還是很低落，這樣就好了，你不必再細說。芬妮，來，我們去拿午餐給上尉吃。」瑟文夫人說，母女倆也一起走出房外。

「這件事很奇怪，」上校在說話之前，小心翼翼地看著門外。「可憐的艾美肛門的括約肌鬆掉了，現在就跟嬰兒一樣，你懂吧？而且這狀況一再發生。拉維說這很不尋常，在病情好轉之前，他只讓她喝東西。你懂吧？」

要不是我太虛弱了，我真的差點就笑出聲來，因為我想起艾美被雞姦這件事。

「可是，上校，這情況為什麼會這樣呢？」

「拉維說是驚嚇，她受到驚嚇的緣故。」

老天，我先前就發現上校的人格裏有個怪癖，就是堅決地不願意去面對事實的真相。

他可能比我還清楚，阿富汗人有多沉迷在肛交上。要是其他人聽到艾美肛門的括約肌鬆掉，一定會馬上懷疑這是因為她被雞姦過才會這樣，可是上校就像鴕鳥，只會固執地把頭埋進沙子裏，拒絕看到眼前清清楚楚的事實。他不希望想到自己的女兒可能被雞姦，所以他的女兒就「沒有」被雞姦，就是這樣。

拉維有天偷偷地低聲問我，當我逮到阿富汗人時，他對艾美做了什麼？

「拉維，我不知道你期待聽到我說出什麼，但是，我告訴你，艾美房裏的燈光非常微弱，我看不太清楚。當我看到阿富汗人的時候，他似乎也看到我了，我們都忙著想殺掉對方！」

「戴福羅，我確定你知道的不只這些，你可以告訴我。我得告訴你我最擔心會發生的事，艾美的……她的……她的肛門括約肌撕裂了，老天，我終於說出口。如果這是撕裂傷，那就得進行手術。如果賈汀不適合知道的話，我覺得，基於安全，讓我知道確認這是雞姦造成的傷勢會比較好，因為只有雞姦才能解釋她目前何以如此。但是上校老是說艾美從小就有括約肌鬆弛的毛病，就算這樣，一定也有某種強大的外力才會讓她傷得這麼重。」

「拉維，你是個紳士，我相信你。但是不要讓消息再傳出去，甚至連賈汀都別讓他知道，因為如果事情真相被傳開來，可能對艾美造成不幸的影響。她被雞姦了，而且是徹徹底底地雞姦。那個阿富汗禽獸的屌深深地插進艾美的屁眼裏，只露出睪丸，他還對我大喊說他騎了艾美，而且還要從後面上我！」

「我想也是。」拉維難過地說。「我就知道我猜得沒錯，我很肯定那是撕裂傷，而不是括約肌異常擴張。戴福羅，我擔心的是，雖然傷害已經造成，而且也沒有人知道事情真相，但是整個部隊的人都相信艾美被雞姦了，所有人都氣得想殺掉所有闖進來的阿富汗人。更糟糕的是，你幫女孩們上課的事被大家拿來當笑話說。當賈汀說雖然他自己也不太確定，但是艾美可能被雞姦了，那個年輕的柯恩就起了頭說，那她就是個ＢＡ囉——Buggered Amy雞姦美。噢噢！那我們可以開開戴福羅的玩笑，恭喜他的學生之一已經拿到ＢＡ（Bachelor of Arts，文學士）學位了。」

當我身體狀況復原得差不多時，官方舉行了一場聽證會。於是，就引出了這些事實——

當初部隊移防到達契拉特時，上邊警告說如果他們要到山邊打靶，一定要五人或六人結隊同行。如果少於這個人數，他們可能會遭到攻擊；如果人數多過於此，又會驚擾到當地居民。當時軍妓沒有跟著部隊一起來，這些阿兵哥唯一可以跟女人交合的機會，就是有時冒著個人性命危險，找那些在路邊有時會遇到幫忙放羊的當地女人。有一次，兩隊人馬加起來共十二人在一處僻靜的山谷間相遇，那時正好有兩個年輕漂亮的阿富汗少女正在那兒放羊。阿兵哥提議每人各給她們一盧比，這讓兩個女孩很開心，兩個都很樂意要賺十二盧比，所以每個男人都可以各來一回。完事之後，女孩很開心地回到村裏，而阿兵哥也心滿意足地回到部隊。

阿兵哥承諾少女，每多一次就會多給一些錢。可是，哎啊，承諾從來就不會實現。村裏的人不知如何地發現了這件事，隨之而來的必然後果就是這兩個可憐的倒楣少女的鼻子被割掉，帶著傷口走過村裏群聚圍觀的男女老少面前，接著被火燒凌遲至死。此外，由於這兩個可憐的女孩之前都還是處子之身，因此村人決定要徹底報復在契拉特的英國人。瑟文夫人先前在佩夏瓦和剛從戰場上歸來的上校會合，可惜她沒在那裏就僱請奶媽。她在契拉特聘來的這個奶媽是個阿富汗女人，瑟文夫人曾經因為她怠忽工作而朝她臉上揮了幾拳，這就讓奶媽對她恨之入骨了。

這件事恰好發生在憤怒的村民想強暴英國處女，好進行報復的同一時間。芬妮、艾美、玟波是契拉特唯一可以下手的對象，而這個奶媽知道村民的計畫，於是便和他們密謀，逮到機會就要把這三個無辜的受害者交到他們手中。當瑟文上校離家去檢查那些妓女時，隨之而來所發生的事情就是我先前向您敘述的那些了。當然，這奶媽消失無蹤了，而且也沒人再見過她。雖然瑟文家的三個女孩絕對有可能都被強暴、雞姦，或是被殺害，但不幸中的大幸是，僅有可憐的艾美受辱。

難以理解的是，一件事往往會帶起另一件事。因為原來的奶媽逃跑了，瑟文夫人得再聘一個新的，她在某個佩夏瓦的夫人推薦之下，聘來一位新的奶媽，名叫蘇妲雅。我覺得，要是瑟文夫人事先見過她的話，一定不會接受，因為蘇妲雅是我見過當地最美麗的女人。瑟文夫人很清楚自己孱弱的身體沒辦法讓上校在夜裏盡情地享受魚水之樂。夫妻間合諧滿足的床笫之樂可讓男人在婚姻關係裏保持忠誠，像上校這麼激情熱烈的人，一定常覺得性慾高漲。瑟文夫人把蘇妲雅這樣一塊令人垂涎的上肉帶進自己家裏的決定可說是有點輕率。不過，一旦做了決定就沒辦法再回頭了。但蘇妲雅的行為舉止非常小心謹慎，而且會極力地避開和上校相處，全心投入照顧瑟文夫人以及「芭芭」小姐們的工作中——「芭芭」是當地人對家裏孩子溫柔的尊稱。事實上，蘇妲雅最後也成為瑟文夫人最好的得力助手。

3
屈服

期待已久的命令終於來了。我們將在十二月時遷移到拉瓦平迪，再從當地搭火車前往孟加拉最好的一個駐地——法喀巴。

如果我有時間，我倒是想好好描述這次遷移的過程細節，因為在印度行進真的非常有趣，不過，我只能告訴您兩件事，其中第一件事影響了上校和我之間的關係，而第二件事則先讓我高興地如登極樂，隨後卻又重重地將我摔進地獄。且讓我為您細說分明——

移防的第一天晚上，我們紮營在山腳下的夏擴特，我和形影不分的拉維出去走走，直到天黑之後才回到部隊。走回我的營帳時，我看見蘇巴提正在我帳篷前，對我使了個奇怪的眼色，悄悄告訴我上校正睡在我床上。

我既好奇又納悶，為何上校放著自己的床不睡，卻跑來睡我的床？於是，我不顧蘇巴提看守，輕手輕腳地走近偷看，帳篷裏昏昏暗暗的，油燈就擱在地上，火光被調得很微弱，棚子裏雖然昏暗，但也夠亮到讓我瞧見我床上有個男人夾在女人的一雙大腿間，肏得正快活。我看不見他們的臉，可是他們的屁股我倒是看得清楚，還有一對大睪丸垂在外邊，擋住了那女人的陰部，只有在那根屌抽出送入的動作間才看得見那地方。蘇巴提不必說，我也猜得到那是上校。我忍不住刻意地直直走進帳篷，裝得好像自己完全沒料到會撞見此景似地。上校抬起頭，衝口說出幾句話，我笑了出來。

「噢，上校，真抱歉，我不知道您在這兒！沒關係，我不會說。那我不打擾您了。」在他正要開說話前，我便走出了帳篷。

沒多久，上校走了出來。我裝得好像沒料到會遇見他，但他挽著我的手臂說道：「戴福羅啊，戴福羅，我得向你鄭重道歉，看在老天的份上，你可別跟人說啊。我的好孩子，如果你太太像我老婆一樣身體虛弱，你就能體會我不找女人不行的處境了。戴福羅，你可別出賣我啊，千萬別這麼做，我太太會勃然大怒的。我就是克制不了衝動，不過，她不會明白為什麼的。你答應不會出賣我？」

「上校，我當然不會出賣您。可是您家裏就有蘇妲雅那麼漂亮的奶媽，你怎麼還會看上蘇巴提太太呢？」

「孩子啊，你聽我說，如果你要㑚你太太之外的女人，千萬別把她跟你家裏扯上關係。如果你現在想㑚蘇妲雅，歡迎！你要嗎？」

「親愛的上校，我很感激，真的非常感謝您，不過山上發生的那件事讓我流了太多血，在我太太和我會合之前，恐怕我都不會想碰女人了。」

「好吧。那麼，如果你想要的話，不管是蘇妲雅或任何人，你可記得我說的話啊！」

我想，上校說的「任何人」可不包含芬妮或是艾美。

移防的第三天，我們終於抵達了諾雪拉。當我看見熟悉的小屋時，心跳得好快，那裏曾是維納斯的聖殿，而我曾是這座聖殿的祭司，曾經數次滿心歡喜與感激地在她所鍾愛的祭壇上獻祭，那祭壇裏就在麗茲．威爾森豐潤、美麗的雙腿之間。移防行軍讓我疲累不堪，疲累不是因為我們走了好一大段的路，而是由於我在契拉特大量失血之後到現在精氣仍未復原的緣故。拉維一路上都和我同行，上校和他的家人則由賈汀陪著，遠遠走在前頭。他們在麗茲和塞爾發生爭鬥的小屋前坐下休息，看著我們和駐軍朝駐紮營地前進，營地的位置正好位在小屋和喀布爾河之間的空地。艾美和瑟文夫人都坐在轎子裏頭，而賈汀和上校則陪著芬妮。

當晚，我先到河邊散散步，好看看這個當初讓我被麗茲誘人的祕穴困住的地方，之後才回到營地。我又看到蘇巴提站在帳篷外守著了，他笑著對我說，上校大爺正在帳篷裏和他太太談事情。我走近篷子，悄悄地湊近偷瞄，我看到上校沒穿衣服，光著兩條腿，正躺在蘇巴提太太身邊伸手挑弄蘇巴提太太肥嫩的棕色陰唇，蘇巴提太太也正揉弄著上校碩大、引人注目的一對大睪丸，顯然這對樂在其中的人已經準備好要再來一回。不一會兒，他們開始再戰了！上校顯然樂在其中，而從不時傳來的陣陣嬌嗔笑聲判斷，蘇巴提太太也被這仰慕者的大肉棒給逗得樂不可支。沒多久，上校開始短促有力的戳擊，最後他狠狠地用力插送到底，這動作告訴我，上校此時正用他的男人菁華澆灌那處聖殿。接著，他從熱燙的穴裏抽出，躺下身子，開始套上褲子；幾分鐘後，他爬了起來，穿好褲子。雖然我在契拉特找不到女人可以溫存，但蘇巴提太太的一雙大手讓我看了就對她慾念全失，但如果我是在幾個禮拜前還沒受傷時看到此番肉搏大戰，我一定會幾近發狂，大屌脹得又大又高，可能會等上校一離開之後，馬上就衝進篷裏跟她來個一兩回，好發洩我沸騰高漲的慾火。但是現在，啊！我只覺得噁心，我的屌動都不動，連個勃起的鬼影子都沒見著，毫無反應。

但是隔天晚上，這不舉的情況竟出現讓我興奮的轉變。如果恰好有從醫的讀者讀到我所描繪的感受和故事細節，也許能解釋此番變化何以形成，我自己是說不上來的，至少我說不出這變化背後的科學道理。不過您要是好奇的話，我相信那些從醫的讀者絕對會樂意解釋。事情是這樣的，隔天早上，我收到了一封來自芬妮的字條——

親愛的戴福羅上尉，媽媽想知道為什麼您最近和我們這麼地疏遠呢？我們已經好久都沒見到您了，您願意今晚過來和我們共進晚餐嗎？晚餐時間是六點，有點早，因為明天早上我們得早起，好繼續前進。您一定要來噢！

您親愛的
芬妮．瑟文

我差人捎信回覆樂意前去共餐。我發覺到心不尋常地跳著，因為對我而言，芬妮現在和我之間已經變得很親密了，各位讀者也明白為何我不像過往那樣對其他女人一樣地回應芬妮的愛意。

這時，我忠實的老友石傑克正好也來探望我，他說塞爾在前往孟買的路上死於霍亂。老石非常擔心我曾對別人提過塞爾夫人和她的「忍冬居」，或是加油添醋地說了什麼話。幾年後，當我在布里敦遇到他和一位女士，而他向我介紹那是他的夫人時，我才明白為何他當年會如此焦慮。這位女士的面容讓我覺得好面熟啊，我絞盡腦汁才想起她像極了老石在塞爾想要玷辱麗茲的當晚所拿給我看的照片裏的裸體女子。厲害的老石讓塞爾夫人又變回世人眼中的賢妻，他也對等地得到了只要他想要，隨時都可以和她溫存，而且不必付五百盧比就能享受的權利。石夫人看起來身形豐腴、面容細緻，一雙豪乳線條優美，我敢說老石必定在她的腿間度過無數滋味美妙的夜晚，享受如他所形容的「無與倫比的蜜穴」。

當我發現瑟文一家人用了我當初在民居的舊房當做休息處所，心裏還是起了陣陣波瀾。他們把麗茲當初的房間作為三姐妹的臥室，連結左右兩房的門現在大開著；當我晚餐坐在芬妮旁邊，看著臥室裏那張床，過往景象一一閃現，當初我曾經和美麗的麗茲在上邊數度瘋狂交歡啊！

芬妮注意到我的視線。

「那是我的床。」她無邪地說。

「是嗎？」我反射性地回說。

啊！我怎麼了？連看到眼前這張床，胯下之物也毫無反應。我相信自己晚餐時一定又呆又笨，但是上校卻顯得興高采烈，我知道他這麼開心的原因。

這可憐的傢伙終於騙過他小心翼翼提防著的老婆，得到他渴望已久的屄了，所以他在席間高興得妙語如珠，盡說些奇聞軼事。我讓他盡情地講，努力扮演恭恭敬敬的好聽眾，只有在芬妮偶爾為了把話題帶回過往那樣輕鬆自在的氣氛而提問的時候，才偶爾回應一兩句話。芬妮整晚都把注意力放在我身上，讓我覺得很感動；當我坐在露台上、菸一根抽過一根，聽著少校滔滔不絕之際，儘管我固執的沉默無語冒犯了她，她還是走了過來，陪坐在我身邊。最後，瑟文夫人過來說時候不早了，催促上校快上床睡覺。她讓我和芬妮獨處。

「親愛的上校，你怎麼了？今晚從你到了之後，幾乎連一句話都沒跟我說上。我擔心這長途跋涉讓你負擔太重了，你可能累壞了。」最後她終於問了，小手溫柔地放在我的手上。

「芬妮，我是真的累了，不過我不知道是不是因為走了這麼多路的關係。我說不上來是什麼緣故，但從那晚和阿富汗人打鬥之後，我整個人就不對勁了。」

「啊！媽媽說，一定有什麼事才會讓你變得這麼憂鬱。可是你何必這樣呢？如果我在那樣的情況下殺了個阿富汗人，我會很驕傲啊。」

「親愛的芬妮啊，在那晚之前，我是男人，我有力氣、精神、力量，可是那晚之後，我覺得精氣全失，沒力了，妳懂嗎？」

「沒力了？你說的力氣指的是什麼？」

「讓男人和他太太交合的力氣。」

「噢！」

芬妮懂嗎？我猜她是明白的。沉默了一會兒之後，她說：「你知道嗎？我昨天晚上做了一個很好笑的夢，一個關於你的夢。我夢到三次了，可是我怕……我怕這夢境永遠不會成真。」

「什麼樣的夢呢？」

「我夢到我在那房間睡覺時，你走了進來，用像那個阿富汗人一樣的手法把我叫醒。雖然方法一樣，可是你溫柔多了。你跟他一樣把我喚醒之後，你要我抱住你，好暖暖你的身子。你的哀求的語氣好誠摯，於是我就說好。然後……」

「然後呢？」我焦急地問著。

「唉呦，我不知道該怎麼說才好！不過，你就爬上床，躺在我身上，把我緊緊抱入懷裏。你抱得好緊噢，我不知道你做了什麼，不過，我覺得好高興，你也很開心。但是，接著我突然就醒了，發現你不在身邊，我叫了出來。戴福羅上尉，你知道我們都很愛你啊！」

如果這番話不是肺腑之言，那我就不知道這是什麼了。但芬妮這番話在我身上卻產生神奇的效果，片刻之後，原先精力衰竭的感覺似乎一掃而空，我沉寂許久、沒用的屌狠狠地彈脹了起來，就跟當初見到麗茲時的反應一樣。當時周圍的氣氛似乎充滿了一觸即發的交合慾火，能量之強遠勝過往我曾經歷過的一切。我看到芬妮胸口隨著急促的呼吸起起落落，看起來彷彿如果我願意的話，她馬上就會獻身於我。她緊緊握住我的手，我輕柔地拉過來，擱在我如今昂然而立的男根上，讓她知道我明白她的意思，而且只要她真的願意，我也已經準備好了。親愛的讀者啊，「勃屌無良心」啊！我原先不願佔芬妮便宜的決心意志如今早已煙消雲散，什麼都不記得了，腦子裏只有當初她小蜜穴的甜美畫面，雖然那兒被月事來潮的鮮血給沾溼了，但依然誘人。當時我不知道芬妮是不是真的感覺到我的屌硬起來，因為那時玫波從臥房裏跑過來說：「芬妮，媽媽說妳不能再聊下去，得去睡覺了。」

芬妮沒道晚安，只緊緊握了一下我的手便起身離開。

炙烈的慾火和狂喜的聲音在我心裏轟隆作響，體內熱血奔騰，我也站了起來，抱起玫波的腰，一遍又一遍地吻著她，揉弄她兩個小巧幼嫩的雙乳，讓她好不開心。

「玫波，妳已經是個女人了呢！看看妳這漂亮的胸部，多完美小巧的雙乳啊！我猜妳那兒的毛髮一定也很濃密了。」我的手滑向她的小丘，饑渴的指頭更伸往她的胯間，伸向她的穴位。

「噢！戴福羅上尉，你是個調皮的壞男孩。」她壓低聲音這麼說，但卻不反抗。我坐了下來，將她拉過來坐在我膝蓋上，我的手滑進她的睡衣底下，在她明白我的意圖之前，手指已經埋進她小巧溫熱的處女地內了。

「玫波啊，妳已經是個女人了。你不想要個老公嗎？」我已經興奮到失神。

「我要啊。我常覺得我要一個男人。」她低聲地說，激切地回應著我的熱吻。

天知道我做了什麼！若不是芬妮從房裏生氣地大喊：「玫波，快回來睡覺！」我想我馬上就會奪去玫波的處女貞操了。玫波才十二歲，但已經很早熟。我還來不及射出，只能趁機最後再感受一下她的小蜜穴；我吻了她，這個心滿意足的小女孩也熱情地回吻之後，我放她離開，臨走前悄悄在她耳邊說道：「不要告訴別人噢！」而我心裏正為著失而復得的精力和再度勃發而狂喜。我回到營地的帳篷，脫下褲子開心地檢查翹得半天高的老二，以往他遇見美麗的可人兒時可是都硬挺挺地呢。

當晚，我做了數個迷人的夢。在夢裏我不知道肏了幾個過往的愛人，不過這其中既沒有芬妮，也不見艾美。隔天早上醒來時，我不僅發現我親切的老二一如往昔地昂然挺立，更發現夢遺濕了一大片的痕跡。這正是我的睪丸精力復原，開始分泌男人精華的確切徵象。

當我準備前去和隊友會合時，軍團信差將一封信交到我手上，我瞄了一眼，發現是我心愛的露伊寫來的。當下心裏感覺這信裏必定是個壞消息。「壞消息」——當我知道露伊在下一封信寄出時就要出發前來印度和我會合，我竟然認為這是個壞消息！我到底變成什麼樣的人了！而且她一直等到現在才說大約明年三月，我們另一個孩子就要誕生了，這是我們勤於床事的成果。先前她在還不確定是否有孕時並不想告訴我，直到確認懷孕之後才說出口。她的月經沒有來，現在確定肚子裏真的有寶寶了，而且已經六個月大。露伊是個說到做到的女人，如果她真的來到印度，我也會有好一段時間無法和她纏綿，享受像有孕之前那般的肉體交歡之樂。

她說，從我寄回去的信裏感覺到我的情緒變得日漸低落。她越來越擔心我，因此不管得花多少錢，她都要前來印度和我會合。她說不知道我人會在哪裏，但等她人到孟買之後就會找到的。接著是下一封信——現在她人一定在紅海上了，也可能在印度洋上，她會和我們幾乎同時抵達法喀巴。噢，芬妮，我現在要如何得到妳呢？老天，露伊曾經佔據我身心，讓我眼中心裏都只有她，這女人的私處曾讓我的男根只為她而勃立，讓其他女人相形失色，而我現在竟然不想要她了。親愛的讀者啊，這擺盪的情緒真的讓我備受煎熬啊！

現在要勸阻露伊前來已經太遲，當我摸著玫波小巧可愛的私處那個當下，露伊一定就已經動身啟程了。現在，我嘗不到玫波小穴的滋味了，連芬妮的我也沒機會了。就當我終於克制不住我們三人共有的渴望時，露伊要來印度了。

這也難怪當我走在滿是塵土的路上時，從後邊跟上的拉維會發現我滿臉愁容、心情沮喪。

「戴福羅，你聽聽看。我知道你這是怎麼回事，你一直想著你的老二永遠站不起來了，你這是用這蠢想法在折磨自己。聽我說，聰明一點，快丟掉這蠢念頭，只要你別管他，讓他慢慢來，你不久後就會發現小老弟會再站起來的。如果你一直想著這件事，可能真的會永遠性無能，因為人的思緒對感官的影響力非常之大啊。我告訴你我親身的小故事做個例子吧——那是三年前在烏爾威治發生的事情。當時我在赫柏醫院任職，有天晚上一個我很要好的弟兄下班後跟我同行，當時大約是晚上九點吧，我們經過一個砲兵營時，我看到一個面容非常姣好的女孩子站在人行道上，她顯然是個妓女。我向她道聲晚安，問她是不是正在等人，她說：『是啊，先生，我正在等你。』

「『噢，那一起走吧，我跟妳回家。妳住哪兒？』我問道。

「『在伍德街上。』

「『拉維，那跟你不同路，那是我家那邊，所以你最好讓我陪這位年輕小姐回家，你就自己好好回去休息吧。』我的朋友這麼說。

「『才不，我想來一砲，我要肏這個小妞。親愛的，妳說對吧？』我笑著回說。

「『當然囉，是你先問我的，所以我會先跟你回家。不過，如果你的朋友喜歡的話，在我們完事之後，我也可以到他那兒去，或是他來我家。』

「『沾過的洞，我才不要，謝了。如果明天晚上八點妳到往墓園的那條路上跟我碰面，我就帶妳回家。』我的朋友笑著說。

「『好！』她回說。

「之後我們三人便繼續往前，不一會兒就來到伍德街。正當我隨著那女孩打開大門進到屋子裏，我的朋友對她大聲地說：『妳最好跟我回家，因為拉維是個沒用的傢伙，妳今晚從他卵蛋裏也擠不出什麼東西啦！』那女孩和我都笑了出來。

「我們爬上樓梯到她的房間，脫掉衣服，她可算是你會見過最美麗標緻的妓女了。奶子漂亮、膚質又好，手腳都好看，而且柔軟黝黑的陰毛底下還藏著肥嫩的小屄。可是，老天爺！我就是硬不起來。我朋友剛剛說的話在我耳邊不停響起，我一直想著，完了，該不會一語成讖吧！可是，只因為我自己懷疑自己的能力，它就真的發生了。那女孩很努力試過各式各樣她能想到的方法，好讓我該死的老二可以硬起來，但就是無效。我很沮喪，想說付個錢就走人了，但她很體貼，不讓我走。

「『你再試試，不行就睡覺吧，我今天不再碰你。我敢說，明天早上他就會沒事了，到時候我們才來一回吧。』

「我原以為我會睡不著，但最後我開始打起盹。我猜大概睡了幾個小時吧，醒來後我發現自己的老二翹得半天高。那女孩背對著我睡得很沉，我沒叫醒她，一隻腳岔進她的雙腿間，轉過身子抱住她，挪好角度，當她醒來時，我的肉棒已經深深插進她的屄內，直抵我的卵蛋。她叫我不要停，我的夜砲經驗從沒這麼舒暢過。我陸續肏了她七、八回吧，當我吃完她準備的早餐，打算離開時，她問我昨晚沒放我走做得對吧？她說她知道這狀況只是單純地因為緊張造成的不舉；像這種受意識所影響的例子，她碰過不只一次了，所以昨晚又碰上時她並不失望。所以，戴福羅，你看，雖然我不如你有那般可怕的遭遇，也會因為單純地胡思亂想就雄風盡失啊。你就別再沉溺在擔憂裏了。」

謝過拉維的體貼和同情之後，我告訴他在我毫無預期之下雄風再現了，也提到昨晚的夢遺，以及我心裏有多高興。正當他開始擔心我時，聽到我這麼說，他非常地開心，不過拉維顯然也很好奇，為何我看起來會這麼沮喪。我告訴他這是因為我收到了露伊的信，信裏說她懷著六個月身孕，很快就要到印度跟我會合，我很擔心她的安危——我欺騙了拉維。我倆接著的談話全都繞著懷孕的女人怎麼會蠢到忍著長途跋涉之苦，到天氣酷熱、而且嬰孩的死亡率這麼高的印度來等等。可是，我的心卻在哀悼失去探訪芬妮蜜穴的機會，她曾經如此垂手可得啊。

當我們到達阿克托拉之際，我直接走往瑟文的帳篷，看到瑟文上校和她的夫人正坐在篷蔭底下。此時正是北印度舒爽的涼季，儘管空氣微涼，但日照仍是十分毒辣，芬妮紅著臉，坐在她媽媽身旁，她看到我臉紅得跟甜菜似地，所幸她媽媽沒發現。玫波倚著門柱，站在篷子門口對我露齒笑著，臉也變紅了。她的身後暗黑一片，她全力地挺起她小巧精緻的胸部，背景襯映出她美麗昂揚的胸線，她隨性地抬起腿，高高地觸抵著另一邊的門柱，玫波有一雙美腿，雙腳和足踝也非常地好看。賈汀和艾美則坐在遠遠的帳篷角落，不一會兒，上校動身前去視察營地，我便把露伊來信的事情告訴了瑟文夫人。

聽到露伊懷著身孕要到印度來的決定時，瑟文夫人和芬妮驚訝得叫了出來，面面相覷。可憐的芬妮霎時臉色慘白、毫無生氣，慘白到我以為她快暈倒了。瑟文夫人也看見了，索幸她並不知道芬妮臉色大變的真正原因。

「芬妮！芬妮！老天保佑這孩子啊，臉色怎麼會突然變得這麼慘白！」

但芬妮的臉色沒多久就回復了，她打起精神，說自己沒事。後來我發現芬妮的性格裏有這樣倔強的強烈特質。

「沒事？妳一定是太累了。走了這麼長這麼遠的路一定讓妳體力透支了，妳得跟我和艾美一樣搭轎子才好。」她媽媽大叫。

「媽！我保證我沒事。」芬妮大喊。

「我真的壯得跟馬一樣，承受得了這……」她頓了一下，似乎在想該說什麼。

「承受得了老公和生孩子！」玫波毫不害臊、大聲說著。

「玫波，妳膽子真大啊！怎麼敢說這樣的話，而且還當著上尉的面前說出口！小姐，妳給我進帳篷裏，沒有我的許可不准擅自跑出來。我要好好打妳一頓，快給我進去！」瑟文夫人大喊。

玫波轉身笑著跑回帳篷時看了我一眼，裝做自己手上抱著寶寶正在餵奶的樣子。她媽媽沒看見這景象，不過我倒是看見了，我覺得很有趣，不過當然也有點……只有一點點，驚訝。

「都怪這可怕的印度。」瑟文夫人對著我大聲地說。「芬妮，那是不是你爸爸回來了？乖孩子，妳去看看。」

「是啊，在印度啊，小孩子不管生理或是心智都變得好早熟，你看看調皮的玫波，她才不過十二歲，你瞧，我都還讓她穿著小洋裝好提醒她自己還是個小朋友呢。可是啊，親愛的戴福羅上尉，我告訴你，玫波已經發育了，明天就可以嫁人，隨時可以生小孩。如果你看到她洗澡，你一定會很驚訝。當然啦，你已經結婚了，所以我可以跟你談談這些事，如果你還單身，那我就不會跟你聊這些了。我告訴你，玫波的胸部已經跟成人的沒兩樣了，還有陰……還有……我剛剛說什麼？噢！對，她已經完全發育了。」

當她差點說出「陰毛」這個字眼時，我幾乎快笑了出來。不過我克制住不去想那環繞在她漂亮小穴旁的陰毛，那地方我不僅看過而且摸過呢。我惋惜地想著，也許我的老二再也沒有機會到裏邊一探究竟了，而且連我整個人為之著迷、在芬妮迷人腿間的那處蜜穴我也沒機會了。

「瑟文夫人，唯一的對策就是如我所說的，別太注意性早熟這件事，試著導引年輕人的思想去關注別的事情。我向您保證我會竭盡所能地幫您。」

「哎啊，我親愛的上尉，你人真好。」這位善良的女士臉上還感動地落下了幾行淚。

當然，我覺得自己是個可怕的禽獸，因為我根本不想把這些女孩的注意力轉移到其他良善的地方，只想讓自己的雞巴快快地滑進她們迷人的小穴。

噢，麗茲啊，麗茲。現在看來，曾經嘗過妳的滋味可真是件憾事。想到露伊將要與我會合，我應該要很高興的，可是妳美妙的屄卻又讓我重燃慾火，變回婚前那樣狂熱追逐女色的情場獵手。

各位感同身受的讀者，我得讓您理解這交纏鏖鬥的激情慾望如何折磨我。現在，在我面前，有兩個甜蜜、美妙的屄，分別是露伊和芬妮的。從芬妮這女孩的強烈個性判斷，我非常確定能肏到她一定絕頂美妙。而我腦海裏對露伊的回憶卻如此鮮明，我越是回想便越是喜愛，而且我的肉棒也翹得越高越硬。

我滿心期待抵達法喀巴時，會發現露伊已經在那兒等我，或是收到信說她人已抵達孟買。但當我到達法喀巴時，只看到一封語氣急切的信，信中說她被半島東方船務公司的辦事員告知，因為某些因素已經沒有船位給她了，得等到原定航次之後的第三班蒸氣船到了她才能上船啟程。露伊當然會來印度，我也因此刻意在不顯得過度無禮的程度下儘量和芬妮保持距離，連瑟文夫人都抱怨我變得生疏了。上校倒是完全不在意，因為蘇巴提太太時常滿足他的性需求。我挑了一間在瑟文家後邊的小屋住下，因此當可憐的上校一時性起（這還滿常發生的），他們倆很方便就可以找到地方紓解。可是芬妮卻被我的疏遠徹徹底底地激怒，我沒有瞞她，她很清楚我刻意疏遠的用意為何，她認為我這麼做分明是在這關頭上犧牲她的幸福。有時候我不免會和她碰面，但我都刻意對其他人較親密些。我笨拙地掩飾，刻意避免讓她發現其實我仍愛慕著她，真正讓我快樂的是和她共處啊！

有一回她對我說：「戴福羅上尉，我曾經認為你是我見過最聰明的男人。」

「那麼，瑟文小姐，現在妳認為我是什麼呢？」

「是個笨蛋！」她加重語氣地說。她站起身子，用一種最輕蔑的姿態，頭抬得高高地走開。

在芬妮轉身離開之後，我心想，露伊還是越快到越好。如果女人一旦鄙視你，那要得到她的機會就微乎其微了。

但對我而言，可憐的露伊似乎永遠沒有機會過來了。因為某人嚴重的失誤，露伊沒搭上船，接著更發生了某件慘劇，通信因此中斷，而且差點要了她的命。當芬妮聽到露伊的性命垂危時，她漠不關心的冷淡態度表現得非常明顯。芬妮聽到這件慘劇，一度顯得難掩心中歡喜，因為她深信露伊若是死了，她就可以嫁給我。芬妮現在只是冷冷地說希望戴福羅夫人能夠早日康復。這場差點讓可憐的露伊喪命的意外同樣也差點害死了我的孩子。我們的女兒當時正在樓梯頂頭玩耍，她差點摔下樓梯，露伊當時見到了，一個箭步跳過去要救我們的女兒，但卻絆倒了；因此，她和孩子重重地跌落樓梯下。孩子幸運地沒受重傷，但可憐懷著身孕的露伊卻傷勢嚴重，我們未出生的小兒子因此流產，她更是數度在生死間徘徊，昏迷了數週之久。我心急如焚，瑟文夫人盡其所能地想安撫我焦急的情緒，瑟文全家人都對我深表同情，甚至連玟波也是，她現在已經是個調皮的大女孩了，自從我挑弄過她的私處之後，她講話一直都是一語雙關地對我暗示。唯獨芬妮例外，她明白地說，我不配擁有一個好太太，所以老天爺要把露伊從我身邊帶走。當時我和芬妮之間的恨意遠多於愛，所幸那並不是深仇大恨，芬妮和我都欺騙了自己，她想像自己恨我的程度就像當初愛我一樣地強烈，我也試著認為我對她已不若初見時地渴望，就算現在有機會，我也不想上她了。

日子一天天地過去，我們之間好像有一種假裝的停戰協議。也許事情就該這麼發展下去，直到我和芬妮很自然地分離；但這一切全操控在維納斯女神的手裏，她微笑地看著我倆的不自量力。獻祭的日子到了，芬妮的貞操注定要結束，她處女聖地已經準備好要迎接她曾經景仰的男根到來。是的，芬妮歡喜地對我敞開她的大腿，現在就讓我告訴您這一切的經過。

法喀巴是個大駐點，歐洲和當地的軍團都會將砲兵連或騎兵連常駐此地。此外也有不少平民住在這裏，因此，我們在這邊和不少人都有頻繁的互動往來。這裏和契拉特截然不同，契拉特沒有平民，只有軍團以及其他相關的人，但是在法喀巴，這裏有法官、副稅務官、醫生、機械工程師以及其他百姓，而且還有羅馬、英國教會的神父，以及長老教會的神職人員。除了這些生活簡單清靜的男性神職人員之外，還有一群非常漂亮的年輕女子所組成的「婦女深閨教會」，她們不管是面貌或是個性都非常地迷人，讓軍營裏像我一樣的俗世男子激發的肉體慾望遠勝於靈性成長，只能讚嘆這些造物主的美妙作品。

每當涼蔭一起，舒爽傍晚最佳的休閒活動就是網球、馬球和板球。這時候運動不僅舒服，更是必要，因為北印度在十一月底到隔年三月初的氣候可能會非常地寒冷。阿兵哥操練量頗多，通常在早上傍晚進行，不過週四和週日可以休息；我們會到鄉間去放鬆休息。如果說我們在契拉特懶懶的，那現在在法喀巴，我們可就活動力旺盛了。炎熱的風、炙熱的白晝和黑夜

——很少人喜歡即將到來的炎熱天氣。有名無實的操練、不多的工作量——如果不是做些和興趣相關的事，人類都是天性懶散的動物。

因為軍隊的營舍分布在各處，加上我們的工作內容互異，相信各位親愛的讀者一定可以明白我現在已經不太常見到過往曾經常見面的夥伴了。我們只有晚上在食堂會見到面，簡單講上幾句話。通常在餐後抽個幾根菸後我就會走，不會久留。比起待在食堂，我更想趕快回家脫下一身軍裝，換上寬鬆衣服，坐在我的躺椅上，輕鬆自在地抽抽菸、讀點書。而且，我心裏很難受，自從可憐的露伊發生意外後，我就擔心著她的安危。至於芬妮，我發現，我對她的感情如果以航海打個比方的話，我搭的這艘破船若不是全員沉船罹難，也已經被浪打到擱淺在灘頭上了。我覺得自己敗在自己的恐懼之下，感覺在她這個曾經差點就要邀我上床的女孩眼裏，我已經被打為次級品。我感覺到這個滿是慾望和激情的女孩瞧不起我，她鄙視我缺乏勇氣。儘管我試著要贏回她的尊敬，但我心裏卻覺得是該放棄芬妮了。我曾經很自然地積極追求的那件事，所幸在萌芽之際就被應聲折斷；如果要再重新投入，只會在我愚蠢的腦子裏灌進更多的負面的憤怒情緒罷了。儘管我這麼想，但心裏還是覺得不舒坦，我不喜歡這樣。

美麗、赤裸的維納斯女神躲在神祕的雲霧之後，她讀到我的心，微微地笑了起來。

我應該更積極地和瑟文一家人聯繫感情，但除了玫波之外。自從我在諾雪拉搔過她的私處之後，這個小女孩顯然希望趕快找機會讓我上她，每當我到瑟文家中拜訪時，她更是膽大妄為；她會折磨我，讓我難以招架。玫波不管她媽媽是不是就站在旁邊，她會利用言語、眼神、姿態讓我的屌刺激到勃起，並以此為樂，這讓我好不尷尬。她會不管她媽媽叨唸，假裝自己還是個小孩，故意坐我的腿上，手藏在身體下，去摸、去抓我可惡的壞屌，接著我的肉棒就會猛然脹大起來，那時我真希望可以把它切掉啊！如果我晚上恰好待在上校家和她的姐姐下棋的話，玫波會找機會趁人沒發現時溜進桌底下靠近我，用她靈巧的手指解開我的褲檔鈕釦，她的小手會興奮地伸進我褲襠裏，抓住她所發現的東西。我應該開心地笑出來的，不過我非常擔心這樣放肆的性遊戲會被發現。我得坐挺，抵住桌緣，當玫波的手上上下下，幾乎讓我快噴射而出時，我得使勁地裝做沒事一樣地輕鬆自在，這真是大災難，還好她從來沒有真的讓我噴出過。我百般要求她要小心一點，但是她的答案都是撩起裙子露出她的可愛的大腿、毛茸茸的小丘和她的小蜜穴給我看，她要我摸摸看、感覺一下，而我軟弱得無法抗拒，只能照做。這就像丹達羅斯[1]的折磨，我只能忍耐。這樣的結果我只好儘量避免到上校家裏，可是在芬妮眼中，這卻像是我刻意在躲她。我不能把實情告訴芬妮，萬一她知道我在諾雪拉聽了她說我在她的春夢裏肏了她之後，隨即又摸了她妹妹的屄，她只會更加憤怒吧。

三月到了，陽光熱度漸漸地增強，在月底就會變得非常炙熱了。此時正是北印度水果產量豐碩的時節，我每天都可以享受到無花果、桃子、葡萄，甚至草莓的滋味。我最近收到的信傳來露伊復原的好消息，這也緩解了我過於緊張的擔憂情緒。

1 在希臘神話中，丹達羅斯為了測試眾神是否真的通曉一切，故意烹殺自己的兒子珀羅普斯，邀請眾神赴宴享用。宙斯發現後便將他打入陰間，逞罰他口渴想喝水時，水就退去，飢餓時想吃果子卻永遠摘不到，又警告他頭上有一塊巨石，隨時會落下砸死他，讓他隨時處在恐懼中。

三月初的某天早上，我在部隊操練結束後回到家裏，喝著茶，吃著水果和奶油麵包，信差送來署名給我的郵件，上邊是我親愛的露伊的親筆字跡，那時，我心中的喜悅實在難以言喻。唉！就像每朵烏雲都有銀邊，玫瑰芬芳卻也帶刺啊。雖然露伊的醫生說這次意外並未造成任何永久性的傷害，但他也警告她絕對不可到如此炎熱的地方來，而且如果老公回來了，也不可和他同床歡好。儘管她恨不得享受甜蜜、神聖、動人的魚水之歡，她還是得先等上兩年才行。若是她未守規定而導致無法完全復原，或是造成生命危險，醫生是不會負責的。醫生甚至警告，如果太快發生性行為將會造成劇痛而不是快感。他說，「還好」我人在印度，我最好繼續待在這裏，免得讓我太太受傷。

可憐的露伊，她說當她寫到我的老二得離她饑渴的小穴遠遠地的時候，她哭了出來。「我親愛的丈夫啊，雖然才短短幾季，可是對像你我這樣的年輕人而言，兩年的時間似乎太長了。如果我們太早交合會導致醫生所警告的那般後果，我在想，那將會是何等的痛苦和荒蕪啊！所有讓我倆床笫間如此美妙的一切都將變為死寂。我愛我的查理，也渴望他的陽物，就是如你曾教我說的那個美妙的『老二』。我愛得太濃太深了，好擔心會危及我能給他的喜悅和歡愉，也擔心會毀了他能給我的極樂和狂喜。不，我要待在家裏，好好地如修女般禁慾，誰知道當那天來臨時，我能不能再像當初新嫁娘般地讓我的丈夫好好享受一番，而我也不會再像初夜那般害羞，無法盡情享受當他初進我處女聖地時的歡愉了。他是我這處聖地唯一的真主啊！」

我滿心喜悅，腦子裏想的都是露伊，但我沒想到我的喜悅可能有部分來自於我心裏明白，現在露伊終於無法阻止我前去探尋某個甜美小穴了，這小穴就在芬妮·瑟文的兩腿之間。意識上，我不會想著芬妮，但故事現在的發展是露伊現在已經不會在我腦海裏搖搖手指，警告地說：「不可插那個洞。查理，你的屌只能插我這裏。」了。

我看到拉維走下露台來找我。

「啊！拉維，早啊。你這個傢伙最近過得如何？快請坐。」

「不了，戴福羅，謝謝你。」他半是嘆氣地說。

「拉維，你怎麼了？怎麼這樣哀聲嘆氣？難道是茱瑪里還是誰傳染淋病給你了？」

他頓了好幾分鐘，接著緩緩地抬起頭，帶著一種奇異的神情看著我說：「戴福羅，我信任你，如果我告訴你的話，你發誓不會告訴任何人。」

「當然了。」我很好奇到底是怎麼回事地回說。

他悠悠緩緩地說出：「我愛上了芬妮・瑟文。」

「我的老天，就這樣嗎？如果你真的陷入愛河，應該會讓你更活潑，而不是像病貓一樣啊！」我大笑出聲。

「可是她並不愛我啊！」他哀號地說。

「你怎麼知道？」

「我太清楚了。」

「可是，我的好兄弟，可以告訴我你為什麼清楚嗎？如果你願意把我當成心理醫生，跟我說實話，也許我可以給你一點安慰。什麼都別說，只要說實話。」

拉維手拄著桌面、臉埋進手裏呻吟著，最後他很努力地說出口。

「上個星期天傍晚，她不願意和我一起走去教堂……」

我又笑了出來，年輕女孩不願意陪一個仰慕她的紳士一起走去教堂，這就證明她不愛他，這太妙了！

我聽他說完故事的來龍去脈。當我們還在契拉特的時候，拉維就深受芬妮吸引，而且他還暗自在心中燃起星星愛火，最後終於爆發成燎原大火。拉維實際上從未向芬妮表露愛意，不過芬妮似乎也沒避著他，而且還會親切有禮地和他說說話，於是他就想像芬妮已經接受了他無聲的愛慕告白，等時機到了，她會讓他知道她明白了，也會準備好要嫁給他。可是在那個倒楣的週日傍晚，他光著上身坐在露台上，等著能看到芬妮和她的妹妹去教堂時會經過，如果他大喊，她們會跟先前幾次一樣，等他穿好衣服後一起過去。那時天氣非常地熱，非到必要之際，拉維並不想穿上任何上衣，可是，哎啊，真不幸，真可憐，芬妮當天並沒有等他，她不只沒等，當拉維急忙穿好衣服出來要跟上時，他看到芬妮和她妹妹跑走了，這徹徹底底地讓他心碎。他的心碎了一地，這世界上已經毫無值得留戀之事了，因為芬妮顯然不愛他。

我越聽越驚訝。我認為拉維是一個特別敏感纖細的傢伙，但是他所說的事情經過和他分析的理由卻絕對稱得上幼稚，證明他在談戀愛時會是個無比的蠢蛋和白癡。但是我太喜歡拉維了，不忍心他難過，於是我安慰他，說我相信他所言為真，但芬妮這麼做只是好玩，只是為了讓他可以追她而已。我承認芬妮絕對有條件讓男人追著她跑，我也相信現在還沒有人搶著要她。一年前她還只是個未滿十七歲的小姑娘呢。

芬妮的住處離我的小屋僅有七呎之距，我要拉維鼓起勇氣，現在就去見她，向她表白，問清楚她心裏的真正感覺為何。拉維很畏縮，我鼓勵他畏畏縮縮的男人是得不到女人青睞的，可是我好說歹說都沒有用，只能逼他去見瑟文夫婦，看看他們是否支持他向芬妮求婚。經過一番優柔寡斷的決定之後，最後拉維終於開心地同意前去。他是個血性漢子，而且是個「鋼砲」，茱瑪里和她的同事們都對他的床上表現讚譽有加，稱他是法喀巴幾位絕佳好漢之一。我想他的屌所向之處，勇氣必然隨之而往。我很明白他是被芬妮的屄所吸引，多過於被稱之為「愛」的東西所折磨。

就在我仍想著拉維令人訝異的告白，暗自慶幸我對芬妮無需負責時，拉維帶著一臉滿意的樣子回來了。他見過了瑟文夫婦，而且他們很客氣地說他們不能逼芬妮嫁給他，他們家的千金應該要自己選擇對象，如果芬妮選擇當他的太太，他們不會反對。可是當我問他當下是否有要求見芬妮一面時，拉維卻回說他並沒有這麼做，改天再見也可以。老天爺！我使盡全力要他馬上過去，可是卻沒有用。這樣的程度已經讓他很滿意，瑟文夫婦口中所允許的事就夠讓他繼續活下去了。我心中暗自想著，芬妮可不會感謝她老爸老媽。我比瑟文上校更了解芬妮，但芬妮可能會選擇拉維嗎？我還是不抱任何希望。

為什麼？哈哈，我越回想，就越覺得我不可能再在芬妮心中佔有一席之地。她故意稱我為「笨蛋」，以各式女人獨有的小心機表現她對我的鄙視，我相信如果我再度表現出愛意的話，她一定樂於用尖刻的話來傷害我。各位男性朋友，如果有女孩向你獻身，就拿下吧，因為她們不可能再問你第二遍。再者，雖然我對拉維的信念已經因為他愚蠢的行徑給動搖了，但是我仍相信他會是芬妮的好老公。他絕對是個紳士，有份好工作，而且我知道他會讓她在床上很滿意。如果女人性事美滿，那她就會一直心滿意足、開開心心。

我知道好多例子是女孩當初下嫁的人並不是自己所愛的，她們覺得自己是這椿婚姻裏的受害者，但是在婚後卻變成快樂的女人，只因為她們的老公是一流的床上高手。這些例子絕對都是福音，親愛的讀者您一定也會這麼認為。

我坐在椅子上，讀著露伊帶著歡喜、愛意和熱情的信，這已經是第十五次了。我的屌想到常常肏過、丟過精的小穴就忍不住地在我的褲襠底下勃脹起來，直挺挺地抵住我的肚子。當我看到瑟文夫人和芬妮毫無預警地走進我房間內時，我嚇了一跳。外邊天氣非常炎熱，我很訝異看到虛弱的瑟文夫人竟會冒著這麼熱的陽光前來。

「噢！瑟文夫人，您怎麼會冒著大太陽到我這兒來？如果您要找我，怎麼不差人傳個訊息就好了？這兒有扇子，您快坐下。請告訴我幫得上什麼忙，我會全力完成。」

瑟文夫人看著芬妮，微微一笑。芬妮看著我，臉上表情很奇特，紫羅蘭色的雙眼眼神半是好笑、半是嚴肅地望著我。她看起來真漂亮，她在契拉特時臉上所擁有的那種明亮光彩的神色絲毫未減。她穿著寬鬆的棉質洋裝，胸部猶似迷人女神，兩座小峰誘人地從胸口兩邊蹦彈而起，顯然比我數月前看見她們毫無遮掩時的樣子又多增長了幾分。她的洋裝柔軟的摺皺襯托出她圓潤健康的大腿，細緻的小腳和足踝交疊著，延伸出一雙勻稱的小腿，也難怪拉維會想打開她的腿，在這腿間享受一番。在我眼中，芬妮今天似乎比我過往見過的她變得更加漂亮；但我心想，她永遠不會是我的。一想到這點，我的屌就不再那麼地硬，而只為我遠在千里之外的露伊兩腿間的蜜穴而挺立著。

「瑟文夫人，您今天怎麼會不期地大駕光臨？」

她看了看芬妮，微微笑著。芬妮回望，相反地，她的臉上卻毫無笑意，甚至有點不悅。

「戴福羅上尉，是這樣的。芬妮和我想知道，你為什麼要派拉維醫師到我家裏來示愛呢？」

「瑟文夫人，我根本沒有派他去啊！」

「那麼，拉維說的就不是真話了。因為他的確對我和上校說是你派他去向芬妮求婚的。」

「夫人，他這說法只有部分正確。讓我告訴您今天早上拉維和我之間事吧——今早拉維滿臉愁容地來找我時，我正坐在屋外的露台上，他有好一會兒不肯說他是怎麼了，就只是掩面地唉聲歎氣。最後，他才鬆口說自己愛上了瑟文小姐。」

聽到這句話，瑟文夫人和芬妮雙雙開心地笑了出來。芬妮的笑聲甜美，彷若銀鈴般地清脆、熱情，她的笑聲沒有刻薄的意味，只是被逗得很開心罷了。

「然後呢？」

我說戀愛不會讓他這麼悲慘痛苦啊，他回說：「可是上週日傍晚，她不願意跟我一起去教堂。」

「這個傻瓜！」芬妮又開心地喊了出聲。

「我也這麼認為。我跟他談了好久，問他瑟文小姐知道他對她的心意嗎？他回說他希望她知道；我又問他可否曾向她表白過？他回說沒有。那我接著說，如果你還沒表白的話，最好儘快告白，不要自己胡思亂想。但他似乎被這個主意給嚇壞了，最後我建議他至少該先見過瑟文夫人您，還有上校，問問您們是否贊成他向芬妮提親。事實上，我根本不知該拿他怎麼辦，他按照我的提示前去您府上，顯然得到一個令他非常滿意的答覆，因為當他回來的時候，臉上完全是解脫後的那種表情。」

兩位女士雙雙沉默了好一會兒，芬妮眼神半是責備地看著我，瑟文夫人顯然正在考慮著什麼事情。我的老二現在對芬妮已經沒有興趣了，對露伊的神祕地帶也開始消退。我等著聽她們接下來要說什麼。

「嗯，上校和我呢，我們都不反對拉維醫師。他是個好人，也是位紳士，艾美在契拉特被恐怖的阿富汗人攻擊而致病時，拉維對她的照顧如此體貼細心也絕對無人能及；但是上校和我都認為我們不能給芬妮建議，她得自己做選擇才對，這樣對這孩子才算公平。在我們父母看來，只要品行端正，有足夠能力娶妻，任何人都可以來求婚，所以芬妮得自己表達她的選擇。」

我試探地看看芬妮，她的臉色隨著胸口起伏忽然漲紅而後變得蒼白，也許有什麼不悅之事讓她心情如此起伏。

「我現在只能說，我覺得拉維並不是我想嫁的人。」芬妮謹慎地緩緩說出，特別又在「嫁」這個字眼上加重了語氣。

「芬妮小姐，妳再想想，也許會覺得拉維醫師是個合適人選。」我說。

「我不認為。我喜歡拉維當我的朋友，但我不覺得我會愛上他。除非我愛某人，不然我沒辦法和這人結婚。」

「給他機會吧。聽聽他想說的話，也許妳從他愛慕妳的觀點來檢視，會發覺更多他的內在啊！」

「我猜，你應該會很開心看到我選擇拉維吧，戴福羅上尉？」她話中略帶尖刻地回問。

「瑟文小姐，如果我確定妳跟他在一起會幸福的話，我的確會很開心，但不是妳只要和他在一起我就會開心。拉維是我很要好的朋友，我知道他的確是個好人。他現在腦子有點不清楚，不過當我看到妳的時候，他會變這樣我也不訝異了。瑟文夫人，您說芬妮是不是真的很漂亮呢？」

聽到這番恭維之詞，她們母女倆顯得都很開心。但我說這些並不是為了取悅她們，因為芬妮的面容的確頗具脫俗之美，而且這番話我完全出於真心誠意，毫無虛矯。

「我常納悶，這麼久了，芬妮怎麼都沒人追求呢？這麼漂亮、善良，各方面都很討人喜歡的一個女孩子，這年紀應該追求者眾，甚至有人提親才是。這些男人應該都瞎了眼了！」

「噢！如果願意的話，芬妮可以告訴你，的確有兩三個人來提過親。其中有位先生特別積極，就是賈汀醫師，他在我們下山的時候跟芬妮求過婚。」瑟文夫人回說。

「賈汀醫師！」我大叫。

「是啊。他向芬妮求婚，但芬妮不願意，他就轉而要上校和我勸芬妮嫁給他。上校和我告訴他我們反對這麼做，對我們來說，芬妮如果說不要，那就是不要。」

「我很高興芬妮拒絕了。」我回說。

「為什麼？」

「因為賈汀也許是個聰明的醫生，但他是個爛男人，而且各方面都配不上芬妮。至少這是我的個人意見。」

「我也這麼認為。」瑟文夫人斬釘截鐵地說。「如果芬妮真的答應了，雖然我們不能說什麼反對的話，但我們可能會非常難過她竟然會選擇像賈汀這樣的男人。」

「戴福羅上尉，當初是什麼讓你想要結婚？」芬妮突然大聲地問。

「親愛的孩子啊，這是什麼問題！」瑟文夫人大叫。

我笑著回說：「因為我終於找到我喜歡的女孩。事實上，對我而言，這女孩似乎比過往我所見過的人都來得好，她是我真正深愛的人。」

芬妮裝著開心地說：「我猜，你在和你太太結婚之後，應該沒遇見任何你會想娶的人吧。」

對我而言，這個問題太簡單了。我禁不住要說出我知道她想聽到的答案，但她的語調卻又告訴我她並不期望。

「瑟文小姐，這個問題我很容易就可以老實地回答妳。的確，我是一個挑剔的人，但在我結了婚之後，我曾見過一位淑女，如果我未婚的話，我會求她嫁給我。」我的眼神告訴了芬妮，這位淑女是誰。

芬妮可人的臉龐再度湧現源源的緋紅色澤，她的眼神閃閃發亮，流露出滿意的神色。她從頭到腳將我看過一回，全身的動作和神情都告訴我「如果你開口的話，我會說『我願意』，而且越快越好」。

可憐的拉維，我現在徹底明白他說的沒錯，如果芬妮有心上人的話，那絕不是他。當我再次看著芬妮雅緻的身軀和迷人臉龐，我私密的靈魂深處心滿意足，一股滔滔激情撲襲全身，沉睡的肉棒再度勃發而起，他勃脹、勃脹著，直到我覺得他就快從我褲襠蹦彈而出，嚇到他們母女倆了。

芬妮和她的母親回家時，我陪她們走到半路。當芬妮微濕的掌心緊壓著我的手，一股電流竄延我倆，我知道她已經決定要儘快「擁有」我了。老天，我的卵蛋和胯下一整天都脹得好痛啊！

4 禁果

時序來到了三月中，刺眼陽光鎮日照耀，各種鳥禽感受到此刻的炙熱天氣，紛紛喙嘴大開，羽翅遠遠伸離身子地躲進蔭暗處。我只穿著薄薄的無袖內衣和睡褲，坐在扶手椅上；事實上，我盡可能光著身子，只穿著稍能蔽身的衣物而已。屋內的搧扇緩緩地左右搖動，從頂上流下陣陣涼風，吹散我手中的菸飄散出的煙霧。此時正是中午時分，而且熱得嚇人，我甚至聽得見樹葉在炙熱陽光照耀下焦裂的聲響。

突然間，瑟文夫人和芬妮闖進我房間，讓我嚇了一大跳。

瑟文夫人看起來幾近瘋狂，芬妮似乎受到驚嚇而且剛哭過，她們兩人都以責備的眼神看著我。我跳了起來，為我的衣衫不整道歉，因為我光著腳，甚至連拖鞋都沒穿。我趕忙為她們在扇子底下備好座椅，瑟文夫人在坐下之前就大叫著：「戴福羅上尉啊，你一定……你真的一定要叫拉維醫師別再來打擾我們了。他快要了我的命了！他瘋了，我確定他的腦子一定壞了！芬妮也快被他給搞死了噢！」她話一說完便倒坐在椅子上。

我看著芬妮，但沒說話。瑟文夫人接著告訴我，拉維時時刻刻都在屋外大喊，甚至連晚上眾人皆已入睡時也是；他會喃喃自語，又是哀嚎又是哭鬧地吵著。瑟文上校試過各種方式，對他好說歹說，甚至命令他別再來了，但仍是沒有用。瑟文一家人完全不知所措，因為他們擔心如果以強制方式驅離拉維醫師，那絕對會鬧出大醜聞，拉維悲慘的求婚結果會讓大家笑死的。

當瑟文夫人說著，我心裏也思忖著該怎麼做，這時，拉維走了進來。他緊抿著嘴、臉色慘白，雙眼瞪視著，直直走向瑟文夫人，求她跟他到隔壁的房間去談一談。

我請拉維先坐下，但他眼神空洞地對我微微笑著，說他不會耽擱瑟文夫人太久的時間。於是，瑟文夫人只好虛弱地站起身子，隨著拉維走進房裏。芬妮把椅子朝我拉近，求我快想想做點什麼幫忙。

「親愛的上尉，快讓這怪人離我們遠一點！」她哭著說。我執起她的手，向她保證我會的，我正計畫將拉維移派到別的駐地去。我和憲兵主任相識甚深，會將這個案子呈報給他。可憐的芬妮聽了之後非常高興，臉上流露出一種說著「吻我」的表情，我略略遲疑了一下，但最終還是抑制不住地吻了她。我跳起身子，抱住芬妮的腰將她抬起，緊緊攬住，一遍又一遍地吻著她紅艷艷的嘴唇。

「我親愛的芬妮啊，我好愧疚，我竟然鼓勵那白癡去向妳求愛。」我壓低因為她而興奮、略微顫抖的聲音說著。

「查理，查理！」她隆脹的雙乳抵著我的胸口，讓我緊緊抱住，直至我倆的身體幾乎融合為一；她毫不抗拒地讓我的雙腿夾住她的腿，也不在意我直頂著她甜美的腿間小丘。

「現在我明白了，你愛我，正如我愛你一樣。噢，親愛的，我原諒你了，要不是這樣，我會恨你的。」

「芬妮，妳真的真心愛我嗎？我親愛的女孩啊，妳一定得全屬於我，妳的身體、妳的心，還有妳的靈魂，每一分每一寸，都要歸我所有。」

「當然全屬於你！難道你感覺不到嗎？」這興奮的女孩語帶狂喜地說著。

「全心全意嗎？我的愛人。」我的手捧壓著她堅挺、彈潤的雙乳。

「是的，是的！」

「真心的嗎？」我的手快速地滑進她的腿間，指頭朝她同樣彈潤的小丘和蜜穴壓了幾下。有一會兒，芬妮稍稍把屁股往後挪開，但我又往她的小丘和搏動的私處按了按；她夾緊雙腿，給了我一個過往未曾在她身上享受過的深吻——這個吻，就是她的答案了。老天爺啊！我抽手，環住她柔嫩的腰枝，我的肉棒瘋狂、勃怒，渴望地想得到她，直挺挺地撐起一根碩大棚柱，從我的睡褲裏彈伸而起。但是，他被縛困在睡褲下，睡褲將柱頭往下壓著，劇烈的彎困角度讓我無法為所欲為，於是在我吻著芬妮、撫弄她正激情回應、好似要壓平似地猛力朝我胸口抵住的雙乳時，我亦使盡全力將這萬能的武器朝芬妮抽顫的小丘頂去。她感應到我的猛力撞擊，鬆開手，問到：「噢！什麼東西抵到我了？」

我聲音微弱但滿是激情地悄聲說道：「那是我啊，親愛的，那是我。來，妳小手摸看看，好好握住，這寶貝是妳的，而且只屬於妳。」可憐的露伊，要是她聽到我在這盲目激情的時刻所說的話……

「噢！親愛的，我的寶貝！我親愛的寶貝！」芬妮狂喜到忘我地呢喃。她的小手既興奮又緊張地緊握住我炙熱的肉棒，好似不知該說什麼或做什麼才好，只能難以言喻地表達興奮之情。

「是的，親愛的芬妮，這寶貝是給妳的。他要到這裏，這個愛之聖殿。」我再度愛撫起她這時已經興奮到狂亂的腿間蜜穴，她的腿已經大開，準備好要迎接我的到來了。

芬妮再也禁不住我這番愛撫，她移開我的肉棒，雖然穿著衣服，但仍試著要讓棒子送進她的體內。我的肉棒滑撥過她的小丘，她也感覺到了，便稍稍撩起衣服，猛地張開大腿，接著又快速地夾住我的肉棒，感覺就好像我已經插進她的穴內似的。老天爺，我覺得自己就快噴射而出！只能順勢而為，好緩解我亢奮的情緒。於是，滾滾熱燙精液奔流而出，我也隨之清醒。

我輕輕地推開芬妮，請她稍坐，自己先進去換件褲子。這正在興頭上的聰明女孩看到我幾近透明的睡褲被精液給溽濕，前頭還被勃怒的肉棒給撐起，而且儘管隔著褲子，屌的顏色和形狀就跟在清水中一樣地清晰可見，她隨即明白我一定得去換件褲子。不過，她沒坐下，反倒是跟著我，隔著簾子偷看我換衣服。當我脫下睡褲時，她看見我暗暗帶著難以形容的喜悅展示給她看的小宇宙。她看見了我的大屌、我那沉甸甸、形狀漂亮的卵蛋，還有陽物竄生之地的一片密林。她知道，這些寶貝現在都是她的了。當她凝望著我的陽物的同時，她的雙手放在她漂亮的腿間，好試著安撫悸動的私處；就在我把寶貝從她的視線移開之前，她緊張地擱下簾子，跑回座位。當我穿著衣褲鞋襪、著裝整齊地出現時，她坐在椅子上，張望地找著方才捧在手心的寶貝，眼神炙熱地問我他到哪兒去了。我執起她的小手，擱在我褲底下抵著肚腹的肉棒當成回答。她又興奮了起來，「親愛的，我親愛的啊。」芬妮低聲地說著。我們擔心兩人狂亂的心緒會在瑟文夫人面前洩底，雖然她還在和拉維談話，但隨時可能會進到我房間來。我抓了本眼前的書，攤開來，好假裝在她離開的這段時間，芬妮和我正在讀點什麼。

「我親愛的，你讓我跟你一樣都濕了。」芬妮低聲細細地說。

「是嗎？那麼，親愛的，下次我要濕的話就不能在我們身體外邊，而要在妳這裏面噢！就是這裏，妳明白嗎？」

芬妮吻了我當做回答，她緊夾著我滑進她腿間的手。如果這雙腿將為迎接男人開啟，那我一定要是第一個。

當我倆身陷在甜蜜柔情、傳遞無聲愛語之際，瑟文夫人幾乎是搖搖晃晃、步態不穩地走進房裏。她顯然陷在強烈的情緒中，強烈到她根本沒發現芬妮和我臉上的潮紅。她試著走去抓住椅子好坐下休息，有好一會兒都說不出話來。芬妮和我都很緊張，即刻跑到她身邊等著她開口。

「戴福羅上尉啊，」她氣若游絲地說著，又因為情緒激動而停下，吸了口氣才接著說：「快進去！看在老天的份上，去找那個瘋子。我求你去告訴他別再這樣逼我了。他說我要是不把芬妮交給他，他就要割喉自盡！」

「瑟文夫人，我去安撫他。」我力做鎮靜地說。

「我現在就進去。芬妮，照顧好妳媽媽。」聽我這麼一說，芬妮眼神好似大聲說著：「我的查理，你快把拉維踢走，我們來好好雲雨一番。」

我走進隔壁房，看到了這個悽慘的苦戀男。那天早上他嘴巴才說著，而我卻已經「做」下去了。那天早上啊！不到五分鐘前，我的棒子還在芬妮的腿間戳弄（可惜不是真真切切地在她的穴裏），射了好多，也讓她見著我展現在她眼前的肉棒子和卵蛋，她撫弄著我的寶貝和自己，口中喊著「親愛的」，直說我也讓她跟我一樣都高潮了。但現在，我得說，我非常蔑視拉維，我曾經那麼信任他，如今卻納悶他曾有的翩翩風度都跑哪兒去了？可憐的傢伙，原來，真正的原因是拉維瘋了，他的瘋狂就顯現在他對芬妮的狂熱激情上，可是當時我們卻沒有人發現或是懷疑他精神錯亂的事實。也難怪不論我再怎麼勸他、念他，要他至少短時間內不要繼續跟蹤芬妮，依然沒有用。他又是呻吟又是哀嚎哭鬧，表現誇張失常，最後我強迫他回家去，答應說我明天會去看他。當我確定他和瑟文母女都已經回家之後，我戴上帽子、出門去憲兵隊找布里吉醫師向他報告這件事，求他將拉維調往別的駐點。布里吉醫師起先有所遲疑，但最後，他說他也注意到了拉維在工作上的表現大不如前，他會觀察拉維，並在一兩天內做出結論。我應該滿意這樣的結果，因為狀況至少還算有點轉圜餘地。

當天下午我收到來自芬妮的字條，字條裏說她媽媽要她寫封信問我，若是沒有要緊的事，當晚是否可過去和他們共進晚餐。這是字條裏主要的內容，但信箋一角有個小小潦草的筆跡寫著「親愛的，一定要過來！」。我差人回送訊息，說我樂意受邀前去。

正如我所預料，當晚的邀約是為了商討對策，處理拉維的問題。於是我便將我和布里吉見面的事告訴了上校和夫人，他們皆認為這是個極好的方法。可憐的上校特別想擺脫拉維的糾纏，因為這傢伙在白天只要想見我，隨時都會從我住處不知哪個門外推門進房子裏，他每天會來個九回、十回的，上校有兩次差點就被拉維逮到正在我的客房裏和蘇巴堤太太燕好。因為上校不知道拉維何時會闖進門撞見他的好事，他已經有一個禮拜多沒有像往常一樣，在蘇巴提太太腿間享受一番了。上校當然也希望快將拉維荒謬、讓人看了笑話的求愛做個了結，所以他決定親自去見布里吉醫師，表明他希望調走拉維的堅持。

晚餐過後，我們趁著夜間的涼爽，在滿天繁星的夜空下到外邊散步。我們一直繞著拉維這話題，直到瑟文夫人累了，跟著上校先回去，留下我和芬妮、艾美和玟波在一起。愛美甩開了玟波，如果芬妮和我也能甩開艾美，那我們會很高興。我們的談話內容自然而然地繞到了

「愛」和「婚姻」上頭。艾美說：「哎啊，希望沒有人會要我嫁給他。我一定會說不要。」
「為什麼呢？」我笑著問。
「想想看，要跟男人上床睡覺，我應該會臉紅到死！」
「艾美，妳媽媽每天晚上也跟妳爸爸上床睡覺啊，她可沒有臉紅到死。」
「噢，這不一樣。」
「我看不出來哪裏不一樣。」
「哎啊，反正我就是會害羞死。芬妮，妳不會嗎？」
芬妮遲疑了一下，她牽著我的手，用力地握了一下，接著說：「我想，這要看我愛不愛那個男人。」
「正是如此！我知道我太太在我要和她共寢的初夜也是非常地害羞；不過，在天亮之前她就覺得自己的擔心很蠢了。」
「噢！快點告訴我們。」艾美大叫，似乎急著想知道我太太怎麼會在短短時間之內就有這樣的轉變。
「這個嘛，我很樂意告訴妳們，不過這可是會談到清純的小姐不太常聽到的話題噢。」
「沒關係，天色很暗，你也看不到我們臉紅。」艾美這麼回說。
芬妮握著我的手微微抖著，我很高興可以對她已經高漲的情緒再搧風點火。我開口說道：「我就不說婚禮的細節了，因為我敢保證這些人盡皆知的事情妳們一定都很瞭解。我要說的是婚姻的另一面，是跟同床共枕有關的。我先警告噢，我一旦開始講，就不會停下來，所以，如果我說了讓妳們很震驚的內容，妳們還是得安靜地聽下去。那麼，我可以開始嗎？」

「可以！」這兩個女孩大聲地說。我瞄到艾美的手在她的腿間壓了一下，雖然天色很暗，但還沒暗到讓我看不見她在做什麼。我很滿意，因為艾美的小穴顯然開始癢了起來，我相信在我說完之前，那地方一定會癢得讓她難耐。不過我對她那地方沒任何謀算，我的目標是芬妮。

「我呢，和我太太到布萊敦去渡蜜月，在搭火車的途中，我們都保持鎮靜、盡可能若無其事地交談，但是我發現露伊跟平常有點不太一樣；如果我們不是以新郎新娘的夫妻身分到布萊敦，我相信她一定會更自在、更放得開地講話嬉鬧，而不是像那時好像有什麼我猜不透的念頭，感覺讓她很有壓力似地。這念頭當然就是她的一生從現在起就要不同了，我有權擁有她的身體。雖然婚前我沒有碰過她，但幾個鐘頭之後就要見真章了。她事後告訴我說她常期待這一刻到來，但現在時候到了，她卻分外緊張。」

「難怪！」艾美抖著的手又朝自己胯間按了按。我看到她的動作，覺得褲底下的老二一陣酥麻，芬妮也看到了，她緊緊抓住我的手。

「『難怪！』艾美，就像妳說的。如果我們的愛意能更自在一點、不要這麼拘謹的話，就不會有那些刻意的壓抑和拘束了。我過往從沒遇過像我對露伊愛得這麼深的女孩，她的全身我無處不渴望吻遍親嘗，她的所站所坐之處對我而言皆是聖地。事實上，我愛她！我想，雖然我以前也愛過別人，但現在我才初識真愛為何。這不單只是心裏的感受，連身體也是啊！不知道妳們兩位小姑娘知不知道激情是什麼？當一個人的感官、靈魂在心愛、甚至是渴望的人現身之際被完全地激起，這就是激情。我想，當激情來臨，女人的身體也會感受到同樣的鼓動；但是男人從平靜、興奮到狂亂的變化更是劇烈啊。不過大家在冷淡、拘謹的做愛方式中，似乎認為忘掉兩性的差異、甚至婚姻的意義才是恰當合宜的。戀愛中的男人可能會談到他愛人的美麗面容、標緻的身軀、豐潤的臀腿，但無論如何都不會說起那為他而在、而且也只為他一人而在、最細緻、最美麗，就在那豐潤大腿之間的迷人之處。」

「唉呦！戴福羅上尉，好不害臊啊！」艾美大喊。

「艾美，妳安靜點！上尉說得對，妳自己清楚得很。」芬妮斥聲說。

艾美笑了笑，似乎有點不自在地便住口了。

「在往布萊敦的路上，我一直惦念著那迷人的誘惑之地，那地方現在是我的了，而且我真的急著想一親芳澤，不過腦子裏卻隨即竄出這樣的念頭——『那我要怎麼做？我怎麼敢把手放在露伊身上，不論她對圓房有多期待，她也一定會羞怯得嚇壞』。我猜她也有同樣想法，因為像露伊這般舉止端莊、貞潔的女孩，雖然個性純真，但也不可能對這檔子事全然無知。

「露伊之後告訴我，那時她的內心也被同樣的想法折騰著，她渴望在新婚床上享受我的擁抱，但是她好怕踏出第一步。她很期待把自己獻給我，但她擔心若是這麼做，會失去我一直以來對她的敬重。她不敢放開自己，她怎麼能在不做出從小就被教導說是不端莊的行為，卻又能向我展現她原初的迷人之處呢？也難怪我們之間會有一種極不自然的緊張、擔心的感覺。在情慾高漲之際，戀人絕對能自然地在對方面前裸裎相見，不會把展示神聖、光輝的肉體視為下流、猥褻的事情。」

「我無法想像，這不就是下流事嗎？」艾美說著，手還在腿間忙著。

「不過……」

「艾美，我希望妳可以安靜點，讓戴福羅講下去。」芬妮動怒地說。她的手偶爾會在腿間悸動的小穴遊走，也不管我是不是注意到了，不過，我倒是假裝沒發現。

我接著說下去——

「最後，我們終於到了布萊敦。吃過晚餐後，我們試著在對方面前表現得很鎮靜。露伊大膽地坐在我的膝上，雙手環住我的頸子，但小心翼翼地不讓胸部抵住我。在談盡所有可談的話題之後，我得說，我們就像兩個傻瓜，好害怕對方。於是我提起勇氣暗示該上床睡覺了。露伊聽了之後將滾燙、紅漲的臉埋進我頸旁說：『親愛的查理，還沒呢。現在才十點半，我沒這麼早睡過。』於是，我又多鼓起一點勇氣，吻了她，在她耳邊悄悄地說：『親愛的露伊，這是我們的新婚之夜。』

「她瞄了我一眼，低頭回吻我，低聲地說：『你別太早過來噢，我好希望明天才是……』說完就跳起來跑出房外。

「在對她暗示了新婚之後接下來要做的事之後，我覺得又多了點勇氣的激勵，而緊接勇氣之後則是一股過往我對露伊未曾有過的強烈慾望湧了上來。我真的渴望得到她！我還要多久才能過去找她？壁爐上有座時鐘，感覺一分鐘就像一個小時之久。十分鐘過後，我再也忍不住了！您一定明白，如果激情代表歡愉，那在激情紓解之前，它同樣也代表痛苦。」

說到這裏，芬妮壓了壓我的手，看著我。老天！真希望艾美隨便去哪裏都好，就是不要待在這裏。我抖著聲音繼續說下去——

「走上樓到臥室時，我看到露伊小巧漂亮的靴子擺在門口，我暗喜地視為好兆頭，便拿起她的靴子親了幾下。我輕輕地敲敲門，但沒等她回應便旋開門把走進房裏。露伊穿著睡衣，剛剛躺上床，她輕聲叫道：『哎啊，你來得比我想像得早。』隨即躲進被子裏，只露出上半部的臉。噢！當她躺在床上時，我所有的膽怯似乎全都煙消雲散了。我關上門、朝她奔去，扯下覆在她臉和肩頭的被子，一隻手環住她的肩膀，在她的唇上如雨落下最炙熱激烈的吻，同時，手也滑向她的胸，首度握住了她胸口上那最美麗的一對半球。露伊沒有縮回身子，也沒有抗拒我在她身上愛撫，我受到誘惑，讓手再往下滑，好搜尋那座獻祭給維納斯女神的密密叢叢小丘底下門戶緊閉的聖殿。」

「天哪！那是什麼？在哪裏？」艾美驚呼。

「裝得好像自己不知道似的！」芬妮生氣地說。

「艾美，妳很快就會聽到了。」我說。

「然後呢，我並沒有這麼做，露伊雙手緊緊環抱著我，但我想解開她的睡衣、親親她胸口美麗的雙乳，可憐的露伊雖然也希望我這麼做，但還像個被逮到的獵物，正在為即將逝去的矜持做最後的掙扎。最後我的手滑進她的腋下，開始對她搔起癢。她大叫，推開我的手，但她也不再遮遮掩掩了，她躺著、眼神渴望地在我換衣服時看著我。我卸下手錶放在桌上，準備不失禮地脫下衣服換上睡衣。正當我要繞過床邊換裝時，露伊叫住我，說我還沒幫錶上發條，她自己也還沒。

「『唉，沒關係，就讓它那樣吧。』我說。

「『親愛的查理，不行。有些事情該做但沒做，別讓我們的婚姻生活開始變這樣。』

「老天爺！為了讓她開心，我只好用因為太過興奮而顫抖的手將兩只錶都上妥發條，接著跳上床去。」

「那你沒有把蠟燭吹熄嗎？」艾美問。

「艾美！如果妳再打斷，我就叫上尉不要讓妳知道接下來發生什麼事！」芬妮生氣地大叫。

「沒有，我沒有吹熄蠟燭。露伊也叫我這麼做，不過我裝做沒聽到。我跳上床抱住她，往身邊擁過來。她起先稍稍僵硬地抗拒了一下，但下一秒她就退讓了。她把羞紅的臉埋進我頸子邊，當我瘋狂地吻著她時，我伸手掀去阻隔在我和那迷人私處之間的薄紗，這地方現在再也躲不開我的目光，即將失去她的處子之身。我極盡輕緩地將震顫的手划過她光滑的大腿，直到觸及如米爾頓所形容的『毛髮蜷曲纏繞的密林』……」

「戴福羅上尉！」艾美大叫。

「……而且發現了聖殿的甜美入口。我激切地愛撫著此處，露伊能感受到從我的手指源源灌入的炙熱慾火。她將我抱得更緊、喃喃說著：『噢！查理。噢！查理。』發現她這麼地安靜，於是我……」

「於是你怎麼樣？」兩個女孩異口同聲、噎哽著氣大喊。

「我請她讓出一點位子給我，好讓我依婚禮上的誓言、以身體讚頌她。她緩緩躺下，我動作輕柔，但內心興奮地將兩膝先後擺進她的兩腿間，放低身子躺在她美妙的身上。接著，我就像進入聖中之聖所在的大祭司，開始喚醒她身體裏每一處歡愉、激情的暗流源頭。噢！那一刻真的是狂喜！為了感受這感覺，我跟她真心徹底地和合在一起，而在她體內搏躍的脈動也同樣地傳進我身體裏。那時，我看到了天堂，那就是愛，是在至高完滿境地的愛！露伊不再抗拒地將她自己獻給了我，先前所有的擔憂不再，無謂的矜持也已散去，當晨光透進燭火將滅的臥房之前，我的露伊全身裸裎地躺在我同樣赤裸的懷裏，她已不再因為羞怯而臉紅了。我們兩人身上已無處未被對方撫愛、凝視、激吻過，我們的歡愛無以數計，我們一整晚都陷在陶醉之中，如果那無性、不懂激情的天使能明白、甚至想像箇中之妙，他們絕對會深感嫉妒。」

在我描述這最後一段時，芬妮和艾美只能屏氣凝神聽著，而且她們的腳步變得更慢，我們幾乎是在原地沒動。很顯然，讓她們喘不過氣的原因正是兩人都正試著夾緊腿，好控制騷動不已的小穴。我們已經接近屋子前院了，艾美手仍壓著腿、一聲不吭地突然衝進屋子裏，而芬妮仍留在原地，我吻著她，執起她的手擺在我熱脹、槓得直挺挺的肉柱上，同時也撫弄著她的蜜穴。

「來！噢，快來！」她說。

她拉著我到屋子旁長滿密密矮樹的小道，我猜想著她的意圖會是什麼。走到樹叢盡頭之後，我解開褲釦子、領著她的手伸進去。芬妮饑渴地抓住她發現的龐然巨物，哎啊，可是我的襯衫還擋著路，她很興奮，當她的小手緊張地摸著我的肉柱，手指一鬆一緊地玩弄著時，口中直喊著：「親愛的，我的愛人！」我以為艾美跑去用手指、香蕉或其他可以模擬我提到的「大祭司」的東西好安撫她的小穴了，沒料想她會折回來，便盡情地享受芬妮和她的手指帶給我的刺激和享受。當我就這麼地站著享受之際，還好突然看到艾美跑了過來，我低聲對芬妮說：「小心，艾美來了！」

「嗅嗅，你們在這裏啊！一定在偷親嘴。」她喊著。

「才不是！我扭到腳了。」芬妮聲音低沉地說。

「對啊，」我馬上接說，很高興芬妮反應這麼地機伶，在這緊張時刻還能找到一個理由讓我可以不必轉身。我的老二直挺挺地伸出褲外，雖然仍被我的襯衫遮蓋住（這襯衫阻礙了芬妮努力要肉對肉摸我的屌的努力），如果芬妮不朝我這邊傾身遮掩的話，在我極力要把這勃怒、不受控制的傢伙塞回褲子時，我的肉棒還是馬上會被艾美瞧見。

「是啊，」我又說了一遍。「可憐的芬妮不知怎麼地扭傷腳了，我怕這傷得很重，可憐的孩子。」接著我對她說：「要是讓我塗點我祖母的祕方藥膏，我保證就算不能完全治好，也一定可以減輕疼痛感，只要越快讓我擦藥效果就會越好。」

芬妮假裝哀叫，回說：「你快點做點什麼都好，我好痛！」

我單膝跪著，貼近芬妮，趕緊扣上最後幾顆重要的褲釦子，好讓我胯下小野獸關回籠子裏。接著，我左手握住她的右腳踝，假裝用另一隻手按壓著，但是要我得寸進尺的誘惑實在太強烈了，芬妮也欣喜地感覺到我邪惡的手很快地爬上她漂亮的腿，帶著激情和愛欲地按壓著她的小腿，越爬越高。她又朝我這方傾過身子，雙手架在我肩頭，不時地呻吟著。

「我想，妳很快就會好了。」當我的手觸及到她溫潤滑順、光潔豐盈的大腿時這麼說著，我的肉棒彈了起來、隱隱搏動。

「是啊，我想，如果你再這麼樣地按下去，我就會好起來。」芬妮呼嘆著說。
艾美同情地站在一旁看著，不過卻看不到我在做什麼。
我很快地將手移上那神聖、如處子般的大腿按壓著，欣喜地感受這雙腿，直到我的手抵達那一雙潔白如象牙的圓柱間的那一端點。我翻過手，手心朝上，輕柔地捏擠著她那飽滿小穴外的兩片豐盈、柔嫩的唇肉。我將這雙唇捏擠合一，間替地挑弄刺激那苞心，直到芬妮再也無法自持。接著，我將粗大的中指滑進穴內，直至穴內縮緊的狹縫，另根手指撐抵住她隆脹、多毛的小丘，模擬著肉棒若找到機會也會做的同樣動作，直到芬妮幾乎樂得喊出聲來、流出滿滿溫熱愛液，漫過我興奮、淫蕩的手，沿著手腕漫流到臂上。我以最激情的撫觸撫弄著她甜美、敏感的小穴，面色難以自若地問她：「芬妮，那現在覺得如何？」
「好了，噢！謝謝，感覺真好！現在都不痛了。」
「他那樣做，真的有效嗎？」艾美驚訝地問。
「當然有效，妳這傻女孩，不然我不會這麼說。」芬妮大聲地回答。
「太好了，我去跟媽媽說。」
「別告訴她，妳這樣只會嚇到她，我不過是扭到腳，而且，現在都好了。」
「媽媽要我叫妳進去了。」艾美說。
「真煩。艾美，妳進去要她讓我再多待一下子。」
艾美無意照做，芬妮和我只得非常不滿地回屋子裏。在我們進到屋裏之前，芬妮趁艾美沒看見時環住我的頸子，滿是激情地吻了我兩下。天哪！我的卵蛋和胯下脹痛得都快給裂開了。

回家之後，我躲不掉地又碰上拉維到訪，他還真是個恐怖的瘟神。我仍舊極盡所能地試著安撫他、要他接受事實，而且極力敦促他盡其所能地找人燕好。他回說他每天晚上多多少少都這麼做了，但還是無法緩解他對芬妮的慾念。我在睡前下定決心，必要將拉維調離此地。於是，我寫了封信給布里吉醫師，信中明說了我擔心瑟文小姐的安危，因為拉維整夜都在她家門外徘徊不去，加上他對瑟文小姐的強烈慾望，可能會導致他企圖強暴瑟文小姐。我認為這極有可能發生，因為拉維對芬妮的渴望就像瘋了一樣，他開始習慣自言自語，我還曾聽到他半帶恐嚇地說，不論芬妮喜歡與否，他都打算要上她。我把蘇巴堤從睡夢中喚醒，要他明天一早馬上將信送給布里吉醫師，結果將在三月十七日、我永遠會記得的這天揭曉，因為隔天對芬妮有雙重意義——她滿十七歲了，而且也正式算是「女人」；就在這天，我終於讓芬妮破處，侖得她和我同樣心滿意足，紓解了自從我倆表明了對彼此的激情之後讓她的蜜穴和我胯下之物脹得難受的壓力。

我知道十七日是芬妮的生日，但我不知道自己是否會受邀去幫忙準備慶祝。不過，在用過早餐之後，卻有兩個讓我開心的客人到訪。因為天氣太熱了，加上外頭陽光毒辣，我完全沒料想會有人來訪，便一如往常地只穿件短袖內衣和睡褲。第一個到訪的是我們的憲兵主任老布里吉，他對拉維的狀況非常焦慮。他說近來的確發覺拉維的變化，他在工作上顯得漫不經心，他原本也無法理解，直到聽說了他不順的戀情告白之後才明白原因。他想知道我信裏要談的事情，因為這事關重大，要是我真認為有任何危險，他會發封電報給錫姆拉當地，請求他們允可將拉維調往貝納瑞。據他所知，當地尚有一個醫師缺。我自然很滿意布里吉的決策。

在我們交談之際，我注意到他的目光不時地看著我左臂上被那個雞姦了艾美的阿富汗混蛋用彎刀給砍傷、依然青紅的傷疤。談完拉維的事情之後，這位好醫生問了我關於這傷痕的來龍去脈，我將胸口上粉色傷疤現給他看，布里吉看了之後直說我應該相信這是神佑，因為在他所聽聞的例子裏，我真的是死裏逃生。我當然沒告訴他發生在艾美身上的慘劇，但他也聽聞過艾美被雞姦的傳言。我說了謊，告訴他這謠傳並非事實。儘管我得說謊，但我很高興自己這麼做，因為我知道布里吉會放出消息，並對堅信雞姦一事的人視為毀謗中傷而即刻加以駁斥。

布里吉離開沒多久，我便隨意地看著書、抽抽菸，剎時，玫波突然急忙地跑進來，跳進我懷裏，給了我無數個真心熱吻，她接著轉過頭確認沒人進來後，竟動手拉開我的睡褲繫帶。在我弄清楚她的意圖之前，我的屌已經在她手中硬得像跟棍子似的了。正如我先前所言，任何時候，我都不反對讓一個我知道可以上的漂亮女孩握住我的棒子和卵蛋，享受那舒服的感覺，但是玫波實在太大膽了。我猜她不是一個人單獨過來，便問她跟誰一起過來。當她說她的媽媽、芬妮和艾美都在過來的路上，她是趁她們抵達之前先跑來看看是不是有機會玩玩她的「小寵物」時，我簡直嚇壞了。她才剛說著，我就聽到瑟文夫人的說話聲和三個人沿著露台走來的腳步聲。我急忙將玫波推到一旁，馬上衝進浴室裏朝自己的臉和頸子潑了些水，接著在腰間圍上毛巾，好遮掩住肉棒興奮的跡象。我走回客廳迎接客人，佯裝非常訝異她們的來訪，並請她們原諒我的衣衫不整。

駭人的傷疤在我敞開的內衣底下露了出來。自從我拆掉繃帶之後，瑟文夫人和艾美仍未見過我的傷疤，她們三人既驚恐又同情地微微叫了出聲，但這聲音聽得我挺開心的。她們三個仔細地看著我的傷疤，瑟文夫人伸指輕碰我的胸口，問我這傷痕是不是仍舊碰了會痛。我回說並不會。而我心愛的芬妮不時地假裝檢查，滿手盡其可能地捧著我的左胸，一如我有機會也會對她甜美的乳房所做地、輕柔擠捏著。艾美對著我胸間濃密的胸毛驚呼，我輕輕地對她和芬妮所說的這句話讓她羞紅了臉：「艾美，妳真漂亮啊，妳的臉蛋有雅各的美貌，以掃的特色[2]在妳該有的地方也有呢！哪像我全身都像以掃一樣。」

「好丟臉噢！」艾美說。

芬妮只是笑笑、稍微臉紅。我知道她想讓我明白她蜜穴上的小丘也跟以掃一樣呢！

這些訪客原本談起在契拉特時發生在家裏的攻擊事件，接著便說出她們來訪的目的，她們想邀請我當晚到家中用餐。她們不會再邀請其他人了，瑟文夫人說她一直都把我當成家裏的一分子，希望我願意賞光受邀，而且要更常去探望她們一家人。儘管瑟文夫人這番話讓我過往心中高尚的意圖又浮現而出，但當芬妮帶著懇求的眼神看著我，眼裏滿是激情與渴望，她看起來好美、好可口，而且無比誘人，仍讓我無法回絕這邀約。啊，不！這些良善美意全都煙消雲散了，我的屌現在又直、又挺，而且驕傲地脹著，帶著猶如威猛的征服者擊敗敵人後油然而生的感受，將這些美德全踩在腳下。於是，我誠心歡喜，帶著再明白不過的喜悅心情接受了邀請。

當我護送著芬妮出門，後邊跟著她媽媽和妹妹，我趁機讓她的小手從我堅挺有力的肉棒上感受我的激情誠意和真心。要不是有這條毛巾擋著，我絕對會全被看光光；原本我很氣玫波的膽大

2 聖經人物。雅各與以掃兩人為孿生兄弟，雅各俊秀文靜，以掃身體多毛結實。

妄為讓我陷入這麼危險的狀況，但我還是很感謝她。

現在啊，親愛的讀者，希望您也跟我一樣對芬妮令人興奮的小蜜穴感到興趣，想聽聽這過程如何發展。那些也許會讀到這些親暱但淫蕩的字句的女讀者，希望妳們的小穴也會心有戚戚焉地開始濕潤、發癢起來。噢！男性讀者們，我相信你們的肉棒已經硬挺起來了，願你們的棒子都能即刻找到蜜穴好舒緩高漲情緒。

十七歲的芬妮在這一天穿上了露胸背的禮服，當她出來迎接我時，我感覺她就像隻孔雀般地驕傲，但光采奪目的不是那長長的羽毛，而是那展露而出的胸部。我可不贊成這漂亮的雙乳被遮藏得這麼多，但我仍可見到那光潔滑順的半球露出的小小部分，我愉悅的雙眼凝視著這雙乳之間的甜蜜小徑，循著這條小徑一路蔓延而下將會抵達她細緻的小穴。哎啊，她的爸爸媽媽、妹妹，還有小弟哈利也跟著出來，讓我沒能趁機以她的愛人的身分再度好好感受一下這漂亮的雙乳，但我的雙眼著實享受了一場盛宴。我發現自己得非常小心地移動腳步，以免我那一如往常不受控制的脹屌洩露痕跡。晚餐時，我坐在芬妮旁邊，一有機會就會按按她的大腿，她也同樣地回敬我。

最後，瑟文夫人提議大家應該都來打打橋牌。牌局開始之後，芬妮和我很快就打算要輸掉牌局，接著，我們倆裝做興致勃勃地觀賽。事實上，芬妮一條腿正架在我膝蓋上，我的一雙小腿還緊緊夾著她的腳呢。我低聲地要她到外邊去，但她似乎怕引起注意，不為所動。我們倆人所坐的位子是在這張矩形長桌的邊角。

除了我倆之外，每個人都專注在牌局當中。我有點沮喪，因為今晚可能不再的機會正從我們手中溜走。我解開褲襠鈕子，從襯衫底下掏出屌來，抓過芬妮的手，把屌放在她手心上。她著實嚇了一跳！她的手緊握住她歡心期盼的東西，胸口劇烈地起起伏伏，加上漲紅的臉色，讓我擔心她就快炸開了。但一會兒之後，她站起身子說屋子裏好熱，她想出去走走。

「去吧，親愛的。戴福羅上尉會陪妳去。」她媽媽說。

芬妮隨即走了出去，我急忙起身，背對大家，快步地跟著芬妮。我的棒子全露在褲子外，像根船頭斜桅似地直指著天花板。噢，穿過房間這段路啊，我很怕有人會把我叫回去，但我親愛的女神、維納斯庇祐著她的僕人，讓我在無人懷疑的狀況下，安全地走到露台跟上了芬妮。我們雙雙一語不發，感覺如此強烈緊張，而芬妮更是激動無比。

我們又快又急地走向我曾停駐的矮樹叢那好地方。一走到林間草地，我便把大屌又放進芬妮顫抖著的手裏，同時自已動手解開吊帶，鬆開剩餘的褲襠鈕子，因為芬妮雖然盡了全力想動手解鈕子，卻因為太緊張而手軟不成，但我可不會。沒多久我就享受到我又沉又脹的卵蛋在芬妮既好奇又急切的手中傳上的快感。在歡愉本能驅動下，她極其溫柔地摸著、細細感受，好似一點點粗魯把弄就會毀了這細緻的珠玉珍寶。這對我而言實在太銷魂，但我仍急著想快點完成我們的首次交合，深怕好事被打斷。我捲起襯衫，好盡可能地讓我肚子坦現出來，接著再將褲子稍微褪到臀下，抱住同樣激切、渴望的芬妮的腰，讓這心甘情願的女孩躺下。我這親愛的女孩沒有一點想要偽裝羞怯的跡象，她讓我掀起她的衣服，小心翼翼地躺下，盡可能地不弄縐衣服，接著是襯裙，最後她掀起上衣，好讓她甜美可愛、平坦的腹部像我一樣地赤裸。如我晚上所發現的，芬妮沒穿底褲，因此從她腰下到膝上全然赤裸。儘管光線微弱，我仍能看見她白淨光潔的美麗大腿，以及毛叢間的暗色三角。是啊，連她歡愉的小穴上的微細線條都那麼地明顯！我朝那兒熱切地親下去，讓芬妮刺激到跳了一下，接著，毫不遲疑在她腿間找到位子，左手放在她的頭下好支撐住，讓她稍抬離身子底下粗刮的草地。我的唇湊上她的嘴，調整著我急切的肉棒抵住她同樣興奮的嫩屄入口的角度。

老天，太美妙！我進去了！

當我的肉棒進到這炙熱和激情的聖殿，他褪下了頭巾，毫無間歇、一路到底地被芬妮體內那罩著面紗的處女牽引過去。我在她耳邊輕說：「親愛的，屁股抬高一點，好讓我把手放在下邊。」我稍微抽回，準備更用力地往前推送。事不宜遲，從芬妮對處子之身即將消逝毫無疑慮這點來看，我也無需指導她。她用力地回頂過來，好送上她的屄，要我整根插入。我迎擊進去。有那麼一下子，那已被攻破的處女膜仍抵抗著，我們稍微頓了一下，接著是突如其來的喊叫聲，伴隨著芬妮抖顫的身軀，還有微微的哭聲，而我則是……天啊，處在聖中聖境！我謹記在心的是不論我多舒服，在雲雨的過程當中，也一定要給女方歡愉才是，於是當我跟往常一樣地動著，伴隨著快速的抽插動作，我終於成功地將自己的卵蛋和下腹抵進了這細緻、熱情、盡其全力幫著我的女孩的穴口！這次的感覺讓我覺得自己過往好像未曾讓女孩子破處似地，好似這是我初嘗此番征服滋味，一種讓舊有的舒暢感受也變得奐然一新的歡愉之愛。在我開始瘋狂激烈地加速抽插之前，我幾乎沒辦法防止芬妮停止因為交合時無以言喻的狂喜帶來的哼叫。她的性格慷慨又激烈，讓她「來」得非常頻繁，而且全都伴隨著讓她從頭到腳抽顫不已的快感，溢流得又多又滿。我盡可能地延緩射出，這一次在芬妮體內，感覺如此真實，我熱血奔騰、肉棒勃升，現在沒有任何東西可以阻止我享受這至福時刻，所以我盡可能地延長第一次和芬妮交合時間。但是，哎啊，好快啊。不管做得再怎麼久也會覺得時間太快。我快抑制不住滾滾熔岩噴出，間雜著喘息、激情的呻吟和哭聲合唱，或該說是二重唱，精液終於在瘋狂戳擊的尾聲噴發而出！男人這時會用力地將肉棒送進他可愛床伴的體內，讓自己下腹猛力撞擊女伴的小丘，好像要將它永遠弄平似地。這第一次交合當然讓芬妮身上塗滿了「聖膏」。自從我肏過麗茲之後，我就只射過一回，或應該說是兩回，第一次是人在諾雪拉所做的春夢裏，最後一次則是昨天在我住處和芬妮的假交合，我沸騰得都快溢出來了。但萬事皆有終，享受了一會兒芬妮抖動的小丘和她緊夾的小蜜屄之後，我將自己依然硬得像根鐵棍似的肉棒抽了出來，用手帕替這甜美的女孩清理大腿間的部位。當我快速地整理好自己凌亂的衣衫時，芬妮靜靜躺在地上，眼睛望著星空，雙腿誘人地大張著，看起來像沉浸在狂喜之中。最後，我扶她起身，攙著讓她自己站起來。有一會兒，她似乎沒辦法不靠人攙扶而站穩，接著，她親暱地環抱住我，將我攬入懷裏，給了我如落雨般的無數熱吻，而我也同樣熱烈回應。

「噢，親愛的，你終於用我所期盼被愛的方式愛我了！可是，哎啊，我的腿間都濕成一片了。」她喊著。

當然了。從她被灌滿的穴內滴流下來的精液提醒了我得幫她打理一下。我跪下，要她讓我幫她，我手心朝上、伸進她腿間，兩根手指盡其所及地插進她炙熱、柔軟的小穴裏，我的指頭就像撐子一樣，成功地將禁錮在她體內的精液，沿著我的手掌和手腕導流出來，解除了芬妮將來可能會產生的危險負擔。她問我為何要這麼做？

「親愛的，我以後再告訴妳。來，讓我幫妳再擦一下，然後我們走回路上看看是不是有人也走出來了。」

我再擦了幾下，芬妮的身子狐媚地扭著、臣服於我的手下動作，這看在我眼裏真是撩人至極。她真的是件珍寶啊，但願我能好好地擁有她！看來，日後要訓練這熱烈、激情的女孩好好享受她所能提供的肉體歡愉，絕對會是一件無比樂事。我知道她愛我，而且她甚至更愛我的屌，但如果可能的話，我應該要讓她愛我的人就像愛我的屌一樣多。

我們手挽著手慢慢地一起走著，深怕任何親暱的動作會被人看在眼裏而起疑。我們在屋子台階前上上下下，看著屋內是否有人會走出來，但我們只看到大家都正專心地玩著牌。接著，芬妮做了一件大膽的事，讓我對她好不敬佩。她走進屋內跟她媽媽說話，也問了有人也要出去走走嗎？但被回說，既然牌局不會那麼快結束，倒不如她再跟我散步去。

芬妮開心地衝出門來找我。

「親愛的查理，來！」

我明白她的意思。我們急忙跑進樹叢間的空地，將此處當做我們臨時的臥榻。芬妮和我為彼此脫下衣褲，當我們衣服並沒有實際褪下，卻已盡可能地光著身子之後，我們開始男女此生都將永誌難忘的交合。親愛的讀者啊，當我試著要寫下那些火熱時刻裏的炙烈回憶時，我發現自己的筆墨竟無法形容其妙，但我全部的靈魂、思緒和生命似乎都聚焦在芬妮、以及她美麗雙腿間那穴內的極樂頂點上。

「噢！芬妮！我們倆得全身赤裸地躺在舒服的床上，我才能好好地佔有妳啊！」當我們上下擺動時，我說著。「可是我們要怎麼辦到呢？我不能從最遠的那扇浴室門進去妳房裏、再走到妳床上嗎？」

「噢，這是不可能的！艾美也睡在我房間，而且我的床會咯吱叫，而且……讓我想想辦法吧，我會找到方法的。現在讓我們跟剛剛一樣盡量享受吧。噢！查理，擁有你，我永遠永遠都不會說夠了，也永遠不會嫌多！」

那晚就這樣「風平浪靜」地過了，我大約在十一點多到家。回到家之後，我仔細地把手帕攤平晾乾，因為這手帕混合了我倆的愛液精華和芬妮處子之身的結晶。

在上床睡覺之前，我一如往常地坐著，試著平靜地回想我所經歷過的無上歡愉，但我依然處在興奮狀態。我真的肏了芬妮兩回，但我的卵蛋現在還脹痛著。難道真的不可能在她家跟她燕好嗎？我現在是不是該去她家探探，看是否能有機會？我知道我在露台上就能讓她聽到我，因為我可以從格子窗外輕呼她的名字。我一定很快就要再肏她一回！沒多久，我就決定不能再這樣等下去了，得馬上去找芬妮，但接著讓我又驚又喜、嚇了一大跳的是，芬妮竟然自己來到我的屋子裏！

「噢！芬妮，親愛的。妳怎麼過來的？」

「當然是走過來的。我的愛人啊，我親愛的查理，我躺上床之後還是無法入眠，翻來覆去，想著要你，親愛的，親愛的，最後我決定，無論會發生什麼事，我都要冒險到你這裏。你看，現在到了這裏，我要把自己全部獻給你了。」她褪下斗篷和睡衣，脫下拖鞋，「我未著寸縷，我將原初赤裸的自己現給你。你看！這裏，你看！查理，你愛我嗎？我的愛人啊，我夠不夠漂亮，好讓你開心呢？」

她夠漂亮嗎？現在站在我面前被燈火柔光照映著、襯映在漆黑背景之前透亮著的，可是一個完美的仙女，一個青春、清新和美麗的化身。

芬妮的肌膚是那種每個女人都想要的乾淨、清透的質地，她的雙臂豐潤、線條美麗，肩膀弧線細緻，猶如年輕仙女的胸口上冠有一對常見於雕像上、生活中卻極為罕見的勻稱尖挺雙乳，色如珊瑚的小巧乳頭透著紅潤亮光，就像她的唇色一樣的亮紅，甜美的雙乳彼此稍稍相距著。她的身軀優雅得完美，真的是個勻稱精緻的女孩，白如象牙的腹部點綴著可愛的肚臍，這裏就是宙斯歇息之處。而在那細嫩的腹部底下就是那隆起的維納斯之丘，自從我在契拉特見過最後一眼之後，如今我很高興地看到她的毛叢已然非常地豐盈，一如她的雙乳。但在那山丘之下，縮進她漂亮大腿間的，是那最為誘人的深深線條，這些線條構成了連眾神都渴望的女陰。現在，這地方，這過往沒有其他男人撫摸、插入過的小穴已全然屬於我了。今天，我做了！現在芬妮就帶著這渴望著我的小穴到來，要我肏它、愛它。一個我真的嘗過、但還沒完全感受的小穴，第一次快速但不完整的初試滋味讓我急著想要得到更多。

正如我先前所言，芬妮有一雙非常漂亮的大腿，她的手臂、腿和腳同樣非常地美，足以成為任何藝術家創作時的模特兒。她這些優點在燈光照耀下特別地吸引我，我在光線下看到它們閃耀著年輕健康的甜美氣息、熠熠生輝，特別是在鄰近胯下那濃密的暗棕捲毛旁。我越是看著這些細緻的誘惑之處，我的屌也就翹得越挺，心中更加明白，我何其有幸，能得到如此珍貴的獎賞。芬妮很清楚她的美貌對我的魅力，她就微笑站在那兒，雙唇微張，似乎等著聽到我對她的讚美、崇拜和熱情，她覺得這是她應得的頭銜。她若是對自己勻稱的身軀、好看的肌膚毫無自覺，就不會如此全身赤裸地站在我面前，因為女人的羞怯絕大多數是為了掩飾自己的瑕疵缺陷。我未曾肏過一個一開始就站在我面前、樣貌漂亮、身材又姣好的女人。女人身材越是好就越不會在我面前遮遮掩掩。

「噢。芬妮，妳好美。我親愛的女孩，妳真是美中極致。過來，讓我把妳吃掉！」

芬妮的眼睛閃著歡喜、熱情的神色，開心地小小聲叫著跑進躺在椅上的我的懷抱裏。我的屌抵著她的肚子，她把他挪到一邊，好讓自己可以躺在我身上，緊緊地把我抱在懷中，同時在我同樣激切的嘴上如雨般落下無數炙熱、火燙和歡喜的吻。她一直在我耳邊低聲說著激情的字句，雙乳橫掃我胸口，我感受到她色如珊瑚、小巧硬挺的乳尖在我胸口刻下痕跡，而彈潤堅挺的乳房就像道道波浪打過我的胸口。我的雙手輕柔地擠了擠她可愛的豐臀，試著從背後摸到她的溫熱小穴，但她笑著躲開。她在我的左腿邊躺下，單手環住我的頸子，左手上下套弄著我興奮的肉棒子，間歇地輕柔握住、感受我的卵蛋，同時語氣輕柔深情地說：「噢，查理、查理！我的愛人啊，你不知道我有多愛你，有多仰慕你！我以為我知道愛是什麼，但我錯了。曾有一段時間，我以為沒辦法把自己獻給你了，除非我可以稱自己是你的妻子，讓你娶我。可是現在，現在啊，我覺得我不要你娶我了。我想當的，是你最愛的妾。是的，只要能擁有你，我願意在你家裏當僕人，如果可能的話，等著你太太偶爾讓我跟你睡覺、擁有你，就像今晚我們在草地上那樣。真希望現在是可以納妾的，以前都可以，現在的男人為何不能多幾個太太呢？為什麼不能納妾呢？當我上床睡覺時，我覺得好高興，因為我擁有了你，而且是兩次！你想想！

你那親愛的小東西深深插進我體內兩次呢，而且我兩次都感受到查理把他的精華噴灑到我的體內。噢，那感覺好清楚、好直接啊！每次噴灑都像快讓我狂喜得斷氣似的。我越回想你所給我的東西就越想再來一回，就越想讓這東西抵著我呢（芬妮輕輕地握了握我的睪丸），因為他們讓我知道，我的查理已經全部進入我體內了。我記得你說計畫要來找我，你可以輕易地從最遠的浴室門進來找我，可是我好後悔自己竟然說不，因為畢竟我們可以到隔壁房間躺在地板上做，這樣床就不會發出聲音吵醒艾美。我試著要睡，但就是睡不著。查理，不知道你是怎麼稱呼這個，但是在印度話裏，這東西叫『珠特』。」

「親愛的，我稱這地方是『屄』。」

「屄？是這麼說的啊？這稱呼聽起來不錯，我不會忘記的。好，我的屄呢一直讓我很困擾，渴望要『這個』，查理，你是怎麼稱呼他的？」

「親愛的，我稱他為『屌』。」

「屌？好好笑的名字，屌！好，沒關係。我的屄就想要這親愛的屌，於是我再也無法待在床上了。我跳了起來，看著艾美，她睡得很沉，我又走到保母房看，蘇妲雅也躺在地板上熟睡著；我豎耳聽著爸媽的房內，聽到他們兩人的打呼聲音，於是我拿起我的灰色斗篷，穿上拖鞋，從浴室門跑出家裏。現在，我正和我的查理在一起。親愛的，你高興嗎？芬妮現在來到你的懷裏，你開心嗎？」

「噢，芬妮啊！我除了開心還是開心，我親愛的女孩，不過我有點擔心妳，要是剛好有人找妳，而妳又被發現在這裏，那事情可會鬧大的。如果是我在妳房裏被發現，那事情還不至於那麼嚴重，因為不會有人說是妳邀請我進妳房裏，但若是妳在我房子裏被發現，那可就不一樣了。」

「噢，查理，我才不擔心這些呢。我很肯定沒有人會想我或要找我。」

「可是，親愛的，拉維就是這樣的夜貓子。他常常會在比現在更晚的時間過來找我，而且……我的天！我聽到他朝這兒走過來了！」

芬妮坐起身子，手裏還握著我的屌，我們倆聽著門外聲音。腳步聲急促地朝大門走近，聽得見他踩在碎石路上的聲響，顯然再過一會兒，拉維就會推門而入。我認得他的腳步聲，知道是他沒錯，芬妮差點跳了起來，但我緊緊抓住她；腳步聲在門邊停了一下，接著，他走了幾步又停了下來，這回停得稍微久些，然後就走開了。拉維遲疑了，顯然他改變主意，打算一如往常地先到瑟文家去繞繞，之後再回來煩我。當他離開的腳步聲響起，我叫芬妮趕緊拎起衣物，穿上拖鞋跑進我房間，躺在床上用罩袍把自己蓋好。如果可能的話，我會阻止拉維進門並送他回家。

芬妮帶著她的東西飛奔進我房裏，我則走出大門踏上露台。我心裏的恐懼如此真實，讓我的肉棒在我繫上睡褲腰帶時隨即軟掉，垂頭喪氣，包皮又蓋住了我那消了氣的龜頭。

我出發去追上拉維，但是當我走到露台角落，已不見他的蹤影。

我有點擔心，急忙跑回家裏好確認芬妮無恙，並確認臥室裏沒有透出光，免得拉維若是恰好折回時會發現，因為我的每個房間都有四道門，可以由四面進入，這樣的格局在印度很常見，因為這是為了讓空氣得以循環流通。當我踏進客廳時，我看到拉維正從我的臥室裏走出來。

各位緊張、貼心的讀者，聽到我坦承當我看到拉維一臉不開心地從我臥房裏走出來時，我的毛髮嚇得直豎，你們應該也不會指責我懦弱膽怯吧。因為我心想，那時芬妮應該全身赤裸地躺在我床上啊！無論如何，你們會相信我在這樣危急的時刻也不失理智。我擔心的不是我自己，而是芬妮。要是拉維看到她了？那她就得跟她的名譽和未來的幸福說再見了。我看了一下拉維，他空洞茫然、鬱鬱寡歡的臉色讓我知道了這倒楣甚至該說可怕的狀況並未發生。雖然事實上內心十分激動，但我盡可能地讓自己神色鎮定。

「拉維，你是從哪裏進來的？我聽到了你的腳步聲在門外，出門去叫你進來，可是卻沒見到你，我還以為是自己幻聽了。」

「我的確經過了你家門口，原本是要進來的，但我改變主意就走了。接著，我想到自己一定要進來告訴你我心裏所想的事，所以我就從房子另一邊進來了。」

「來，老朋友，請坐。你要告訴我什麼事？」

「不，戴福羅，我不坐。我再也不會到你家來了。」

「老天，為什麼？」

「聽好了，戴福羅。我曾相信你是我的朋友，我告訴你我愛上芬妮．瑟文，你也答應要幫我得到她。可是我想，而且也確信，你非但沒像你所說的要幫我，反而用盡手段讓瑟文一家人、尤其是芬妮，覺得我是一個傻子，配不上她。這你無法否認吧！」他用威脅的口氣說著。

事實上，再也沒有比這愚蠢的指控更不真實，更不公平的了。我在最初的確盡我所能地幫拉維追求芬妮，他的這番話徹底冒犯了我。不過，要不是我已經肏過芬妮了，我相信我應該會原諒他，但現在，我只想抓住機會，把他永遠趕出我家。我急著趕他出去，因為我親愛的人正全身赤裸地躺在隔壁房間床上等著我。

「拉維！」我語氣嚴厲地大聲說：「如果這就是你特地過來要告訴我的話，那麼，讓我告訴你大門在哪裏。先生，你看到沒？你給我出去，別再踏進這大門一步！我認為，你是我碰過最不知感恩的小人！」

拉維怒眼瞪著我，有點遲疑，接著緩緩地走到門邊，他在門邊停頓了一下，接著轉頭說：「好，我走。我不會再稱你為朋友了，你休想阻礙我和芬妮，因為，我鐵定會肏到那女孩。」

我想，不回答他會比較好。他又瞪了我好一會兒，接著才慢慢走上路，消失在黑暗裏。

我站著看著他好一陣子，當我準備關上大門時，我看到一道光朝這邊走近。我心裏暗暗咒罵著，究竟是誰會在這樣的夜裏來打斷我跟芬妮的好事。我等著看會是誰，原來是布里吉醫師的信差帶著字條而來。

親愛的戴福羅上尉，你別擔心拉維醫師了，我已收到錫姆拉派來的電報，允許我將他調往貝納爾。他明天就得出發。

布里吉

「代我感謝布里吉醫師，並向他致意。」我對這信差說。他在隆重地回禮致意之後便轉身離開了。我關起門，帶上門栓，端著油燈急忙走進臥房。

芬妮正蓋著罩袍，躺在我的床上。她倚著手肘撐起身子，抓著袍子準備有必要時隨時再遮住自己。但在我愉悅的眼前的是她動人的裸身，我看著她完美的雙乳和軀體，芬妮因為躺在床上，從正面看著，身體因為視線的關係顯得縮短，是另一番新的風景。噢，因為她大腿緊夾，左手肘撐著身體斜躺著，我現在甚至能看到她小丘上的甜蜜毛叢朝著她的大腿方向形成一個尖尖的三角形。我的肉棒因為方才的緊急狀況變得了無生氣，但眼前這般景致讓他又再度勃脹而起。我跑向芬妮，緊緊地將她抱進懷裏，告訴她拉維已經離開，現在都沒事了。我將布里吉的字條遞給芬妮讀，她非常地高興，環抱住我，用盡她所能想到的甜蜜稱謂呼喚著我，接著，甩開袍子丟在地上，她打開雙臂，張開雙腿，眼神散發著慾火，聲音因激動而顫抖地說：「噢！親愛的查理，我們別再浪費時間了！」

儘管方才所經歷的事件足以讓我忘掉所有事情，但我還是不時惦記著期待在美妙的大腿間好好享受一番。既然先前已經肏過芬妮一次了，我料想到還會有第二次、第三次……便已備妥一塊絕對必要的海綿，這海綿可以防堵那從我體內噴出、必將濡濕那愛之聖殿、既舒服又危險的熔岩。我沒有料想到芬妮會到我這兒來，但我已把海綿放在一個裝了稀釋過的苯基藥水的廣口玻璃瓶內，原本準備放在口袋帶到她家去，好享受肏她的樂趣。於是，我將海綿拿了過來，就近放在地上，接著，我脫下衣服，全身赤裸地站在她面前。她又高興又傾慕地驚呼一聲，伸出雙手迷戀地抓住我又粗又脹的勃怒大屌和底下那沉甸甸的睪丸。我感受到她柔軟的手指在那玩意兒上打轉，光是摸著就已經讓她更興奮、更想要了。

「噢，讓我親親他。查理，讓我親一下！」她喊著，於是我微微笑著，將我興奮的柱頭送進她鮮紅的唇間。芬妮無比著迷地含住圓滑的端頂，舌尖抵著那端頂小洞。輪到我了，我朝她彎下腰，動手撥開她甘願受我擺布、張開的腿，以嘴罩住她那發燙的小穴，盡我所能猛力地伸舌探進深深穴內，而過往從未嘗過如此滋味的芬妮舒爽得嚎叫了一聲，我感受得到她的雙手更加用力激情地抓緊我的棒子，好似要回報我以口舌向她女陰的致意，便整口含住我的柱頭，舌頭大片滑刷而過，讓我因為銷魂的感官刺激而全身徹底地打起顫來。

這樣的愛撫刺激只會讓人幾近瘋狂。我朝她轉過身子，握住臂膀將她推躺下來，接著取出海綿擠掉多餘的水分，將海棉塞進她那緊緊的小穴裏。接著在她的腿間趴下，隨即順勢將我的屌插進去，於是我們嘴對著嘴、胸抵著胸、腹貼著腹，終於真正有了首度肉感、歡快、狂喜的交合！

芬妮天生好淫，注定為交歡而生。甚至連麗茲在歡愛時顯現出來的投入與激情都不若芬妮。儘管沒有人教過她男女交合歡愛的精髓，她似乎本能地就能進入狀況。而且，當她感受到我的睪丸每回撞擊時所回頂的結實力道更是無人能及。若不是知道我在那天奪去了她的初夜，我應該會覺得芬妮在今晚之前可能已身經百戰，但我心裏很明白事實為何。

有些女孩天生知道如何歡好，有些可以教會，但大多數的就需要訓練了。

當火熱、急速、猛烈的最後衝刺來臨時，芬妮幾乎陷入感官享樂、幾近失神。她口中發出咯咯聲，或該說是喉間咕噥的聲音，大張的雙眼看起來似乎較平時更燦爛美麗；在狂喜的痛苦中，她細細咬著我的肩膀，而我同時也伸舌鑽舔著她的耳朵。當我射出滾滾熱燙精液時，她亦用如沫的源源愛液回應。

當我們好似耗盡了氣力、鬆開緊抱的對方、靜靜地躺在床上時，即是那美妙的片刻時光。她的胸口在我身體下喘動著，讓我感受到她美妙雙乳的彈性，她的肚子起起伏伏，私處小丘搏動跳著，好似微微舔吹著我，而她的小穴用力地壓擠著我的肉棒，讓我完全明白了她感受到的歡暢感有多麼地強烈。

接著就是那甜蜜纏綿的愛語、情意和激情，以及廣布我們所能及之處的吻。最後，我們從彼此的臂彎裏分開，隨即滿意地鑑賞起帶給我們彼此無上狂喜的迷人之處。

「噢，查理。他好粗、好大啊！誰想得到我那小小的地方竟然能容下這可愛的怪獸！」

「親愛的芬妮啊，妳的小蜜穴真的好緊，不過也不會過緊。」

「噢，不會。查理，她還容得下你的東西呢。不過你為什麼要放海綿進去？」

我很樂意解釋。我拉著繫在上邊的絲線輕輕將海綿抽出，線的外端綁著一個銀製小栓，以免海綿隨著我的抽送動作全給吸進她的穴內。我讓她看看我射進她體內的大量精液，向她說明子宮的構造，以及為了防止受孕，得避免子宮頸口被我的睪丸所產生的精液給沾染；更進一步，為了殺掉精蟲，我還用了苯基。

聽了我的解釋，她完全了解了。她一遍遍地吻著我，感謝我對她如此體貼，並說自己從沒想過這會有任何的風險。我告訴她我已寫信向坎普耳申請灌洗器，也送了配方請他們調製，這配方會比苯基藥水的效果更好而且更舒服些，因為這配方的成分裏含有玫瑰水，味道會比較香。我建議她起身，讓我清理她漂亮的私處，這樣我好再次用熱吻向此處獻上我的致意。聽到這個，她便高興地爬了起來。我端來一盆水，用毛巾為她清理小熱屄。她享受著這盆水帶來的清新感受，當我擦乾她的陰毛、小穴和大腿時，她開心地笑著堅持接著該輪到她為我清理我的肉棒。

「親愛的，妳現在在床上躺好，兩腿跨過我的肩膀。對就這樣。」我說。

我的臉埋在她的兩腿間，嘴貼在她甜蜜蜜的穴上，伸長的雙手抓住她胸前光潔的雙乳。當我的舌頭探伸進她的淫蕩小穴、鼻尖抵著她興奮的花蕊時，她原本是靜靜躺著的，但不一會兒就把那迷人的地方從我面前移了開，說道：「噢！我的查理，你也這樣躺下吧。這樣我也能像你伺候我一樣地來伺候你。」

我很高興發現她這麼願意共譜肉體交歡的情歌愛曲，我讓她在床上躺平，自己倒趴在她身上，手肘拄撐著，一手抱著她的大腿，再次以舌探巡她的小穴，用臉頰摩娑她的花蒂；我朝她靈活的雙唇和撥刷著的舌頭送上我的肉棒子，卵蛋則送向她激動、興奮的指間去！我再次把那預防用的海綿塞進她粉色的聖殿入口，接著轉過體位，再次激情地抽插讓這好色、淫蕩的女孩震顫不已。

夜晚就這麼消磨過去。我們彼此陷在喜悅之中，沒想到往後該如何見面、交歡又不擔心讓人發現。我倆就像新郎新娘，而今晚就是我們的新婚之夜。

將近四點時，在我為芬妮清理完最後一回之後，她就因為神經感官過於緊張而筋疲力盡地在我懷裏沉沉睡去，而我應該也睡著了。突然，我覺得有隻手在我鼻子上、輕輕地壓著我的鼻孔，我睜眼一看，竟然看到蘇姐雅！

「噓！老爺。芬妮小姐現在得回家去了，趁天還沒亮之前。」

「蘇妲雅，妳怎麼會知道她在這裏？」

「噢，我早就知道芬妮小姐想讓老爺您跟她歡好，這些我一直都看在眼裏。昨晚，我看到你們走進樹叢，你們進去兩次，我什麼都看見了。芬妮小姐沒告訴我她過來您這兒，但我告訴自己，如果蜂蜜不會自己送上熊面前，那麼熊就會自己去找蜂蜜。夜裏，我去查看芬妮是不是在床上，發現床是空的，於是我就過來您這兒，從門外看到了你們的淘氣小遊戲。老爺，您現在得叫醒她，讓她跟我回家去。」她柔柔地笑著說。

「蘇妲雅，等等。」我輕輕地將手臂從芬妮頸子後抽回，下床。「到隔壁房來。」

蘇妲雅跟著我走來。我打開公文包，拿出一捲二十五盧比的鈔票放在桌上，接著執過蘇妲雅的右手，我將自己的卵蛋放在她手心裏。她微微一笑，輕輕地用她淫蕩的手指把玩著；從她的動作我知道她不會不願意感受看看，而且她明白我為何要把卵蛋放在她手心。接著，我的右手溜進她的袍子底下，摸找到她的私處，便用手掌罩覆著。我說著誓言，她重覆接說：「我若是出賣下面剛被這副卵蛋抵過的那女孩，那我的屄就會枯掉、被燒掉、扁掉。如果我違背誓言，願毘濕奴、羅摩、濕婆和吉祥天女皆咒死我。」[3]

當這個絕對必要的儀式結束之後，蘇妲雅笑著說：「老爺啊，根本不需要用發誓約束我避免出賣您和芬妮小姐，芬妮小姐享受到男女交合之歡可讓我高興得很。沒有人比她更需要這個了，她接下來就會好好地吃飯，覺也會睡得好，而且我也知道老爺您會守口如瓶，不會到處宣揚您已經征服了小姐。」

「蘇妲雅，這點妳可以放心。芬妮小姐離開法喀巴之後，妳願意讓我肏妳的小屄嗎？」我吻著她說。

「如果老爺想的話，在那之前也行。」蘇妲雅笑著。

我愛撫著她飽滿突出、平滑彈嫩的小丘，蘇妲雅就像所有的印度女人一樣，把這地方的毛髮都給刮拔乾淨了。她的手回應過來，愛撫、感受著我那女人樂於見到、翹得老高的肉棒子，這動作對她顯然毫不陌生。

「老爺，現在還有時間再來一下。去，去像喚醒愛人一樣的方式喚醒芬妮！」

我心甘情願。陪著她走到我的臥室，已準備好要依蘇妲雅的建議喚醒芬妮，但她因為那漫長、刺激的夜晚和纏鬥已耗盡了精力，依然一手夾在膝間，躺在一側沉沉睡著。她看起來好美，身體微微蜷著，小巧可愛的臉上帶著甜美無邪的面容。

蘇妲雅看出了我的心意，因為她說：「老爺，她的小穴睡著了。不過，當我喚醒那地方時，你會在她臉上看到另一種表情。」

蘇妲雅四處張望，顯然在找她想要的東西。她看到幾支孔雀羽毛，挑了一支特別適合的，走近芬妮身邊，靈巧地用羽毛沿著芬妮穴外聚合的弧線搔弄，我幾乎都能一覽無疑了。起先似乎沒有反應，但是蘇妲雅非常有耐心地繼續用羽毛愛撫著芬妮，現在睡夢中的芬妮開始咕噥起來，而且好似累得不想再戰地轉過身子，回拒這般邀請。我看著蘇妲雅，她帶著微笑，似乎毫

3 此種互握住睪丸的發誓方式常見於阿拉伯、印度文化的男人之間。

不受挫；在重新開始之前，她抽回手，先用孔雀羽毛對著我的屌上上下下撥撩了幾下。不知是因為這孔雀羽毛從我的棒子上傳送了什麼微妙的能量過去，或是更可能地，因為那柔軟的絨毛持續在她嬌嫩的肉唇間摩娑，喚醒了體內的興奮感，芬妮又喃喃自語起來，而且慢慢地躺平身子，稍微打開了雙腿，於是，燈火便直接照映到那處我以愛和維納斯女神之名所佔據的聖域。蘇妲雅抽回羽毛，改用毛管戳弄芬妮的毛叢，間或戳觸她可愛的穴尖。不一會兒，小小的豔紅尖頂就帶著濕潤光澤探出頭來了，而且芬妮的小丘還微微抖跳著，她的圓潤唇肉以一種你難以察覺但仍能發現的小小動作開啟了，這就讓我們知道，現在慾火已經對這我們希望喚醒、慵懶的迷人私處肆無忌憚地伸出了他的手。芬妮依然熟睡著，但胸口起伏加劇，雙唇抖動，眼皮也跳動著；她迷人的嘴上漫出一抹笑意，雙唇輕啟好似要說些什麼，但是除了她誘人可口的小穴之外，她的感官仍舊陷在夢鄉懷抱裏。這甜美的女孩大腿越張越開，雙腳也分開了。她弓起膝蓋，從她急促的呼吸和跳動的小丘判斷，顯然春情慾念已經擄獲住她了。蘇妲雅對我點了點頭，我盡可能輕手輕腳不出聲地進到我愛人的兩膝之間，我身體朝前傾，雙膝跪著，一如當初對麗茲所為；蘇妲雅抓住我的肉棒，導引著往殿門上那輕壓即啟的點戳擊過去。我滑了進去，肚子仍舊避著不碰到芬妮，直到我的卵蛋抵住她才醒了過來。

「原來是真的，不是在做夢。」她大叫。「噢！查理，我有好一會兒忘記你就是我的愛人，我以為只是又做了諾雪拉的那場夢！直到你親愛的卵蛋抵到我，我才敢睜開眼睛。」

我以熱情的吻止住她繼續往下講，蘇妲雅小心地躲到一旁，避開芬妮的目光所見，她目睹了這場淫蕩的纏綿；從芬妮雙腿交錯的方式和不時地伸手插入腿間，可知這真的讓她興奮。好一場盛大的交歡啊！這較我過往的經驗更令我迷醉，當我從她流淌著精液的穴內抽出我驕傲、欣喜的肉棒子時，芬妮大叫：「查理，這真的是我們做過最好的一回！」

蘇妲雅走上前來，芬妮似乎完全沒料到她的出現。我事後知道，這幾個月裏，蘇妲雅不斷地對這三姐妹灌輸男女雲雨交歡之樂，而且她特別督促芬妮盡其所能地誘引我；這也就解釋了玫波何以會有如此大膽行徑。在蘇妲雅進到瑟文家之前，玫波和她姊姊一樣，都是最為保守、端莊的女孩。如果可以這麼說的話，這很大程度地也說明了芬妮在諾雪拉時為何會把她的春夢內容告訴我。當我初識瑟文一家人時，她們不過是三個心思純淨的少女，當時我還一心想在她們心底播下慾望的種子呢。

當這兩個女孩離開我住處時，天色猶然昏暗，在看到她們平安地走遠之後，我回到房間，熄掉油燈躺了下來，準備好好睡上一覺，因為今早沒有出操訓練，因此無須早起。我想起和芬妮最後一回交歡時，我沒用上海綿，但我不擔心，因為古有明證，男人若是肏了一整晚，那他最後幾回所射出的，都會是空包彈。

5

閱牆

上校依然持續舒舒服服地在我家和蘇巴堤太太交歡，我在臨著我臥室旁的房裏特別為他和他膚色棕黑的小妾準備了一個床位。所以，老爹和小女孩常常來這兒享受，一切都相安無事，可是，唉！駭人的危機正向瑟文一家逼近。

我先前曾提過瑟文夫人孱弱的身體狀況。大約在七月時，她的健康狀況變得急轉直下，此地雨季讓人喘不過氣的悶熱感伴隨著令人更顯倦怠的影響，漸漸地伸出魔爪拖垮了瑟文夫人的身子。她在丈夫和孩子們的悲痛之中嚥下了最後一口氣。在她過世的那夜，非常幸運地，芬妮當晚並沒有和我共處。那是她好幾週以來唯一一次沒有過來我這兒的一夜。維納斯女神真的庇祐著她的景仰者。

我就略過不提那些感傷的時刻了，那段時間裏芬妮和我無法相聚，但短短幾天過後，我們又重聚在一起。

可是，我很難過，可憐的上校就和許多人一樣，開始借酒澆愁。有好幾個星期他都沒過來和蘇巴堤太太歡好。妻子的離世讓他回憶起過往和她共度的那些美好時光，他也常向我傾訴他很歉疚自己在妻子在世的最後一年竟然和人通姦，而且是和印度當地的女人，這念頭深深刺痛著他的良心。但是我明白，像他擁有一副這麼大的睪丸的男人是沒辦法如僧侶般過著無性生活的，於是我試著讓他慢慢地開心點，直到他重燃對女人的慾望，開始讓蘇巴堤太太「快樂」，重新在她那淫蕩的雙腿間的寶庫享受。

我幾乎沒時間談談玫波的胡鬧行為。她用盡各種方式誘引我，常求我肏她，但我太愛芬妮了，不會讓她有競爭對手，特別是當她對我的深深激情隨著我倆交歡的次數漸增之後。我已得到我心所愛、一個迷人的女孩，她在日裏夜裏都在我身旁，全然屬於我。的確，玫波會讓我興奮到槓起肉棒，我願意開心樂意地和玫波歡好，若不是為了芬妮的話。漸漸地，芬妮取代了露伊在我心裏的位子，即便她忌妒露伊，她還是會聰明地掩飾住所有心嫉跡象。所有一切都如此令人快樂、開心，我倆都活在當下，不去想像未來將會如何。如果說有什麼事讓我後悔，那就是我們當時曾有機會可以像現在這樣享受著彼此，但那麼多個月、那麼多個星期、那麼多天都被我們浪費掉了。當我倆一想到這點，便更加堅定地不再浪費任何時間。

大約是在上校開始肏起蘇巴堤太太那對他而言十分誘人的小穴的同時，另一個在法喀巴離世的人卻改變了我們的世界。繼瑟文夫人之後，「准將」威爾森上校突然過世，瑟文上校便被指派繼任這一職缺。這對我而言真是極其幸運的變化，因為威爾森上校的女婿、也就是步隊裏的參謀官摩提默少校，得回國承繼他岳父的遺產、照顧他太太；而我在瑟文上校的薦舉之下接任了這個參謀職位。上校起初壓根兒沒想到我適任這個職缺，若不是透過芬妮，我應該是得不到這個職位的，但是芬妮讓她爸爸把選擇對象轉到我身上；儘管於理上，其他比我在印度待得更久的軍官更應接任這個職缺，但芬妮仍然溫柔卻堅決地慫恿上校，說我才是唯一應該得到此職位的人選。但是，親愛的讀者，我從芬妮迷人小穴帶給她的甜美歡愉讓她因此特別地為我著想。說真的，不是開玩笑，這個參謀職位工作真的輕鬆。現在我的勤務跟部隊已經無關，因此也不必參加晨間行軍、操練，沒有什麼事能再在一大早把我從床上挖起來了，只有當上校也參加例行性行軍時我才需要加入。我有很多需要簽署的信件，但下屬會先為我備好；因為這些公務、流程都已井然有序，所以我做起來也很輕鬆。這個職位的薪餉增加其實對我沒什麼差別，因為我自己已經夠用了，並不缺錢，不過要收下這些額外的盧比收入倒也不是什麼麻煩事。由於我不必再去行軍，芬妮也因此獲益；以往有幾個早上，我們起得比平常晚，她沒能享受「晨砲」就得趕緊趁天明之前跑回家，但現在她總能享受個一回、偶爾兩回，而芬妮就跟我甜美的露伊一樣，激切地渴望這檔事。噢！我真的是既高興又滿足。

儘管一切順利無礙，但接著發生的這個狀況卻可能讓這一切歡樂演變為悲慘的結果。

瑟文上校統領的軍隊不僅止在法喀巴地區而已，也包含了其他幾個外圍的駐軍點，其中有一處是七十公里外的倫普耳，只能乘轎到達。十月初的某個晚上，就在我初見我愛人的私處小穴，以及艾美被玷污之後的整整一年，瑟文上校一個舉動把芬妮嚇壞了，而且也讓我十分訝異，我們都不知道他此舉的用意為何——他說他打算幾天之後開始到倫普耳去視察軍隊，而且他要帶著芬妮隨行。

「噢！爸爸，我不要去！你就不能帶艾美去嗎？」可憐的芬妮大喊，帶著驚訝的表情和忿忿不平的眼神望著我。

上校白蘭地喝得還不夠多，還沒醉到糊塗，他面帶怒氣地看著芬妮說：「不行。我剛說了，芬妮，妳得陪我去。我不會帶艾美。我不喜歡被自己的女兒使喚！」

「爸，我不是要使喚你。如果你讓我留在這裏，改帶艾美或玫波去，我會很感激的。爸爸，求你行行好。拜託！」芬妮很顯然正克制住自己快爆發的脾氣說著。

如今的上校是個消沉的男人，因此個性也變得固執起來。他被芬妮的脾氣激怒了，怒氣一起，臉色鐵青對著芬妮大罵：「芬妮小姐，我說過了，妳得跟我走。不必再談了！」

上校的目光移到我身上，有那麼一會兒，我納悶著，他是不是懷疑起芬妮和我的私密關係了？他怎麼會突然發現到？不過，我料錯了。

看到芬妮氣得快掉淚，我接說：「瑟文小姐，我倒是很忌妒妳，妳知道嗎？聽說倫普耳是個非常漂亮的地方，雖然當地是個平原，但那裏條條道路都能引妳到各處美麗的風景。我真希望上校也能把我當成參謀帶過去。」

「戴福羅，我也希望。不過該死的新命令規定，非例行性的視察若要帶參謀隨行得另外申請許可，恐怕你得等一段時間。不過，我會帶著芬妮。」

有位柯貝特先生，他是法喀巴地區的神職人員，已婚，跟他年輕美貌又大方的妻子住在我的隔鄰。他們一家是瑟文家的好友，而且柯貝特太太也知道我很喜歡芬妮，我甚至向她「坦承」過我對芬妮的傾慕之情已經濃烈到要是我沒結婚，可能會請她當我的太太了。長久的練習已讓我成了傑出的演員，柯貝特太太沒當我是個聖人（她是個通曉人事的女人），但她從沒懷疑過露依不在身邊時，我解決需求的小屄竟然是在芬妮的雪白大腿間。不，她認為我解決需求的地方是在一雙棕色的大腿間，最有可能的，就是蘇妲雅。我一有機會提到蘇妲雅就特別加重感情，好刻意加深她這個想法，讓柯貝特太太越加肯定我必然時常和蘇妲雅歡好。因此，柯貝特太太和我都很滿意這樣的狀況。

在帶著芬妮離家前往倫普耳的這段時間，瑟文上校將孩子託給柯貝特家照顧，他們的房子夠大，能輕易容下這些孩子。這樣的暫時遷居在世界上沒有其他地方能比在印度更容易，只需要拎個床架過來就成了。

芬妮和我的最後一夜真的太短暫，她父親決定清晨四點起程，芬妮得在兩點半前離開我趕回自己家裏。她很貪心，才短短幾個鐘頭，她仍要間不容緩地享受一下我的棒子。每回完事之後，只要她的纖纖玉手讓我的肉棒子再度甦醒，她便會馬上接續再來一回；我可以很高興地說，要讓我的肉棒再度勃發實在非常簡單。

親愛的讀者，我可以告訴您，當我還是個小男孩，開始懂得為何我有小雞雞，女孩子有小穴的時候，我對赫丘力士的故事就十分納悶，一晚取走五十個女孩的貞操、造訪五十個小穴何以會被認為是「苦差事」。嗯，那時我沒有實際經驗，但是從我之後肏過的各個階層的女人身上，我知道了比起她們交手過的其他男人，我真的比較幸運，擁有一根不倒的肉棒和一對永不枯竭的睪丸。我不是自吹自擂，只是想說自己對此能力有多麼地感恩。所以，可憐的芬妮帶著她歡愉悸動的小蜜穴，和一顆想到兩個禮拜之後才能和我再度歡好而哀傷的心離開了。

我也像芬妮一樣地難過，我愛這女孩，她就是露伊的翻版，不論白天黑夜、我對她都永不饜足。我確信她離開會讓我難過不已，就像我和露伊分離時那樣。正如讀過第一章的讀者所記得的，自從離開露伊之後，我花了好長一段時間才讓慾火重燃，現在芬妮走了，我也有同樣的感受。然而，有個不同的地方是，當初我和露伊道別時，我想自己可能要過了好些年才能重溫和她交歡燕好的美妙滋味。當時我心裏想，可燕好的對象就只有露伊而已，我那時誠心地認為，除了我的露伊之外，我不會碰女人、所有的女人。各位讀者可能記得莫萍小姐對我的影響，還有這美妙的威力如何在甜美可口又淫蕩的麗茲身上成真。她的小穴施展了她的威力，而人在遠方的露伊，那存在她腿間的誘惑魔力已不再牽制著我的肉棒和卵蛋了。但現在，我真的期待不久之後能再多來幾回，芬妮的小穴再過兩個星期就又是我的了，我要愛撫、親吻、操她，直到我心滿意足。儘管才短短幾天見不到面，現在沒了她的難過感受還是讓我煩心。

這段日子過得比我預期中還來得消沉，我的心思全在芬妮身上，我知道當她離開時心裏也難過，我所有的情緒也都跟著她去了。我早早上床睡覺，希望盡可能地在自己毫無知覺的狀態下讓時間度過。

不知道這樣睡了多久，我覺得有人輕輕捏著我的鼻子。我醒來，發現竟是蘇妲雅！

當下腦子冒出來的第一個念頭是，蘇妲雅記著我在第一次上了芬妮的那晚對她所說的話，她利用我所說的話字面的意思，在芬妮雖然只是暫時地「離開」法喀巴的時機，過來讓我肏她了。各位親愛的讀者應該記得我曾對蘇妲雅說當芬妮離開時，我可以上她（我是說真的），所以我心想，蘇妲雅現在依著我的話過來了。

「蘇妲雅，什麼事？」

「老爺！芬妮小姐要我請您過去她那兒。她躺在床上想要您呢。」

「老天爺，是發生什麼意外了嗎？上校為什麼回來了？希望沒有人受傷，芬妮小姐還好嗎？」

蘇妲雅笑著說：「老爺，沒有發生意外，也沒有人受傷。芬妮小姐人好得很，可是她的小穴好想要這個……」她握住我的屌。我沒有反抗，當美女握住我那話兒，我從不反抗的。

「蘇妲雅，我馬上過去。不過，告訴我，上校怎麼會回來？」

「老爺，他只回來一晚。」蘇妲雅坐在床緣，用著最溫柔的方式握著我的棒子上上下下地套弄；我躺著，讓她為所欲為。真舒服啊！

我想知道詳情。

「他們到了達赫拉，老爺您也曉得那是第一站……哎啊！您的肉棒真雄偉，難怪芬妮小姐那麼愛，而且您的卵蛋也是。老爺，之後您可要肏我噢，您答應過我了。」

「我會的，當然。小心點，別讓我射了。」

「不會的，老爺。芬妮小姐的小穴要把它吸出來。我只玩玩您的卵蛋就好。」可憐的蘇妲雅嘆了口氣地說。接著，她開始用指尖愛撫起我的卵蛋，感覺如此細緻美妙。

「好了，蘇妲雅，感覺很舒服。他們在達赫拉做了什麼？快告訴我！」

「噢，老爺，那邊沒有把接續的馬給準備好。上校想讓跟著從法喀巴騎來的馬繼續往前走，但車夫不肯。他們發現自己當天不可能離開達赫拉了，上校便等馬匹休息夠了之後再慢慢折回法喀巴來。他和芬妮小姐明早會再試試。現在，老爺，快來。芬妮小姐好想、好想要您啊！」

我跳起身子，繫上睡褲束帶，摸摸了蘇妲雅漂亮的小穴和奶子，吻了她，裝個樣子地頂了她幾下。我心裏很明白，只要我開口一說「蘇妲雅，我不要肏芬妮，而要妳。」她馬上就會開心地取代芬妮的位子。雖然這麼做實在危險，但我仍無意對芬妮不忠。於是在急忙無聲的準備後，我和蘇妲雅就牽著手前往上校家裏。

在蘇妲雅讓我從浴室門進屋子之前，她悄聲地說：「老爺，您別跟芬妮小姐說話，瑟文上校夜裏睡得不安穩，他可能會聽到您的聲音。也因為這樣，所以小姐房間只點了很微弱的燈火。進去吧，快進小姐房間好好地、安靜地和她雲雨一番。」

這是我第一次到上校的家裏和芬妮在她的床上交歡。我曾經在屋外和她交合過，還有幾次是在我沒提過的地方，我曾在畫室裏讓她坐在我膝上，但從沒在她自己的床上和她歡好，所以這個念頭讓我垂涎不已。雖然她已不再是處子之身，但她的床可是塊「處女地」，這感覺就好像我要再次奪走芬妮的初夜了。我進到她房裏，因為慾火攻心而心跳加速，而且屌好像已經過了漫長的一週或十天的鰥夫期，正生氣勃勃地脹著。

這房裏一片漆黑，房內雖然有微光，但微弱得可憐的光線仍照不到我僅能依稀辨識出的床上；我只能微微看出床上有個女孩子的形體，似乎裸著身子，我辨識不出任何的特徵，只能看出大略的外型，但芬妮的毛叢在這片黑暗之中較平時更顯黝暗，讓我著迷。蘇妲雅靜靜地牽著我走到床邊，壓低聲音說：「老爺，別出聲。我會離開，到上校房門口躺著。」

接著，她便離開了，消失在鄰房的一片黑暗裏。

我很高興能和芬妮重相聚，這遠比我預期的快得多。我輕輕地爬上床，擔心讓床吱咯出聲，但是這床很牢固，一點聲音都沒有。當我吻著如蜜雙唇、伸手輪流揉壓那可愛的雙乳之際，一隻輕柔但迫不及待的手摸住我的屌。我想說開口說話，但馬上被「噓！」的一聲警告給制止，同時她輕輕抓著我火燙的肉棒子，表示這親愛的女孩想要安靜地把那話兒拉進她同樣火燙的小穴裏，那穴口的肉唇早已因為期待著歡快之感而潤濕了。我小心翼翼地不讓床架發出聲響，我翻過身子，躺在她的身上，我能感覺到她燃著慾火、張開了腿，接著我在她細緻的腿間找到位子，將自己跳動著的肉棒抵住她興奮、抖動的穴口；我沉醉在終於能夠在芬妮的床上肏她的念頭裏。芬妮宛如陷入狂喜地吻著我，我的肉棒滑送進去，一如往常地撥褪下柱頭包皮，接著，讓我非常訝異地，竟碰上了阻擋我繼續深入的阻礙。

起先，我以為芬妮刻意遵循我先前的指示——我曾經教過她如何模擬處子之身的新嫁娘；只要伸直雙腿、撐住，盡可能地將腹部抬高，對著插入的陰莖抽縮自己的陰部，微微地彎著身子往邊側擺；如果她有老公的話，這樣就可以比較難讓他插入了。可是，我伸手去摸，好看看她的大腿是怎麼個擺法，卻發現她的膝蓋是弓起來的，也沒發覺肚子有刻意撐起的跡象，小穴也沒有刻意抗拒。我又再試一次，不行，真的有一道障礙，這怎麼回事？再試一次，結果還是一樣。我開始慚愧地紅了臉，心想會不會是我的老二不行了？不，他硬得就跟我第一次佔有芬妮時一樣，槓得就和他一貫在女孩的大腿間時相同。我不動聲色地快速將自己抽出，往她的穴裏伸進手指探探，我以為她可能已自己做了一塊海綿放進去，因為蘇妲雅沒叫我帶自己的海綿過來，而我自己也忘記要帶了，也許是因為這樣才會擋住吧。芬妮毫無抗拒地讓我檢查，我摸到了——處女膜！噢！毫無疑問地就是處女膜！一下子，我腦海裏閃過這念頭——床上這人不是芬妮，而是玫波。我瞇眼一看，但仍無法看清楚這張近在眼前，但隱匿在黑暗中的面容。

「這不是芬妮！玫波，是妳嗎？」我將聲音壓到底地說。

一陣宏亮、開心的笑聲回答了我的問題。我以為上校還在家裏，而且就在畫室旁邊，聽到這笑聲我嚇到了，一是因為這不是芬妮或玫波的聲音，而是艾美，二是她笑得實在太大聲了。

蘇妲雅跑了進來，她手裏端著的油燈讓她清楚看到我的手指正插在艾美的穴裏，而我臉上表情一臉訝異，艾美又笑得身子都扭了起來，她便一臉欣喜地跑來加入。

「唉啊，老爺！老爺！您真是幸運，三個小姐都認為只有一個人能和她們燕好，那就是您，戴福羅上尉了。那麼，艾美小姐，他有沒有好好地肏妳呢？」

「沒有，他不行。」艾美叫著說。

「我不行？說我不行？艾美小姐，我就讓妳見識看看！」我因為被嚴重欺騙而生氣地大叫。

話一說完，我朝她撲躺過去，往內插入勃怒的肉棒，將她壓制住、無法逃跑。我用力地將自己的興奮的「兇器」抵撞她的處女膜，她的主人方才還訕笑我哩。

「噢……噢！戴福……戴福羅……上尉！噢……！我的天啊，你快讓我斷氣了！你……你……快讓我……斷氣了！啊！噢！噢！噢！」

這次肏得有點辛苦，艾美的處女膜的韌度比芬妮的要強上三倍，比起過往我有幸初嘗的多數女生更是頑強，而且我也不想對她柔情以待，我的動作恐怕遠比我應有的態度更加粗魯。可是，若不是艾美騙我，又搶了她姊姊的男人的話，我才不會這樣對她！所以，我毫不留情地插送進去，直到我塞滿她的蜜穴，將她撐得大開，直到她的屁股被我的卵蛋撞啊撞地，撞上她被阿富汗人初嘗美妙極樂的那一點。

雖然艾美說我的肉棒插得好粗魯，把她捅得好痛，但她出口的這幾句話就說明了她跟芬妮一樣天性淫蕩——「啊！現在好舒服。」、「啊，對，這樣再一下！」、「我的老天，戴福羅，你頂得我好暢快啊！」我原本忿忿不平的心情也在初次爆發而出之後獲得平撫。我狠狠地肏她所得的，就是當我以滾滾岩漿灌滿她初次被男人內射的小穴的當下，她也源源流出豐沛的愛液以為回報。

蘇妲雅握著油燈，站在一旁渴望地看著我的肉棒和艾美的蜜穴之間的大戰，當她發覺我的動作中止、正將精華灌進寶位，加上艾美喘著氣的樣子，她「噢……！」一聲長長地呼了口氣，好似忌妒這女孩能享受到如此之樂。

「現在，艾美小姐，妳可算是被好好地肏過了！」

「對，我想應該是的。」艾美以一種通常她在思緒神遊時才有的迷幻語氣說著。接著，她彷彿從太虛神遊歸來，緊緊地抱住我，對我吻了又吻。

「艾美。很好，非常好！但我要跟妳和蘇妲雅算這筆帳，妳們兩個還真是好搭檔啊！妳們知道妳們幹了什麼好事嗎？」

「知道啊，親愛的。」艾美笑著回說，雙腿將我夾緊，因為我正要把屌根從她劇烈抖動的屄裏抽出。「我知道。我設了一個嚴密的陷阱，抓到一隻美妙的小鳥，而且我現在可把小鳥給關在籠子裏了。」

「非常好，艾美，這次算妳贏了。但是……」我的聲音因為心內憤怒的真實情緒而抖著。

「……妳不知道妳做了什麼好事。馬上放我走！」

「我不要。」艾美將我抱得更緊，用自己的屄囚住我抽出一半的棒子。「我才不要放你走。戴福羅上尉，我抓到你了，你現在是我的財產，我怎麼會讓你離開呢。現在，你肏芬妮幾回，就也要肏我幾回。從她三月跟你開始到現在，你得在我這裏補回來，讓我跟她的次數一樣多。」

「艾美啊！」我苦苦地叫著。各位親愛的讀者，我向您保證，雖然我熱愛交歡之樂，艾美也值得一肏，但是我深覺被背叛，儘管自己是在未知、無辜的狀態做了這件事，但我方才所為也足以讓芬妮心碎了。我愛芬妮，熱情地為她奉獻，世上其他女人我都不屑一顧，我不願我的屌不久前帶給她的悸動都還在她的小穴內餘韻猶存時，就肏了她妹妹來讓她生氣。艾美激不起我的慾望，我上這張床並不是為了艾美的屄，雖然感覺也不錯，而是為了芬妮的！

「艾美，讓我告訴妳妳幹了什麼好事。妳傷了可憐的芬妮的心！」

「噗！哈哈哈！我在乎什麼？噢！讓她心碎，是啊是啊！噢！可憐的芬妮。我好同情她啊。我倒想知道她為什麼比我或是玫波更有權擁有你！她又不是你太太，如果有人聽到她說的話，還有你的，戴福羅，大家可能會以為世界上沒有露伊這號人物存在。我告訴你，我跟芬妮一樣，不多不少，都有權擁有你。你小心了，如果你拒絕跟我燕好，你也永遠別想再肏到她了，我向你保證！」

我覺得艾美這番話並非虛張聲勢。她曾說過無法想像自己會和男人上床，要光著身子和同樣赤裸的男人裸裎相見更讓她嚇得不敢多想。但是，她現在卻是赤精大條地躺在我同樣赤裸的懷裏，而且一心想交合的人也是她，不是我。顯然她先前的想法已經截然不同了，她的語氣、姿態就像個意志堅決的女人，知道自己想要什麼。如果用溫和的手段仍沒辦法達到目的，她也知道如何把這東西弄到手。我和芬妮之間的甜蜜關係會不會結束的關鍵，很不幸地，完全掌握在艾美手中。我靜靜地躺在她懷裏，思考著該如何從這惱人的難題中脫身。

「艾美，妳怎麼知道我上了芬妮？」

「我怎麼知道？戴福羅上尉，你真把我當傻子嗎？我就睡在芬妮房裏，你真以為她這樣每晚偷溜出去，我都不會發現？你以為我不會像你一樣把兩件事兜攏在一起得出答案嗎？我至少五個月前就知道了！我罵過芬妮，她也無法否認，而且她自己也告訴我你們怎麼在她生日當晚趁著大家在玩牌時交歡了兩次。哼！我不在乎，我認為她是自做自受，不過我漸漸地覺得，就像蘇妲雅常告訴我們的，能被肏應該也不錯，所以當我聽到芬妮要和爸爸到倫普耳時，我就和蘇妲雅計畫要設陷阱抓你。現在，嘿嘿。你希望我去倫普耳，但我現在人可是在這裏。你想要芬妮的小穴，對吧？但現在你在我的屄裏邊，我想我的也不輸給芬妮。而且我的胸部還比她的漂亮，也更大，毛又比她多。不過，我想你也沒有理由抱怨芬妮的不夠好。」

我明白跟艾美再說下去、告訴她我和芬妮是有感情的也沒用。在她眼中，我和芬妮之間的關係只有性而已，沒有更高尚的東西。

「所以啊，我親愛的戴福羅上尉，你看，現在你有兩個太太在印度，一個在家鄉，噢，也許是三個太太在印度，因為我知道玫波也想讓你肏她呢。你一定得照辦。」

「我不要。」我氣急敗壞地大喊。

「哎啊，親愛的，你會的。事情就這麼簡單，你真的愛芬妮嗎？你真的像你所說的那麼喜歡她嗎？」

「艾美，妳不知道我有多喜歡她。」

「非常好！那我想，如果發生了什麼事，讓你沒辦法再肏她，你一定會很難過得要命吧。」

「住口！」

「噢，我會的。我會挑某個晚上裝裝病，叫爸爸過來，讓他發現芬妮的床是空的，而且蘇姐雅也不在屋子裏。戴福羅上尉，我想芬妮之後就見不到你的肉棒子囉。」

我哀號了一聲。

「男人真是混蛋。」艾美半是生氣半是訕笑地說。「我倒想知道有哪個男人這麼幸運，能夠一次擁有三個漂亮的女孩子當他的後宮嬪妃，卻還會被這主意給嚇到。戴福羅上尉，現在你可得小心你說的話了。這筆交易我們就這麼說定好嗎？你答應當玫波和我想要時，就得跟我們燕好嗎？要是你不答應，那可能就得跟芬妮說再見囉。」

雖然我跟各年紀的女人有過不少往來經驗，也常在她們的穿針引線之下嘗到另個小穴的滋味，但從來沒被像現在這樣給對待過。如果我不跟艾美和玫波交合，我就會失去芬妮——這實在太矛盾了！我覺得自己就像被艾美擒住的小孩，而且我錯以為如果我肏了芬妮的妹妹們，那我便會失去她，但剛好相反，事情似乎全然不是如此。我心裏起了個小小的念頭，心想，慣常的法則在現在這情況中是行不通的，我若要保住仍能佔有芬妮的小穴的機會，我還得肏她的姐妹才行！

「艾美，我覺得妳非常地鐵石心腸。除了投降之外，我想也沒有別的更好的辦法了，我人在屋簷下，不得不低頭啊。」

「謝謝你的恭維之詞。這惡魔現在可是很滿意自己有個美妙小穴，還有她的愛奴在接下來的夜裏會怎麼娛樂她呢！」艾美笑著說。

蘇妲雅眼神驚訝、茫然地看著，聽不懂我倆之間以英語進行這番對話。可是當艾美將對話的結論告訴她，說我不僅答應會持續地和艾美交歡，也會和玫波雲雨，蘇妲雅高興地說：「噢，老爺！我現在真的好高興，玫波小姐要是聽到了，也一定會很開心的！」

我請蘇妲雅到我家裏拿浣洗器和海綿過來，也叫艾美起身，好讓我幫她清洗她的小穴，她真的很需要清洗一下。蘇妲雅走出門，艾美爬起身子，當然，床單沾滿了血。當艾美看到床單上的血漬時嚇壞了，但我安慰她說，沒有哪個女孩處女膜真的破了時不流點血的。不知是我語調較先前更為溫柔的原因，或是我的安慰之詞觸動了她內心的感謝之情，她將手擱在我腰間，抬起臉、溫柔地吻了我。

「啊，戴福羅上尉，現在，我們來當真正的好朋友吧。因為我們要交歡，所以不吵架了，好嗎？」

這樣荒謬的問題就像根棍子用力地敲在我頭上，我不禁打從心底笑了出來。我看著艾美，她全身赤裸，我能清楚地細看到她的身軀，她真是個美麗的女孩。不管是她的頭髮或是私處毛叢，毛色都比芬妮的來得深，而且更加濃密。她的手腳、大腿豐潤白皙，腰枝比芬妮更細，而且臀又比她姐姐來得寬，她的雙乳漂亮、圓潤、飽滿，乳尖色如珊瑚艷紅，和芬妮相較之下也大了三分之一。她的雙手雙腳小巧細緻，形狀好看；姣好的鵝蛋臉上綴著一雙深色汪汪大眼，這一切讓她看來如此誘人，讓我的「後宮」再添美妙。在看到這一切美麗景致後，我的怒氣以及對芬妮不忠的誠心懊悔開始淡去。艾美接收到我的手對她的撫愛和我的唇給她的激吻，讓她驕傲了起來。她判斷得沒錯，因為若不是自知她的美麗如此真實，她也不會這麼快地就得到我的寬恕，從她對我的殘酷對待中脫罪。

「來，戴福羅上尉，快來幫我清理一下，等會兒蘇妲雅回來時讓她發現我們在做愛吧。」

清洗工作很快就結束了。艾美先前從沒見過我的肉棒和卵蛋，當然也沒看過其他男人的，雖然她屁股曾經被插過好大一根。因此，在她幫我清洗的時候，她延了一點時間，好好地享受眼前景致，感覺一下這寶貝。

蘇妲雅回來的時間正好，看到我又重返艾美腿間，顯然興致勃勃地看著我第一次心甘情願地肏著艾美。蘇妲雅就像個天性好淫的女人，在我背後從我的腿間把玩著我的睪丸，更讓我舒爽暢快。艾美似乎樂昏了，我每個迎送過去的戳擊都將她拋向狂喜之境。我想，瑟文夫人的天性必然也曾如此，而且我也知道瑟文上校對男女交合亦是十分熱衷，芬妮和艾美絕對承繼了父母對感官享樂的性格。我很幸運，能當第一個用慾望啟發她們可愛的小穴，讓她們舒服得悸動、淌流不已的男人。

艾美和我再一次地用最甜蜜的方式度過了剩餘的夜晚。清晨四點，她得離開，回到柯貝特家裏，她今晚就是從柯貝特家裏溜出來的。我和艾美已經信任彼此了，我盤算著要讓她承諾短時間內不會堅持要我去肏玫波。我苦苦哀求說，可憐的芬妮也許會原諒我和她上床，但要期待芬妮能接受另外兩個小穴要跟她共享我的肉棒子，這就太超過了。可是艾美心意堅決，要求我嚴守交易約定，最後協議在芬妮回到法喀巴之前，我每晚都得和她歡好，如此才願意答應我的請求。我樂意地默許了，我們同意每晚十點我得在現在這同一地點和她相見。由於柯貝特一家人習慣早起，通常在九點就會睡了，艾美可以輕易地在時間內依約前來。蘇妲雅為玫波覺得難過，不過，我至少還答應了蘇妲雅在時機適當時我會和她歡好，她只希望我不會拖太久。

我們一起離開瑟文家裏，我身上只穿了一件內衣、睡褲和輕便的拖鞋，蘇妲雅和艾美陪著我直走到我住處門口，我們火熱又激烈地互相親吻、愛撫。艾美心情愉快甚至不顧禮節地要我在給她最後一吻之前也該戳戳蘇妲雅漂亮的棕色小穴。我的手指因為接觸了這兩朵綻放的花苞，事後依然顫抖著。我疾疾地走回家裏，腦子裏只想著自己何其幸運，能在艾美漂亮的腿間度過美好的一夜，盡情享受到她讓人難以抗拒的歡愉，這歡愉不僅來自於她的小穴，也來自於她奇怪、不成體統的想法。經過了今晚這些事情之後，我對芬妮的歉意已經大大地減緩了。

如今一回想起這些過往歷史，我心中還是不免傷痛。我並不抗拒艾美的小蜜穴，那真的非常可口；她的私處是非常細緻的那種，我著實享受其間感受。對我而言，她的私處是個全新之地也佔了優勢。這身在印度的漂亮女孩所擁有的那朵初初綻放的花苞，是被我給摘下的，而且她對感官之樂非常敏感，對我猛力的伺候也是豐沛地「湧泉以報」，可是……唉……好多「可是」，我若不是這麼地給困綁住，我應該會更快樂些。我不明白女人若是在逆著自己的意願、在不同意的狀況之下和人交合會是什麼感覺。除了我上述所言的身體上的感受之外，其他感覺絕對都只有痛苦吧。一旦芬妮聽到我在和她歡好之後還不過二十四小時，我就在她妹妹的腿間抽插，而且接著之後的每個晚上，我都還跟艾美交合，她絕對會非常非常地難過。

艾美當然不讓我休息，我想她不知道要榨乾男人並非不可能之事。因為她覺得自己隨時可以上床歡愛，便認為讓肉棒硬起來是男伴應盡的義務。還好我天賦異稟，若依我的女伴們曾對我說過的話來看，我想我這樣的能力倒是其他男人少有的。我能應付艾美的需索，從沒讓她失望過。事實上，要是我們繼續這樣夜復一夜地做下去，我相信她會是第一個說「我夠了」的女人。艾美早已準備妥要和芬妮分享我的肉體，而且她真的希望我也可以肏玫波。

但多年後的今天，艾美觀念變了。她現在已經結了婚，也閱人無數，在她一個禮拜前寫給我的一封信中，她語帶懺悔地表示她很後悔當年在法喀巴時竟是那樣地對待我，她當時不懂自己得到的是何種珍寶。我很高興現在能聽到她這麼說，但當年在法喀巴，我被她視為性工具時，我可沒享受到多少快感。

上校到了倫普耳後只寫過一封信回來，芬妮則是根本沒寫。當她回來之後，她告訴我她那時好想寫，但又怕她爸爸會問東問西，也許還會看她的信。她說一旦自己動了筆，筆下一定會無法自持地說出那些她常在我倆裸裎相見時會對我說的激情字句。

所以，她想，除了簡單的字條之外最好還是不要寫信。

在大家期待上校和芬妮從倫普耳歸來的那天，當我起身穿好睡衣睡褲、眼裏看著艾美這個折磨我平靜的心緒、打破芬妮對我的肉棒和卵蛋獨占性的女孩正赤裸地躺著。她開口說：

「噢，對了，戴福羅上尉，我這兒有東西要給你。」

「是什麼？」

「噢，是芬妮寄來的信。」

她伸手到枕頭底下抽出一張小小字籤。她把信籤擱了一整夜，「忘記了」要早點拿給我。

「艾美，妳怎麼不早點拿給我？」

「我忘了。」

「妳明知道我愛芬妮。艾美，妳真殘忍。」

「噗！我會在乎嗎？芬妮如果知道我們的事，她一定會暴怒。」

「她會心碎。」

「胡說！她會大哭大吼，狂喊你和我的名字，戴福羅上尉，噢！她還會把你的眼睛給挖出來！」

「我會把事實的真相一五一十地告訴她，艾美。如果她能原諒我，我會很高興。但是，她會原諒我嗎？」

「她當然會原諒你，祝你幸運囉。戴福羅上尉，我比你還了解芬妮，她會試著原諒你的。她會先狂罵、咆嘯又威脅，但如果你冷冷對她，讓她知道對著木已成舟的事情哭鬧是沒用的，但她若是願意接受的話，後邊還有更多甜頭可嘗。你若這麼做，她很快就會安靜下來。芬妮不會笨到不明白『有總比沒有好』。不過她很貪心，從來不願意和我共享你；但現在她不得不了，活該！而我很高興你不喜歡肏我，因為你一樣也活該！」

「可是，艾美，我真的喜歡和妳歡好啊！如果只是上床的話，妳就跟芬妮一樣地好。」

「如果只是上床！我還真感謝你啊！除了芬妮的屄之外，你若說你還在她身上看到了什麼，我才不會相信！不，戴福羅上尉，我不相信。你會生氣是因為不管你喜不喜歡，你都得和我上床，這才是讓你生氣的原因。如果不是因為這樣，就算你同時擁有芬妮和我，還有玫波、蘇妲雅，甚至是全法喀巴的女人，你都不會對芬妮心有歉疚。」

雖然從肉體的觀點來看，每個小穴也許同樣誘人，每個女孩也同是年輕美麗，但是，是

「愛」才讓其中某人與他人有所區別，讓她變得遠較其他人更顯誘人。我想，試著讓艾美明白這道理也是沒用了。我帶著厭惡的情緒離開，心裏也因為自己控制不住老二，甚至情不自禁地坦承艾美的確是個完美、獨特的床伴而惱怒。

在走回家的路上，我讀著芬妮珍貴的字籤；我期盼著她再在我懷抱裏，心中滿是歡喜和愛意，我可憐、親愛的女孩啊！她看來一點都不懷疑在她離開的這段時間裏，艾美或是其他人可能會佔據我心。她完全沒猜想我會利用她在倫普耳這段時間染指艾美或玟波。她說，在她回來之後，希望會聽到我並沒忘記艾美和玟波是她的妹妹，而且我會因為她的關係而好好地對待她們倆，會到柯貝特家去探望探望。她猜想，姊姊和爸爸不在時，她們倆一定都很寂寞。

芬妮的這張字條讓我內心十分痛苦，當她發現事實真相時會說什麼？真相應該會讓她氣絕，她這麼地信任我，從沒料到會有情敵出現，也不知道她將看到這最可怕的對手、敵人竟是自己的親妹妹艾美。艾美設下的這個局真是老謀深算又工於心計啊！在下手行動之前，她又是耐心地潛伏了多久！在這些詭計中，我看到了蘇妲雅插手其間，沒有別人，就是她，或是某個被她這當地人掌控住的人，才能像艾美所為的那樣，不管是靈魂或感官皆能如此地沉著冷靜、伺機潛伏。艾美和我交歡時，她並沒有顯得過於冷靜或沉著，她的反應火熱、狂亂，我絕不認為她對我的肉棒和卵蛋所帶給她的滿盈歡愉毫無享受之意。她必然忍受著無法滿足慾望的真切痛苦，就像斯巴達的男孩子忍受折磨一樣，她表面看似平靜，底下肉體卻承受著猶遭齒嚙的慾望之苦。我敢說，她必定是想起了這些強烈的痛苦，才會以如此殘酷尖刻的所言所為對待我。但是，她現在已經被好好地肏過了，心情平復許多。也許當我先安撫了芬妮，平息了一場足以引起大災難的風暴之後，無論如何我們還可以繼續這麼做，好讓艾美的個性變得和善些。但如果芬妮表明了不願再讓我碰她，那我也會決定不再碰艾美。既然艾美這麼喜歡交和之樂，她也許就會發現，任何想駕馭男人的愚蠢企圖，最終可能會引起男人反感，失了我的肉棒這塊她剛占據的領地。

帶著滿腦子的混亂思緒，我躺了下來，但無法成眠，好幾個鐘頭就這麼地過去了。日光亮起，無數的生命跡象逐一顯現，鳥叫、蟲鳴、動物吼聲和人聲走動，但是我沒太注意周遭聲音，思緒一直停在「芬妮會怎麼說？」和「我該如何重新贏回她的愛意和仰慕之情？」蘇妲雅這狡詐的詭計和陰謀！願惡魔帶著她和艾美直下地獄！

當讓人發怒的原因消散之後，罵罵髒話就能讓人情緒減緩了，可是，唉，現在罵再多髒話、說多少詛咒都無法緩減厄運將至所帶來的痛苦折磨；要不然，憑我罵的髒話之多，早就把頭頂上這悲慘情緒都給吹得煙消雲散了。

芬妮和上校在晚上七點後才會回到法喀巴，因此艾美和其他小孩子在時間快到之前都不能離開柯貝特家。我是在寫信給芬妮的時間中度過這最可悲的一天的。我在信裏試著向她解釋發生了什麼事，必要時暗示罪在艾美，好為自己開脫。

不消說，我一切努力全是枉然。每封新寫的信似乎都比前封更糟糕，最後全被我撕毀。親愛的讀者啊，但願你們無人會碰上如我所承受的這般折磨。要是我能對這陷害我背叛芬妮的惡意預謀多小心點的話，事情也不會變得這麼糟糕。但我如今身陷如此境地，被逼著去做些我無意為之的行為，這才是我精神上最大折磨的主因。假使我把事實真相告訴芬妮，她會相信我嗎？她難道不會義正嚴詞地說我大可不必繼續和艾美歡好？

唉啊，她又不像我一樣有肉棒和卵蛋會驅使我。她也很難理解，為何為了要讓艾美心情好，我得繼續肏她；我現在真的覺得自己手中已無好牌可出。如果我覺得和艾美歡好是件樂事的話，那我仍會禁不住地持續下去。當我的肉棒子接近艾美的小穴時，我真的無法避免我的肉棒勃發、揚脹而起。屌就像槍一樣，敵人可以奪下它用來對付原主人，不管槍口對的是敵是主，這把槍射得還是一樣直、一樣有力，而且無情。我的老二眼裏看到的芬妮，是她兩腿間那甜美可口的小穴，而在艾美腿內看見的也正是一模一樣的東西，他的慾望就是哪個比較靠近，他就鑽進那個。這當然不是對每個女人都一樣。他曾經鑽過麗茲．威爾森的屄，但麗茲的可絕不會咄咄逼人、發號施令。你看看艾美，她多想被肏，而且她有一堆朋友，這些男人如果有機會肏到她可是全都會樂得很，但艾美從不對他們任何人暗示自己的慾望。再看看玫波，如果她有甚麼不同的，就是她比艾美更糟糕、更火辣，各位讀者不久就會看到她幹了什麼事。我的肉棒一直都對玫波的小穴蓄勢待發，若不是我果斷地克制住，這東西早就鑽進去了。唉啊，怎麼讓女人明白「勃屌無良心」這道理呢！

萬事皆有終，那可怕的一天也要結束了，但得等到我寫下最後一封給芬妮的字條才算告終。我在字條裏說，因為某個非常特別的原因，請她別過來找我，這原因在我翌日找到機會時會盡快告訴她。我帶著這張字條到柯貝特家去找艾美，我們倆一起走往花園，她不讓玫波跟著一起過來。

「唉噢，戴福羅上尉，你的臉色看起來真的好差，白得跟鬼一樣。你這麼怕芬妮嗎？」

「我不是怕芬妮，不管她會說什麼，都比不上我的良心對我的譴責。不過，臉色差是因為今天早上回家後，我根本無法闔眼休息。」

「哈哈哈哈！」艾美大笑，既開心又愉快地、好似我說了什麼非比尋常的趣事妙聞。「唉啊，我真喜歡聽你這麼說。戴福羅上尉，你真是個笨蛋，我想你必定覺得自己是個沒用的男人。如果我是你，要是芬妮那麼難過的話，我會對她說：『芬妮，妳聽好！妳可以選擇我或是離開我，兩種選擇對我來說沒有差別。我沒辦法跟妳多做幾回，因為我有兩個屄要肏，不是只有一個而已。如果妳離開我，那艾美就可以全包了。』」

「艾美，這話除了傷人之外更是羞辱。」

「那又如何？這難道不是事實嗎？」

「妳毫不顧慮芬妮聽了這些話讓會痛苦不已。」

「痛苦！你倒是禱告一下她會顧慮到我承受過什麼樣的痛苦。她從來連問都不問我是不是也想像她一樣跟你溫存。姐妹間應該要共享，我只是要我的那份，不是要把你從芬妮身邊徹底劫走，但我也要跟她一樣和你好好溫存。」

「那麼，現在如果所有關係都結束了，我也不會驚訝。」

「怎麼說？」

「因為我料想芬妮在聽到消息之後，會深受打擊地陷入瘋狂的精神狀態，可能會跑到妳爸爸面前不經心地說些什麼或做出什麼舉動。如果上校知道發生了什麼事，他必定會出手阻止我繼續和他女兒們燕好，比方說，他可以輕易地將我調離到別的駐地，就像我當初把拉維調往貝納爾一樣，沒有人需要知道原因。那麼，如果和男人上床是妳們追求的，那妳和芬妮就得再找個新男友囉。」

這番話讓艾美陷入長考，她完全忽略了在她這麼順利地戰勝芬妮之後可能會產生如此的連帶影響。

「戴福羅上尉，這番話倒是值得讓我想想。」

「的確啊，艾美，的確值得妳好好認真地想一下。妳願意幫我一個忙嗎？」

「什麼忙？」

「妳願意為我把這張字條交給芬妮嗎？」

「你裏邊寫了什麼？」

「我只寫了叫她今晚不要過來找我。」

「你有告訴她發生什麼事嗎？」

「沒有！」

艾美安靜地逕自往前直走，顯然正思索著該怎麼做才好。我猜她原本打算狠狠地向芬妮吆喝示威，但我的警告之言讓她開始重新盤算起來。當我們走近馬廄，艾美原本扭著我的字條，突然抬頭一看。

「噢，我們走到馬廄這兒了。」

「是啊。可是，親愛的艾美，我現在真的沒辦法做。」我讀出了她心裏的念頭。

「說什麼鬼話，我可沒開口要你做。不過，現在你既然都說了，你就得做！」她紅漲著臉大喊。

「艾美，我真的沒辦法。」

「鬼扯。戴福羅上尉，來，我現在馬上就要。如果真如你所想的，事情絕大多數的關鍵操縱在芬妮手中，現在這次也許是我最後一次和你歡好的機會了，我才不要浪費這好機會。馬上進來馬廄，做你該做的事。」

「艾美，我會進去，但我現在沒辦法和妳交合，妳會發現我說的都是實話。」

我走了進去。

「你現在給我說明看看。」艾美說。

「這就是最好的說明。」我解開胸束帶，脫下褲子，「艾美，妳來看看，看有沒有辦法把他放進妳的穴裏。」

艾美掀起我的衣服，看到了她認為絕不可能發生的狀態。我的屌了無生氣地垂著，而且我的卵蛋也鬆垮垮地懸在一個疲軟垂長的囊袋裏，所有的跡象全顯示過度疲憊的徵狀。

「你騙人！」艾美跺腳生氣地大喊，「你馬上讓他硬起來，有沒有聽到！啊！你讓他硬起來啦，戴福羅上尉。」她語氣哀求地說著。「不要對我這麼壞。」

我聽到她這麼說，心裏真是苦樂交雜。樂的是因為聽到她認為我是我老二的主人，可以隨我高興地讓他或硬或軟；苦的是我真的沒辦法依她要求地肏她，因為我覺得若是我現在能讓她滿足的話，她的心情會好起來，就比較可能會放過芬妮一馬，不會那麼耀武揚威地對芬妮宣告她的勝利。

「親愛的艾美，如果我辦得到的話我會做。可是我需要睡眠啊，加上這整天對芬妮的緊張焦慮感幾乎都快讓我斷氣了。不過，妳來試試，看妳自己能不能讓他硬起來。我真的沒耍妳，如果我行的話，我也很想和妳歡好。先讓我們在草堆這兒躺一下吧，在妳用手試試的時候，我也來好好感受一下妳的柔軟好屄。」

我們躺了下來，艾美摟住我，當她以最淫蕩刺激的方式握著我的肉棒、捧著卵蛋的同時，眼光偶爾會熱切地看著我的臉，看我是不是在騙她，但無論她再怎麼試仍是毫無起色。我的身體和精神都很疲累，雖然我的囊袋在艾美手指輕柔的搔弄之下已經慢慢地縮緊起來，但棒子還是依舊疲軟。

這樣的相互愛撫了十分鐘左右，我從她漂亮的腿間抽回沾滿她愛液的手，說道：「艾美，我們恐怕得打消這念頭了，我的老二死透了、太累了。」

「你的意思是他太固執、太自私。」艾美暴怒地說。「你這王八蛋，這是賞給你的！」她對著我的老二咆哮、突然狠狠地朝他打了一巴掌，這一巴掌打下去，不僅狠狠地傷了我，也讓我的卵蛋陣陣抽痛。

「噢！啊！艾美妳打傷我了。」

如果說，這世上有什麼東西能讓女人暗暗存有溫柔惻隱之心，那一定是男人的卵蛋和肉棒。我的讀者啊，您想一下，幾乎每個人都一定會回想起這樣的例子，你們認識的女人如果聽到男人身上哪邊受了傷，恐怕只是冷冷地沒反應，惟獨聽到男人的老二受了傷，才會感同身受地同情起來。艾美也不例外。

當我胯間、下腹都劇烈地悶痛而翻身臉朝下時，她抱住我。「噢，戴福羅上尉，我真的不是故意要傷他。噢，可憐的小東西！」我感覺到艾美的手沿著我的鼠蹊摸來，起先我稍有抗拒，但一片鋒利的草尖剛好划過我的肉棒，我趕忙挪動身子，這一動就讓艾美摸到了她想好好撫慰的地方了。突然間，因為我已痛得毫無知覺，我十分訝異地聽到她大喊：「噢！戴福羅上尉，他硬了，他硬起來了！他硬得好雄偉啊！」

我方才所受的痛苦非常強烈，但它就像牙痛、突然地抽動一樣就過了。艾美的驚叫似乎讓這痛苦全都消散而去，現在我能感覺到自己真的堂堂勃起了。我好感激艾美，便轉過身子攫她入懷，在我將她推倒之前吻著她，進到她渾圓雪白的美麗大腿間。她急忙掀開裙子，好似深怕我的肉棒會像方才脹起那般快速地轉眼消退。這真是一次美妙的交合，徹底愉快的歡好！最後，當我的下腹仍緊緊抵著她抖跳的下腹，享受著她甜美、刺激、滑潤的小穴滋味時，我無法自制地說：「噢！艾美，快說服芬妮。往後我們就可以像這樣多來幾次了。」

方才發生的這件事對我有利，讓我對芬妮又多了點希望，因為我讓艾美的心情遠較先前更好。艾美從沒料想到我的屌會垂軟不起，加上瑟文上校要是發現我肏了芬妮可能引起的後果，這兩件事多少都影響了她原有的盤算。雖然芬妮要是聽到我和艾美的事會生氣、難過，情緒多少會崩潰，但這些絕對都比艾美再火上加油地以尖酸、得意洋洋的言語羞辱她來得好。我確信，艾美原本絕對會以姐妹鬩牆的方式準備對付她姊姊。

自從我成為駐地參謀官之後，我就無須和部隊在食堂內共餐，因此我便好好地利用這個身分帶來的便利，很少連續兩晚在部隊裏吃飯。事實上，這是因為我對食堂伙食的厭惡已到難以言喻的程度了，我不認為這東西有人能連續吃上幾天而不厭惡的。但是今晚，我開心地到食堂和我的同袍弟兄們共餐，因為和他們閒聊有助我打發在和艾美最後一回交歡之後，以及與芬妮見面之前的這段煉獄似的時間。

我知道我最好大無畏地勇敢面對問題，在回家的路上，我順道去了瑟文上校家拜訪，我寧可期待發現芬妮病了或是不能來看我，但是，沒有，那甜美的女孩就在這兒，又喜悅又開心地，顯然她還不知道我糟糕的不忠行為。看來艾美絕對還沒將我的字條交給芬妮，因為可憐的芬妮還趁機會在我耳邊悄悄說她很好，等晚上過來找我的時候有好多話要對我說。若說到偽裝，艾美絕對是個絕佳的例子，她演得非常好，在各方面都裝得跟芬妮到倫普耳、我和她上床之前一樣。

艾美對待我的方式著實讓我訝異，自從她在腿間設下陷阱網住我的那一刻起，她就完全不像以前的艾美了，她突然變得自大、跋扈、鐵石心腸，而且又有女人家的任性不講理，種種誇張行徑讓我瞠目結舌、臣服在她妄尊自大的魔力下。她會突然地暴怒跳上來，狠狠地打擊我。但是今晚，她的樣貌舉止、說話語調又變回了以前的樣子，讓我難以相信在過去這週我們至少做了五十幾次。唉，我的老二今天下午拒絕為她挺立，這樣不舉的現象在芬妮前去倫普耳之前可從沒發生過。那段過往時光雖然距今不過才一週，但似乎已是許久許久以前的事了。直到艾美甩了他一巴掌，接著又靠近我之後他才勃脹起來。以前，這個壓抑不住的器官會在芬妮靠近之前都乖乖地待著，等到她親近了才會讓他興奮、勃昂、脹大。但是今晚，這東西在一察覺到艾美的小屄走近時，他就已變得硬梆梆了。

之後，我回家去，明白風暴即將到臨，因為我知道當芬妮和艾美晚上就寢前，艾美絕對會說出所有事情，芬妮會變得既怒又悲，而且發誓絕不再見我了。

我沒睡，而是坐起身子，腦子因為疲倦和緊張而嗡嗡做響，但是我好累，也知道自己就算上床去也睡不著，於是便在半睡半清醒和痛苦的心緒狀態中呆坐著。突然間，我被嚇得清醒起來，因為我聽到芬妮疾快的腳步聲正走向露台，在我還來不及起身之前，她已經衝進我房裏了，彷彿她的性命或是其他值得擁有的事物都懸在她的迅速動作上。她一臉慘白地杵著望著我，我看了一眼她的表情，明白她已經知道了。可憐的芬妮，親愛的讀者啊，告訴我，您知道這世上還有什麼會比發現自己深深信賴、心靈全然深愛、奉獻的人竟是個虛偽叛徒更讓人痛苦傷心的？芬妮在愛上我之前從未和人相戀過，她滿心地將自己的心靈和身體毫無保留地全獻給了我，而且她也像信賴天神似地相信我。

她呆站地看著我好一會兒，漂亮的眼裏流露出心中痛苦，卻也帶著一絲猶豫是否該相信這個她如今已明白為真而不是惡夢的消息。她的雙唇微張，好像要說些什麼，但卻無語。她的胸口狂亂起伏，儘管心中掙扎，她漂亮雙乳的乳尖仍像要從上衣蹦彈而出。芬妮激動中的樣子我已見過好多次了，但從未見過如現在此般的模樣，她的表情讓我迷惑了，她似乎想要讀出我靈魂最深處的思緒，但我依舊沉默無語。

「噢！查理，告訴我那不是真的！你為什麼這麼做？我從沒想到我的查理會對我這麼、這麼地殘忍。」她突然大喊，隨即低下頭開始啜泣、嚎啕大哭。

這太糟糕了，我這輩子從來沒這樣。我跳起來，走向芬妮在她身旁坐下，完全不敢伸手用我骯髒汙穢的手指去碰這女孩。

我們就這麼地坐著、整整五分鐘之久，直到芬妮揚起淚流滿面而且更加紅漲的臉，泊泊淚流地看著我，接著倒在我懷中。我攫住芬妮，吻遍她還因為噬心之痛而顫抖不已的臉，她並沒有抗拒，讓我將她緊攬入懷。我牽著她來到椅子邊，在她依然啜泣流淚的同時，我讓她坐上我的腿，躺靠在我身上。

突然，她坐直了身子看著我，說道：「你為什麼不告訴我？你也哭了！你在哭什麼？」

「親愛的芬妮啊，因為我克制不住啊，我無法看著妳、我深愛的女孩，身陷如此悲傷情緒，而自己卻無愧咎之心啊！」

「我真是笨才會過來你這兒。讓我走，我永遠、永遠都不要再跟你說話了！」

「別走！」我大喊地抓住她。「芬妮，妳別走！妳只聽到一方的說法，妳得聽聽我怎麼說，這樣對我才公平。我向妳發誓，我從未有過一絲一毫對妳不忠的念頭，我一直到進入艾美的體內時，才知道和我交歡的人並不是妳。」

芬妮她愛我，這是她願意耐心聽我說話的唯一解釋。在她深深受創的心裏，仍希望找到緩解我罪惡的機會。倘若僅是她的驕傲受創，那她必不會、也不能原諒我，但是愛情能包容無以數計的罪，芬妮不只耐心地聽我說，神情更是激切。

當我將初次和艾美的經過再說一遍，坦言自己無法抗拒艾美腿間如花綻放、無比誘人的小穴之後，芬妮這個懷著與我同樣強烈的激情、和我對肉體之歡同樣敏感的女孩終於能夠明白。

我接著將故事說下去，好證明自己雖然喜歡她妹妹的小穴，但我卻不愛艾美，我全部的靈魂都牽繫在她的身上。最後，她環抱住我的頸子，吻了我，又哭了起來，但這一次不再哭得那麼生氣了。她的激烈情緒已被馴服。

我們坐著、談了好幾個鐘頭，芬妮非常明白她的立場了。芬妮太愛我，以至於無法實現在氣頭上所說不再見我的威脅誓言。而且，很顯然地，她得馬上同意和艾美分享我，之後再加上玫波。她記得自己曾說過關於男人納妾的事情，便苦笑地恭喜我能在後宮納入三個漂亮的女人。看著她變得開心點，我的心情也愉快些了，於是我冒險地解開她上衣的繫帶，讓她美麗的雙乳坦露出來。我的唇激情、貪婪地吻噬著，讓這女孩幾乎因為高昂的情緒而昏厥過去。她將一雙美麗的乳房從我饑渴的唇間挪開，吻上我的唇，從最頂端開始一顆顆地將我褲襠釦子全數解開到底，她將小手伸進去，拉開我的襯衫，握住我那根槓直、不知羞恥、毫不臉紅、大膽地直盯著她瞧的肉棒。

「對，我的查理不是叛徒。你這個壞東西才是！」芬妮對著肉棒大喊。

好嚴厲的字眼，可是，摸得我好舒服。恐怕我的老二就像伽利略一樣無心聽她口中所言，一心只渴望著他曾初啟的那扇可愛的門。歡喜的和解收場。一會兒之後，芬妮裸著美麗的身子站在我面前，下一刻便在我呈獻給她的狂喜歡愉所帶來的抽搐顫抖中，忘卻了先前所有的憤怒。

蘇妲雅喚醒了我們。她這個漂亮的叛徒高興地發現我倆赤裸地躺在床上，芬妮原本要和她大吵的，但她聽了我的話，吞下了難免的難過情緒；而我們最後一場的狂歡交合更是在這漂亮的印度女子和天生老鴇的眼中進行的。蘇妲雅在我駐留印度最後的三四年裏，除了提供她自己的之外，更是幫我找到不少甜美小穴的好幫手。

現在啊，各位讀者，您可曾想過事情的結果會如此發展？我們摯愛的維納斯女神難道不是站在我這邊嗎？我在我們的情愛世界裏每個峰迴路轉之處，都看見了她神聖、慈愛的手，而且再也沒有人比我更虔誠地崇敬她了，因為我從不錯失向她在我可愛的妻妾們的腿間那處神聖的祭壇供上我奉獻馨香的機會。

那些銷魂的夜晚啊！那些我猶如天神、和赤裸的仙女嬉戲打鬧、縱情歡愉的時光就在一人的懷中和另一人的腿間流逝而過。從這個小穴到另個小穴的過程更賜予我嶄新的生命和更加飽滿的精力！但是，唉！芬妮和我之間的感情卻已沉淪，我們已不再、更無法回到像往昔對彼此的感情那般地純淨與深刻了。

現在，我將告訴您，我最終如何在交歡時刻灌滿玫波她的歡愉聖杯。說完之後，我就要讓這段我和美麗誘人的瑟文家三姐妹的情緣故事告終了。

不論芬妮或是艾美，她們似乎都不急著要我和玫波交歡。從芬妮的立場我們當然可以理解；不過，至於艾美，各位親愛的讀者可能還記得，她曾要我一定得讓玫波分享我的男根和卵蛋，但是經驗讓她明白了一整塊麵包比半塊好，而半塊麵包又比三分之一塊來得佳，所以我就沒再聽她提起我必得和玫波交歡的要求了。但是，玫波免不了地知道我夜訪她爸爸家的事情；我有點懷疑她常從簾子後目睹到我和她姊姊交歡的畫面，激切地想加入。而且，我確定蘇妲雅也會毫無顧忌地鼓勵玫波來分一杯羹，而接下來就是她如何得逞的故事。

6 終章

在某個天氣涼爽舒服、令人愉悅的十二月天裏，當我正準備出門去拜訪朋友時，我看到蘇巴堤太太急忙地從傭人房跑出去。我猜一定是上校想打個晨砲，來我這兒了。我想見見他，但心想應該等他舒服完了之後再去較好。雖然我和他之間心照不宣，只要他想要，隨時都可以在我住處和蘇巴堤太太交歡，但我們依照規矩，不會在那場合相見。因此，除非我恰巧撞見他在蘇巴堤太太的腿間快活，或是看見蘇巴堤太太走過大門口，不然我很少會知道他這舒暢的約會確切的時刻。

因此，我坐了下來等他完事。才坐上椅子不到一分鐘，玫波就帶著無法自制的呵笑聲出現。她踮著腳朝我走近，在我耳邊悄聲地說：「噢，戴福羅上尉，快來，快來。」

我起身，她握住我的手引我走進我的臥房，朝一扇附窗的門邊走去。這窗上覆著一張薄薄的棉布遮簾，從窗子可望進隔壁房內上校慣常用來和蘇巴堤太太交歡的那張床。當然，我和玫波一樣，就在那床上看到了上校肏得正起勁，而玫波開心到難以形容地直盯著她爸爸的翹棒子，看他在蘇巴堤太太的棕色小屄內很有節奏地進進出出、上上下下。這畫面太煽情了，特別是玫波也在場，更讓我深受刺激，於是我鬆開褲釦子，掏出火燙的肉棒，放在玫波的掌心內。同時，我也伸手穿過她的小襯裙，愛撫起她的小穴。我好訝異，她如今已經覆滿一撮撮捲毛的私處竟即刻以源源愛液漫流回應我的愛撫。玫波看見她爸爸冷冷地操著蘇巴堤太太，亮閃的傢伙隨著抽送動作時隱時現，兩顆偌大的睪丸前後擺動晃蕩，她情緒深受感染，不吭聲地上下套弄著我的肉棒，直到肉柱環溝那兒突然傳來一陣愉悅的震顫快感，讓我驚覺她若是再不住手，我就要迸射而出了，而且，上校此刻正在最後衝刺呢。出於同情心，我讓玫波先停手，直到上校辦完事，蘇巴提太太致意離開，床戰告終後。

當上校踏著快活過後一貫的輕快腳步離開，我說：「哎啊，玫波妳來的時間真巧，什麼都看見了。」

「對啊，」她看著我的屌，接著伸手搜尋掏出我的卵蛋，輕柔地摸著好好感受。「蘇妲雅告訴我，如果我現在過來你這裏，就能看到某個東西。我想她說的可能是『這個』吧。」她依然笑著望著我看，「不過，我在想，她原本是指我會看到爸爸和蘇巴提太太……」

「親愛的玫波，也許兩個都是噢。不過，小心點，如果妳的手再這樣套弄下去，妳會讓我射出來的。」

「噢！那一定很好玩！戴福羅上尉，我可以讓它出來嗎？我好想看！」

「這個嘛……」我舒服地抖了一下，「好吧，親愛的。不過先讓我把褲子脫下，不然會弄髒。」

這一刻終於到了，玫波的時刻來了。我關上臥室的門，並順手栓上。

「玫波，來，脫掉妳的衣服和長襪，我們一起到床上。」

「噢，不要！」

「噢，要！」

「哎啊，好高興噢，戴福羅上尉，你真的、真的好好噢。」她語帶狂喜地大喊。「不過，我們先到床邊再脫衣服吧。」

「很好！」我笑著說。幾分鐘過後，我倆就全身赤裸、一如初生。

玫波非常地美，她和芬妮、艾美一樣都有一身純靜、潔白的肌膚，她的手腳還需要多長點肉，看起來才更豐潤誘人些。不過，她細緻的雙乳著實迷人，隆脹的小丘部位毛髮已和芬妮一樣濃密；她的裸身模樣讓我深深著迷，而我的裸體更讓她大大歡喜。儘管玫波時常會握住我的屌根和卵蛋，她說這回她才初次「真正」看見我的寶貝的樣貌。

現在的天氣已經涼到會讓人想要穿點衣物了，於是我抬起玫波，讓她躺下，接著自己也鑽進床上，將被單拉到我們下巴的高度，緊緊相擁地躺著。玫波再次握住我的男根，小手套弄得讓我感覺到她若不住手，我會馬上噴發出來。

「等一下，玫波。妳會讓我把妳噴得一身都是！」

「我會很喜歡的。我想看看男人的精液是什麼樣。」她喊著。

「很好……」我笑著說：「那妳就看著吧！」

幾乎在我扯掉被單的同時，我再也忍不住了，一道濃燙精華飛噴而出。

玫波尖叫著，因為我射出的第一波擊滿了她的臉，第二波噴打到她的下巴，而第三波則濺滴到她的雙乳，我讓後續的幾波噴到她的肚腹上，最後落在胯間毛叢。我握住她的手導引她感覺、享受我的每一滴精華。

「噢！真好，量好多啊！而且好濃，好像蛋奶醬一樣，但是又更稠一點。不過，你現在卵蛋一定也空掉了吧。」

「才不！裏面還有很多呢。玫波，等一下我肏妳的時候，我的卵蛋還會為妳製造更多噢。」

我邊說話邊擦掉我床伴身上淌流的愛之精華，心裏想著我等會兒會碰到她的處女膜，最好儘快從這兒動手除掉，這樣當我下次高潮時，她才能好好享受。

讓我訝異的是，當我在她大開的腿間就位插入之後，竟然毫無阻礙！不僅連個處女膜的鬼影子都沒感覺到，我插入的這個小穴甚至是完全地通暢大開。「如果玫波已經被人給肏過了，那這人會是誰？」不過，我倒沒去想答案，因為我被她歡愉喜悅的表情給迷住、興奮不已。玫波的小穴就和芬妮、艾美的一樣，是一座泉源豐沛的噴泉，在我的肉棒抽送之下輕易就湧出泊泊泉水，而她不停說著「我又來了」更讓我開心地笑了。但是當我開始最後衝刺，輪到我以滿滿精液浸濕她可愛的小穴時，玫波使盡全力將我緊擁向她劇烈震顫扭動的身子，竟大叫著：「噢！真的肉棒比黃瓜好太多太多了！」

真相大白！原來是黃瓜。

第一次的交合結束。玫波在她疾快的熱吻和無盡的愛撫之間告訴我，蘇妲雅曾教她用幾近全熟的香蕉，皮剝掉一半，這樣就能帶來無比的舒暢感受。於是，從小香蕉發展到大香蕉，她不斷地破壞自己的處女膜，直到有一天，她看到一條表面非常光滑、形狀漂亮的黃瓜，那黃瓜彎曲的角度和尺寸讓她興起了用它來實驗的古怪念頭。於是她拿起黃瓜進到房裏，用這蔬菜終結了本該由我肉棒突破的防線。

玫波是個小淫娃，天生的性愛高手，她就跟麗茲．威爾森一樣，是為性愛交歡而生。各位親愛的讀者，您若是聽到她成了那些經過精挑細選、表面上被有錢人「豢養」的女人，想必您也不會訝異。這些女人在「緩解」眾多愛人的「苦痛」過程中很是享受，而且她們就像花兒沾著蔭庇之徑生長，在與人私通的迂迴行徑中享受著肉慾之歡。如果玫波現在和情人的關係是合法的，那她就是某某公爵的夫人了。對她而言，榮耀就是能身為第一個讓名人和王子都明白男女交合狂喜之樂的女人。

因為我和芬妮、艾美彼此讓步的緣故，她們對玫波都未表現出不悅的態度。在她們停留在法喀巴的這段時間直到離開前的最後一夜，這三個女孩都和我交合了，有時是大家一起，有時是個別上場，除非她們月事來訪。

隔年三月，就在我奪去芬妮處子之身之後的整整十二個月，女孩們回英國老家去了，因為上校已從軍職退役。

分離之苦讓我們難以承受，我們交換了彼此私處的毛髮束，女孩們極想要留下我的毛束做為紀念，這也讓我之後花了好幾個月的時間才讓肉棒矗立之處重新回復原先的濃密景致，或該說，讓我的毛叢回復到我初次在諾雪拉抵著麗茲．威爾森小穴那時的長度。

國家圖書館出版品預行編目資料

印度慾海花 ／ 查爾斯・戴福羅(Charles Devereux)著；黃民燁譯 --初版 --〔新北市〕：十色出版；
臺中市：晨星發行，2012.02
面； 公分
譯自：Venus in India
ISBN 978-986-87354-6-0(平裝)

873.57 100027741

作　　者／查爾斯・戴福羅
譯　　者／黃民燁
總 編 輯／林獻瑞
封面設計／Innate Design
內文排版／林鳳鳳

出 版 者／十色出版事業有限公司
231新北市新店區北新路三段82號11樓之4
電話：02-8914-5574　傳真：02-2910-6348
負 責 人／陳銘民
發 行 所／晨星出版有限公司
台中市407工業區30路1號
電話：04-2359-5820　傳真：04-2359-7123
E-mail：service@morningstar.com.tw
http://www.morningstar.com.tw
郵政劃撥／15060393　戶名：知己圖書股份有限公司
法律顧問／甘龍強律師

總 經 銷／知己圖書股份有限公司
（台北公司）台北市106羅斯福路二段95號4樓之3
電話：02-2367-2044　傳真：02-2363-5741
（台中公司）台中市407工業區30路1號
電話：04-2359-5819　傳真：04-2359-7123

承　　製／知己圖書股份有限公司　電話：04-23581803
初　　版／2012年02月01日
定　　價／260元

ISBN 978-986-87354-6-0